儚い羊たちの祝宴

HAKANAI HITSUJITACHI NO SHUKUEN
by YONEZAWA Honobu

덧없는
양들의
축

없는
들의
연

儚い羊たちの祝宴

요네자와 호노부 지음

최고은 옮김

엘릭시르

—
차
례
—

○

집안에 변고가 생겨서

무라사토 유히의 수기

1

이 수기는 누구의 눈에도 띄어선 안 됩니다. 만일 누군가가 이 수기를 본다면, 전 더이상 살아갈 수 없을 겁니다.

그래도 저는 쓸 수밖에 없었습니다. 영원히 아무에게도 전해지지 않는 고백이, 지금 저에게는 필요합니다. 두렵습니다. 두려워서 견딜 수가 없습니다. 혹여나 제가 아가씨를 위험에 빠뜨리는 것은 아닌지 두려워서 가만히 있을 수가 없습니다.

일의 시작부터 이야기하겠습니다.

저에게는 부모가 없습니다. 철이 들 무렵에는 저와 처지가 비슷한 아이들과 함께 작은 고아원에서 지내고 있었습니다. 그곳에서 저는 소중한 추억을 얻었고, 애정이 무엇인지 알게 되었습니다. 무척 행복했습니다.

다섯 살이 되었을 때, 어떤 분께서 저를 맡아주셨습니다. 저는 외모가 그다지 빼어난 편도 아니었고, 싹싹한 성격도 아니었습니다. 어린 마음에도 왜 저를 선택하셨는지 도무지 이해가 되지 않았습니다.

지금도 기억이 납니다. 제가 처음으로 아가씨와 만난 것은 무척 화창한 어느 봄날, 늦게까지 남은 매화꽃이 가지에 맺혀 있던 날이었습니다. "너, 이름이 뭐니?" 아가씨께서는 그렇게 물으셨습니다. 형언할 수 없을 정도로 친근함이 깃들어 있던 그 부드러운 목소리에, 당시 저는 무척 당황했습니다.

"무라사토 유히입니다."

가까스로 대답하자, 아가씨께서는 "유히. 이름 참 예쁘다" 라며 기쁜 표정을 지으셨습니다.

저는 제 이름을 싫어했습니다. 유히夕田란 이름을 가지게 된 것은 단순히 제가 버려졌을 때 해가 저물고 있었기 때문입니다. 하지만 이날부터 이 이름은 제게 행복을 안겨주었습니다.

"난 후키코야. 친하게 지내자."

그렇게 말씀하시며 아가씨께서 내미신 손을 잡았을 때, 저도 모르게 가슴이 메어왔습니다. 그리고 까닭 모를 눈물을 흘리며, 저는 후키코 아가씨께서 제게 무척 소중한 분이 되었다는 사실을 실감했습니다.

저를 맡아주신 분은 단잔 인요 님이셨습니다. 단잔 가문은 가미쿠탄 지방의 권세가로, 의식주부터 산업, 도박에 이르기까지 가미쿠탄에서 단잔 가문의 입김이 미치지 않은 사업은 거의 없다고 해도 될 정도였습니다. 하지만 제가 그 사실을 알게 된 것은 한참 뒤의 일입니다. 단잔 가문에 처음 발을 들여놓았을 때 저는 그저 그 고대광실 같은 저택을 보고 당혹스러울 따름이었습니다.

여섯 살이 되자 저는 초등학교에 들어갔습니다. 정말 감사한 일이지요.

하지만 제 소임은 어디까지나 후키코 아가씨의 시중을 드는 것이었습니다. 학교가 끝나면 곧바로 저택으로 돌아와 아가씨께서 돌아오시기 전에 준비를 마칩니다. 친구를 사귈 여유 같은 건 없었지만, 전혀 불만스럽지 않았습니다. 오히려 저택에 돌아가 아가씨를 뵙기만을 손꼽아 기다렸습니다.

어린 시절에는 가사도 제대로 하지 못하는 팔푼이라 저택 사람들에게는 여러모로 폐를 끼쳤습니다. 하루라도 빨리 도움이 되고 싶다는 마음에 필사적으로 일을 배웠던 기억이 납니다. 하지만 참 신기하기도 하죠. 지금 되돌아봐도 괴로웠던 기억은 하나도 없습니다. 너무나 고단했을 때도 실수해서 야단을 맞고 울음을 터뜨렸을 때도, 아가씨께서 "유히, 괜찮니?" 하고 다정하게 한마디 건네주시면 행복해졌습니다.

물론 제일 기쁠 때는 아가씨께서 직접 심부름을 시키실 때였습니다.

옷 갈아입으시는 것을 돕고 방을 청소하는 것이 주된 일이었지만, 때로는 체스나 장기 등 게임 상대가 되기도 하고, 검도나 합기도 연습 상대가 되기도 했습니다. 아가씨께서는 다양한 방면에서 뛰어난 재능을 보이셨던 분이라 저 같은 것은 언감생심 놀이 상대도 되지 못했습니다만.

그리고 아주 가끔씩 큰 어르신조차 모르게 비밀스러운 심부름을 시키신 적도 있었습니다.

재주껏 사서 아무도 모르게 방으로 돌아가 물건을 건네면, 아가씨께서는 그때마다 "고마워. 이런 일을 부탁할 사람은 유히밖에 없어"라고 말씀하셨습니다. 그런 말씀을 들을 때마다 잠도 오지 않을 정도로 기뻤습니다.

시간이 지나 아가씨께서는 중학교에 진학하셨습니다.

아가씨께서는 평상시에도 큰 어르신이나 작은 어르신이신 다카히토 님께 무엇을 사달라고 조르시는 적이 거의 없었습니다. 굳이 그러지 않아도 아가씨께서는 충분히 풍족하셨으니까요. 하지만 중학교에 진학하신 아가씨께서는 일본풍인 자신의 방을 서양풍으로 바꾸고 싶다고 말씀하신 모양입니다.

물론 단잔 본가의 저택에는 서양풍의 방도 많았습니다. 일 년에 한 번 사용할까 말까 한 방도 많이 있었고요. 하지만 큰 어르신께서는 아가씨의 소원을 흔쾌히 들어주시며 방을 새로 고쳐주셨습니다.

당시 아가씨께서는 이미 대단한 독서가셨습니다. 밤이면 방에 틀어박혀, 책상 앞에 앉아 열심히 책을 읽으셨습니다. 그렇기 때문에 방을 고칠 때, 아가씨께서는 당연히 책장을 늘려달라고 요구하셨습니다. 하지만 요구하신 책장이 너무 많았던 탓에 결과적으로는 아가씨가 쓰시는 방뿐 아니라 바로 이어진 침실까지 서재처럼 꾸며졌습니다.

"이제 내가 어른이 될 때까지 책장 때문에 고민할 일은 없겠네." 아직 군데군데 비어 있는 책장 앞에 서서, 아가씨는 웃으며 그렇게 말씀하셨습니다. 기뻐하시는 아가씨의 모습을 보는 것만으로도, 저까지 덩달아 즐거워졌습니다.

이 무렵에도 아가씨께서는 제게 비밀 심부름을 시키셨습니다. 침실 서가 한쪽에 얼핏 봐서는 표가 나지 않는 비밀 공간을 만들어달라는 명령이었습니다.

아가씨의 침실에 들어가는 사람은 아가씨 본인을 제외하고는 저밖에 없었습니다. 그 밖에는 아주 가끔 가루코 마님이 찾으실 뿐이었고요. 그런데도 아가씨께서는 비밀 공간을 원하셨습니다. 아가씨께도 비밀이 있다니, 그 사실에 마음이 따뜻해지는 걸 느끼며 저는 이 역할을 완벽하게 수행할 것을 맹세했습니다.

하지만 당시 아가씨는 중학교 1학년이셨고, 저는 겨우 초등학교 5학년이었습니다. 아무리 굳은 결심을 해도 기술이 부족했기 때문에 일은 쉽지 않았습니다. 처음 만든 비밀 문의 완성도는 그야말로 초등학생이 공작 시간에 만든 듯 조악했습니다.

"유히, 이러면 오히려 더 눈에 띄겠어."

그것을 보신 아가씨께서는 까르르 웃으시며 그렇게 말씀하셨습니다. 저는 죄송한 마음에 얼굴을 붉히며 아무 말도 하지 못했습니다.

고용된 일꾼들과는 달리 제게는 휴일이 따로 없었습니다. 저택에 드나드는 기술자에게 기술을 배운 저는 얼마 되지 않는 쉬는 시간을 이용해 연습을 거듭하며, 공작 기술을 갈고 닦았습니다. 시행착오 끝에 겨우 만족스러운 비밀 공간을 완성한 것은, 아가씨께서 명을 내리신 지 반 년 후의 일이었습니다.

"수고했어, 유히."

아가씨께서는 그렇게 말씀하시며 제 머리를 쓰다듬어주셨습니다.

제가 만든 비밀 공간은 책장이었습니다. 평범한 책장이 아닙니다. 겉보기에는 있는지도 알 수 없고, 바른 순서대로 처리하지 않으면 결코 열리지 않는 비밀의 책장. 아가씨께서는 그 안에 바깥에는 놓을 수 없는 책 몇 권을 숨겨놓으셨습니다.

해서는 안 되는 일이란 건 알고 있었습니다. 하지만 제가 그 책장을 몰래 열어보기까지는 그리 오랜 시간이 걸리지 않았습니다.

작은 책장은 이미 80퍼센트 정도가 차 있었습니다. 책의 장정은 모두 달랐는데, 바깥 책장에 꽂혀 있는 것 같은 가죽 장정의 사철제본 책이 있는가 하면, 다카히토 님께서는 책으로 인정하지 않으실 법한 문고본도 있었습니다. 모두 소설책이었습니다. 저는 책에 대해 잘 모릅니다. 그래서 언뜻 봐서는 왜 비밀 책장이 필요한지 알 수 없었습니다. 그렇지만 확실히 동서고금의 책들이 늘어선 바깥 책장과는 다른 분위기를 풍기고 있던 것은 기억하고 있습니다.

첫 모험이 발각되지 않고 무사히 끝나자, 신이 난 저는 그후로도 가끔씩 아가씨의 비밀 책장을 열어보았습니다. 그 안에 있는 책들은 그다지 늘어나는 것 같지는 않았습니다. 그리고 언제부터인가 저는 그 책들을 꺼내 읽어보기 시작했습니다.

그 책들은 대부분 읽는 이의 마음을 두근거리게 하는 긴장감으로 가득 차 있었습니다. 그때까지 저는 상상의 세계에서 자극을 받은 적이 한 번도 없었습니다. 그렇다 보니 더욱더 깊이 몰두하게 되었습니다.

……아뇨, 이 자리에서까지 거짓말을 하진 않겠습니다.

저는 단순히 재미 때문에 그 책들의 포로가 된 것이 아닙니다. 그것이 비밀 책장의 책, 아가씨의 비밀이었기 때문입니다. 남들 눈을 속이고 글자를 좇으며 정신 팔린 듯 이야기에 빠져들었습니다. 그것은 저에게 아가씨의 비밀을 나눠 가지는 비밀 의식이었습니다. 아무도 모르는 그 비밀 의식은 전율이 일 정도로 달콤한 경험이었습니다.

꽂혀 있던 책들의 일부는 지금도 내용을 기억하고 있습니다. 다니자키 준이치로. 시가 나오야. 이런 작가들의 책은 바깥 책장에도 있었습니다. 하지만 지금 생각해보면 기기 다카타로, 고사카이 후보쿠, 하마오 시로, 운노 주자, 유메노 규사쿠, 심지어 에도가와 란포까지 있었으니, 역시 양갓집 아가씨답지 않은 악취미였다고밖에 이를 수 없습니다. 그렇기 때문에 그 책장은 비밀스러운 장소였겠지요. 번역서는 그리 많지 않았습니다. 그나마 장 콕토의 작품 정도가 눈에 띄었습니다. 문고본으로는 윌키 콜린스와 딕슨 카 등의 작품이 보였습니다. 아, 맞아요, 요하나 슈피리의 『알프스 소녀 하이디』를 보았을 때에는 어쩐지 신기하고, 조금이지만 유쾌한 기분도 들었습니다. 제 기억으로는 셰익스피어의 작품은 딱 한 권 있었는데 바로 『맥베스』였습니다.

그 사이에 아가씨의 명으로 제가 사 온 무서운 표지의 요코미조 세이시의 『밤 산책』이 섞여 있었습니다. 그것을 본 순간, 어째서인지 쑥스럽기도 하고 죄송스럽기도 한 기분이 들었습니다.

그뿐만 아니라 이 비밀 책장 안에는 가죽 표지의 책도 들어 있었습니다. 반쯤 봉인되다시피 한 그 책은 처음 책장을 만들었을 때부터 그 안에 놓여 있었습니다. 비밀스러운 책들 중에서도 한층 더 비밀스러워 보이는 그 책만은 저도 손을 댈 수가 없었습니다.

소설을 통해 아가씨의 비밀을 엿본다. 그것은 어린 제 가슴을 위험하리만치 두근거리게 했습니다. 저는 아가씨의 눈을 피해, 제 본분조차 게을리하게 되었습니다. 부드러운 양탄자 위에 앉아 시간 가는 줄 모르고 책에 빠져들다, 날이 저문 것도 모르고 식사 준비 시간에 늦은 일이 한두 번이 아니었습니다.

그러던 어느 날이었습니다. 저는 자비출판 서적으로 보이는, 지요가미*로 표지를 싼 책 한 권을 뽑아 들었습니다.

지금도 기억이 생생합니다. 그 책은 운노 주자의 단편집으로, '지옥가도'라는 무서운 제목이었습니다. 그 신기한 이야기를 다 읽고 인과응보란 세상의 이치에 대해 생각하던 저는 책 마지막 장에 끼워진 종이 한 장을 발견했습니다.

아가씨께서 끼워놓고 잊어버리신 물건인가? 아니면 단순한 책갈피? 저는 별생각 없이 그 종이를 뒤집었습니다.

그 순간의 충격이란! 그 종이에는 가냘프면서도 유려하고

---

* 화지(和紙)에 꽃무늬 등 여러 가지 일본 전통 무늬를 인쇄한 장식, 공예용 종이.

아름다운 글씨체로 이렇게 적혀 있었습니다.

　다른 침상에서 같은 꿈을 꿀 셈이니?

　그것은 명백한 질책이었습니다. 아가씨께서는 이미 제 주제넘은 행동을 다 알고 계셨던 것입니다.

　그날 밤, 소임을 다하러 아가씨의 방으로 향하던 제 심정을 누가 이해할 수 있을까요. 도망칠까, 아니면 차라리 사죄하는 뜻으로 목을 맬까. 이때 저는 무척이나 번민했습니다. 단잔 가문에서 받은 은혜를 잊은 것보다, 죽는 것보다, 저는 아가씨께 미움받는 것이 두려웠습니다. 저택의 기다란 복도가 이대로 계속 이어져서, 영원히 아가씨의 방에 도착할 수 없으면 좋을 텐데. 그렇게 기도했습니다.

　하지만 아가씨께서는 선고를 기다리며 딱딱하게 굳어 있는 제게 다가와 어깨에 살짝 손을 올리시고는 이렇게 말씀하셨습니다.

　"뭐 재밌는 게 있었니?"

　제가 뭐라고 대답했는지는 기억나지 않습니다. 하지만 아가씨께서 신비로운 미소를 지으시며 "유히, 빌려줄게. ……할아버님께는 비밀이야" 하고 한 권의 책을 건네주신 일만은 바로 어제 일처럼 선명하게 기억하고 있습니다. 그것은 바로 그 가죽 표지로 된 책이었습니다. 당혹스러워하는 제 앞에서, 아가씨께서는 천천히 표지를 벗기셨습니다. 이즈미 교카였습니다.

그날부터 저는 자주 아가씨의 방에서 함께 책을 읽으며, 아가씨께서 권하시는 대로 책을 가지고 제 방으로 돌아왔고, 때로는 읽은 책에 대해 감상을 나누기도 했습니다.

행복한 시간이었습니다.

말할 것도 없이 아가씨께서는 아름답게 성장하셨습니다.

고등학생이 되신 아가씨께서는 직접 얼굴을 맞대면 마음이 울렁대고, 옆모습을 훔쳐보면 시선만이 아니라 영혼조차 빼앗겨버릴 것 같은, 그런 아름다운 분이셨습니다. 신중하고 교양이 풍부하며, 거동은 부드럽고 나긋나긋하여 그 일거수일투족에 눈길을 빼앗길 수밖에 없었습니다. 때때로 제가 넋을 잃고 있으면, 아가씨께서는 꽃처럼 화사하게 웃으며 말씀하셨습니다.

"유히, 왜 그래. 그렇게 뚫어져라 쳐다보지 마, 창피하잖아."

미모가 뛰어나 옷을 입고 있어도 반짝반짝 빛났다는 소토오리히메에 대한 설화가 있지요.

아가씨께서 목욕을 마치고 나오시면, 그야말로 아름다움이 옷 너머로 뿜어져 나오는 것 같았습니다.

그 무렵, 저는 저택 한 켠에 방을 받았습니다. 나이는 어렸지만 고용인들 중에서는 이미 고참이었던 저는 다른 고용인들이 제 방에 들어오는 것을 엄하게 금했습니다. 그 이유 중 하나는 화장대 위에 있던 사진을 아무에게도 보이고 싶지 않았기 때문입니다.

중학교 친구에게 부탁해 은밀히 얻은 아가씨의 사진. 처음 만났을 때처럼 철 지난 매화꽃 아래서 다정하게 미소 짓고 계신 아가씨의 모습.

그 사진 한 장이 아무리 무서운 밤에도 제 마음을 따스하게 밝혀주었습니다.

2

아가씨께서 비밀 책장을 필요로 하셨던 데에는 다 이유가 있었습니다.

단잔 가문은 가미쿠탄에서 무소불위의 권력을 휘두르고 있었지만, 단 하나 불행한 일이 있었습니다. 후계자 복이 없었던 것입니다.

후키코 아가씨께는 터울이 많이 지는 오라버님이 계셨습니다. 오라버님인 소타 님은 행실이 무척 좋지 못했습니다. 질 나쁜 사람들과 어울릴 뿐만 아니라 본인도 행동거지가 난폭해서, 흥분한 나머지 아가씨께 손을 올린 적도 한두 번이 아니었습니다. 목도를 들고 날뛰었던 적도 있었고, 한번은 큰 어르신의 진검을 뽑아 들기도 했습니다.

애초에 소타 님은 그저 되는대로 몸을 움직이며 크게 소리나 지르는 분이셨기에 결코 아가씨의 상대는 될 수 없었습니다. 그렇기 때문에 진정한 의미로 위험한 분은 아니셨습니다.

"오라버님은 예전에 사람을 죽일 뻔한 적도 있단다."

아가씨께서는 언젠가 그렇게 말씀하셨습니다. 애초에 가미쿠탄에서 일어난 일이었다고 하니, 그리 어렵지 않게 무마시켰을 것입니다. 그 정도 만행은 큰 어르신께서도 그렇게 엄한 처분을 내리시진 않았을 테고요.

하지만 소타 님은 끝내 단잔 가문의 이름을 더럽히는 짓을 하신 모양입니다. 예전부터 집안사람들은 모두 입을 모아 소타 님이 아니라 후키코 아가씨께서 후계자가 되어야 한다고 말했습니다. 그리고 아가씨께서 중학교에 진학하셨을 무렵, 결국 소타 님은 집안에서 쫓겨났습니다.

덧없는 양들의 축연

이렇게 소타 님이 사라지자, 아가씨께서는 명실공히 단잔 가문의 후계자가 되셨습니다. 아버님이신 다카히토 님께서 건재하시긴 했지만, 병 때문에 새로 아이를 가지시는 것은 불가능했기 때문입니다. 그러다 보니 아가씨께서는 소타 님의 전철을 밟지 않도록, 단잔 가문의 후계자로서 완벽한 행동거지를 요구받으셨습니다.

그렇지 않아도 소타 님의 추태를 구실로, 아가씨께 고모할머님이 되시는 오하타 가미요 님, 고모님 되시는 마미코 님 같은 사람들이 아가씨를 못살게 굴고 있었습니다.

큰 어르신께서는 손녀사위를 들여서 단잔 가문을 잇게 하실 생각이셨지만, 가미요 님이나 마미코 님께서는 자신의 손자나 아들을 후계자로 만들려는 속셈이셨나 봅니다. 그분들이 아가씨께 억지를 부릴 때마다 저는 정말로 분해서 참을 수가 없었습니다. 그리고 사실 아가씨의 지위는 완벽하게 보장된 것이 아니었습니다. 만일 무슨 일이라도 생기면 분명 다른 사람들은 '역시 망나니 소타의 동생'이라며 아가씨를 비난할 것이고, 큰 어르신이 한 마디만 하시면 아가씨는 그날로 저택에서 쫓겨나실 겁니다. 또 그런 사태까지는 가지 않더라도, 너무 우습게 보였다간 단잔 가문의 장래에 좋지 않은 영향을 끼칠 우려가 있었습니다.

그러한 까닭에 아가씨께서는 무척이나 행실에 신경을 쓰셨습니다. 남들 앞에서 빈틈은 절대로 보이지 않으셨습니다. 행동거지는 물론이고 취미나 성향에 이르기까지, 가미요 님이나 마미코 님, 그리고 지금은 단잔 가문의 권력에 거스르지 못하고 면종복배하는 자들에게 조금이라도 약점을 보여선 안되었기 때문입니다. 아가씨께서는 자신의 입장을 완전히 파악하고 그에 맞게 행동하셨습니다.

비단 저택 안에서만이 아니었습니다. 아가씨께서는 학교에서조차 단잔 가문의 장래를 짊어질 후계자에 걸맞게 행동하셨습니다. 하지만 결코 교만하지는 않았습니다. 오히려 그 반대라 할 수 있을 것입니다. 적당한 소탈함과 적당한 친절로 사람들을 대하셨고, 항상 의리를 중시하며 인연이 닿는 모임에는 종종 참석하셔서 모인 사람들에게 '아, 단잔 후키코가 일부러 와줬구나'라는 만족감을 베푸셨습니다. 어쩌면 그것은 장래의 인간관계를 위한 포석이었는지도 모릅니다.

아가씨께서는 저 같은 건 감히 상상도 할 수 없을 정도의 자제심을 가지신 분이셨습니다. 남의 말 하기 좋아하는 사람들이 아무리 아가씨를 흠잡으려 해도 "나이에 비해 귀염성이 없다" 같은 말이 고작이었습니다.

비밀 책장이 필요했던 것은 이러한 연유였습니다. ……아가씨의 서가에 엘러리 퀸의 『열흘간의 불가사의』가 있다는 사실을 남들이 알아서는 안 되었으니까요.

다행히도 가미요 님을 비롯한 친척분들의 심술도 오래가진 않았습니다. 아가씨께서 고등학교에 진학하실 무렵에는, 그 기품은 이미 범접하기 힘든 경지였기 때문입니다. 그토록 심술궂던 친척분들도 그런 아가씨를 끌어내리려 하는 것이 얼마나 어리석은 행동인지 깨달은 게지요.

이윽고 아가씨께서는 대학에 입학하셨습니다. 고등학교까지는 가미쿠탄에서 다니셨지만 견문을 넓히기 위해, 그리고 단잔 가문 당주에 걸맞은 교양을 쌓기 위해 큰 도시의 대학에 다니시게 되었습니다.

아가씨께 대학 입학시험은 아무런 걸림돌도 아니었습니다. 단지 문제가 된 것은, 아가씨께서 혼자 지내시게 된다는 점이었습니다. 아가씨께서는 중학교, 고등학교 모두 여학교에 다니셨습니다. 그런 까닭에 큰 어르신의 걱정도 이만저만이 아니었습니다.

아니, 저 역시 걱정이 되었습니다. 길가에 핀 꽃들밖에 모르던 남자들이 아가씨를 보고, 과연 제 주제를 파악할 수나 있을까요? 분명 그러지 못할 겁니다. 저는 다소 강한 어조로,

지금이라도 신변을 챙겨드릴 사람을 하나 두시라고 진언했습니다.

"유히, 괜찮아. ……그리고 이상한 남자가 접근하면 너한테 배운 기술로 집어 던져버리면 되잖아."

아가씨께서는 그렇게 말씀하시며 웃으실 따름이었습니다. 저는 얼굴을 붉혔습니다. 어릴 때부터 아가씨의 연습 상대가 되었던 분야 중에, 유일하게 아가씨와 호각으로 겨룰 수 있던 분야가 바로 합기도였기 때문입니다.

아가씨께서 저택을 떠나시자 단잔 가문은 마치 불이 꺼진 듯 어두워졌습니다. 아가씨는 결코 겉으로 나서서 활동하시던 분은 아니었습니다. 언제나 겸손하게 연장자를 공경하던 분이셨습니다. 그런데도 어느샌가 아가씨께서는 누구도 부인 못 할 단잔 가문의 중심이 되신 것입니다. 쓸쓸함만이 아니라 기둥이 사라진 듯한 불안감이 저택 안에 감돌았습니다. 항상 정정하시던 큰 어르신께서도 무슨 일이 있을 때마다 "후키코는 안 오는 게냐", "후키코는 언제 돌아오느냐" 하고 푸념하듯 말씀하시곤 했습니다.

아가씨가 안 계신 저택은 제게 아무 의미 없는 곳이었습니다. 저 무라사토 유히는 아가씨의 몸종이었고, 아가씨의 시중을 들기 위해 단잔 가문에 머물고 있습니다. 돌이켜보면, 제

덧없는 양들의 축연

부모가 절 버린 것 또한 후키코 아가씨의 시중을 드는 행복을 안겨주기 위해서였는지도 모릅니다. 그런 아가씨께서 계시지 않으니 저는 하루하루 일이 손에 잡히지 않았습니다.

저는 다카히토 님께 아가씨 옆으로 보내달라고 몇 번이고 간청했습니다. 하지만 다카히토 님께서는 아가씨께서도 한 번쯤은 혼자 살아봐야 한다고 말씀하실 뿐이었습니다. 큰 어르신이라면 제 부탁을 들어주셨을지도 모릅니다. 하지만 한낱 몸종인 제가 큰 어르신을 뵙기를 청한다는 것은 가당치도 않았습니다. 고독한 방에서 제 마음을 달래주는 것은 아가씨의 사진뿐이었습니다.

외로운, 아니, 서글픈 나날이 지나고 대학이 여름방학을 맞이하자, 아가씨께서는 곧장 집으로 돌아오셨습니다. 그때 저택이 얼마나 활기에 찼는지는 이루 말할 수 없습니다. 가미요 님과 마미코 님까지 웃는 얼굴로 아가씨를 맞이했으니까요. 전 이런 때조차 아무 말도 할 수 없었습니다. 그저 어리석은 아이처럼 울음을 참을 뿐이었습니다.

"유히는 바보구나, 그렇게 외로웠어?"

아가씨께서는 그리운 미소로 그렇게 말씀하셨습니다.

그날 밤, 아가씨께서는 오랜만에 비밀 책장에서 제게 책을 빌려주셨습니다.

집안에 변고가 생겨서   27

그렇지만 소타 님께서는 진정 단잔 가문에 불행을 부르는 씨앗이었습니다.

아가씨께서 저택에 머무르시는 동안, 저는 아가씨의 대학 생활 이야기를 한껏 들었습니다. 아가씨께서는 '바벨의 모임'이란 독서 모임에 들어가셨다고 했습니다.

"내가 어떤 단체에 들어가면 할아버님께서 꼭 사람을 시켜 그 단체를 조사하시지. '바벨의 모임'도 이미 조사하셨을 거야."

아가씨께서는 재미있다는 듯 그렇게 말씀하셨습니다. 아가씨를 따라 웃으며, 저도 마음이 놓였습니다. 큰 어르신께서 인정하신 곳이라면 걱정할 것 없다는 생각이 들었으니까요.

"유히, 무척 즐거워. 정말이야."

그렇게 말씀하시며 아가씨께서는 미소 지으셨습니다.

그 순간 저는 불손하게도 아주 조금 괴로웠습니다. ……그때까지 아가씨와 책에 대해 이야기하는 것은 제 역할이었기 때문입니다. 물론 아가씨께서 견문을 넓히시는 것은 바람직한 일입니다. 바람직한 일이긴 하지만. 아아, 저는 확실히 불손했습니다.

아가씨의 말씀에 따르면 '바벨의 모임'은 여름방학 중에,

매년 8월 1일부터 피서 겸 독서 모임을 연다고 합니다. 시원한 경승지인 다테누마의 별장을 빌려, 평소에는 엄두도 나지 않는 두툼한 책을 읽거나 평소보다 더 깊이 있는 감상을 나눈다고요. 물론 아가씨께서는 소속된 단체의 모임에는 결코 불참하지 않으시는 분입니다. 그렇지만 꼭 그런 이유 때문이 아니더라도, 아가씨께서는 이 독서 모임에 참가하는 것을 기대하시는 눈치였습니다.

아마도 이번이 아가씨의 첫 외박이기 때문일 것입니다. 아가씨께서는 그때까지 단잔 가문의 저택이나 별장, 혹은 지금 사시는 호텔 외에는 다른 곳에서 아침을 맞이하신 적이 없습니다. 작은 모임에도 빠지지 않고 참석하셨지만, 여행만은 하신 적이 없습니다. 학교에서 가는 수학여행조차 불참하셨을 정도입니다. 소타 님 문제도 있고 해서, 아가씨가 바깥세상을 보아서 좋을 것이 없다고 생각하신 큰 어르신의 판단 때문이었습니다.

"유히, 나 너무 두근거려. 내가 외박을 하다니!"

한 번도 흐트러지신 적이 없던 아가씨가 흥분하신 모습을 보고 저는 무척 놀랐습니다.

독서 모임 날이 가까워질수록 아가씨께서는 점점 침착함을 잃으셨습니다. 물론 방에서 나가서는 평소처럼 빈틈없이 행동하셨지요. 그 완벽한 행동거지는 대학에 진학하신 후에도 전혀 달라지지 않았습니다. 하지만 방으로 돌아오시면 "아, 이제 일주일 남았어", "아, 이제 엿새밖에 안 남았네" 하고 손꼽아 그날을 기다리셨습니다.

그리고 '바벨의 모임' 독서 모임이 열리기까지 이틀만을 남겨둔, 7월 30일의 일이었습니다.

소타 님이 단잔 가문의 저택을 습격하셨습니다.

뒷문을 통해 저택에 침입하신 소타 님은 라이플로 고용인 두 명을 연달아 쏘았습니다. 한 명은 급소를 피했습니다만, 다른 한 명은 얼마 뒤 세상을 떠났습니다. 운전사 시바 씨는 이변을 눈치채고 뒤에서 소타 님에게 달려들었지만, 소타 님이 어깨 너머로 쏜 총을 맞고 그 자리에서 즉사했다고 들었습니다.

"이 늙은이, 어디 있어! 죽여버리겠어!"

소타 님은 욕설을 퍼부으며 큰 어르신과 다카히토 님을 찾으셨습니다. 경호원들도 상대가 소타 님이기 때문에 섣불리 나설 수가 없었습니다. 그날 밤 드문드문 들려오던 총성은 오래도록 멈추지 않았습니다.

아가씨의 방에는 단단한 자물쇠가 달려 있었지만, 불행히도 그때 아가씨께서는 도장에서 대련을 하고 계셨습니다. 상대는 저였습니다. 바깥에 나가면 곧바로 소타 님께 발각될 것 같아서 저와 아가씨는 도장 밖으로 나갈 수 없었습니다.

아가씨를 지켜야 해. 초조한 마음이 들었지만, 저는 경호원들과는 달리 무기를 지니고 있지 않았습니다. 다행히도 도장에는 창과 검이 있었습니다. 제가 창을 들고, 검도 유단자인 아가씨께서 검을 드셨습니다. 아가씨와 저는 숨을 죽이고 있었습니다.

"제가 꼭 지켜드릴게요."

제 목소리는 스스로도 한심할 정도로 떨리고 있었습니다.

"괜찮아. 오라버님께서는 아무것도 못해."

하지만 아가씨께서는 그런 상황에서도 침착함을 잃지 않고 의연한 태도를 보이셨습니다.

갑자기 총성이 멎고 그대로 오 분, 십 분이 흘렀습니다. 소타 님이 붙잡힌 걸까요? 아니면 도망친 걸까요? 아니면 설마, 그런 생각을 하고 있는데 누군가가 도장 문을 걷어차고 들어왔습니다.

볼이 움푹 꺼지고 옷은 피로 물든 소타 님이 눈을 까뒤집고서 손에 든 라이플 방아쇠에 손가락을 걸고 서 있었습니다. 이 사람이 정녕 단잔 가문의 장남이란 말인가. 그런 생각이

들 정도로 소타 님은 천박한 목소리로 말했습니다.

"후키코냐. 오냐, 너라도 상관없다. 누구라도 상관없지. 이 집안 녀석들은 싸그리 죽여버리겠어."

아가씨께서는 조금도 겁먹은 기색을 보이지 않으셨습니다.

"할아버님이 오라버님을 쫓아내셨다고 이러시는 건가요?"

"그래. 덕분에 내가 어떤 꼴을 당했는지 네가 알아?"

"오라버님, 그런 걸 바로 자업자득이라 한답니다."

소타 님은 얼굴을 벌겋게 붉히며 우리를 향해 총을 겨누셨습니다. 하지만 그분은 참으로 변변찮은 분이셨습니다. 우리가 달려들어 십 미터 앞까지 다가가도, 오 미터 앞까지 다가가도, 소타 님이 쏘신 총알은 아가씨께고 저에게고 상처 하나 입히지 못했습니다.

제 창이 소타 님의 오른쪽 어깨를 관통하자, 아가씨께서는 그 손목을 검으로 내리치셨습니다.

혼란에 빠진 소타 님은 꼴사납게 울부짖으며 절단된 자신의 손이 들고 있는 라이플을 주워 들려다 균형을 잃고 넘어지더니, 결국에는 아가씨께 욕설을 퍼부으셨습니다.

"후키코! 이 지독한 위선자야. 넌 평생 그렇게 살 셈이냐!"

아가씨께서는 피 묻은 검을 내리고는 미소 지으며 말씀하셨습니다.

덧없는 양들의 축연

"네, 전 단잔 후키코잖아요. 이름도 없는 오라버님."

결국 소타 님은 도망치셨습니다. 경호원들이 뒤쫓았지만, 그후의 일은 어찌 되었는지 모릅니다.

저택에서는 후에 병원에서 숨을 거둔 사람을 포함해 세 사람이 사망했고, 부상자는 아홉 명에 이르렀습니다. 소타 님이 의절당한 일은, 세간의 눈도 있고 해서 외부에는 알려지지 않았습니다. 큰 어르신께서는 이 기회에 소타 님이 급사하셨다고 발표하셨습니다. 도장에서의 일은 가문 사람들에게만 전해졌고, 진실은 모두 흔적도 없이 덮였습니다. 그리고 큰 어르신께서는 아가씨를 향해 어린애를 타이르듯 말씀하셨습니다.

"소타는 오늘부로 죽었다. 알겠느냐."

"네, 할아버님."

아가씨께서는 평소처럼 대답하셨습니다.

하지만 그것이 마냥 좋은 일만은 아니었습니다.

외부 사람들은 소타 님이 의절당한 사실을 모르니, 죽은 걸로 처리하려면 당연히 장례식을 치러야 합니다. 아가씨께서는 당연히 장례식에 참석해 상을 치르셔야만 했고요.

아가씨께서는 '바벨의 모임'의 독서 모임에 참석하지 못하셨습니다.

겉으로는 평소와 다름없어 보였지만, 방으로 돌아오셔서는 초점 없는 눈으로 넋 나간 표정을 지으셨습니다.

아가씨를 모신 지 십 년이 다 되어갑니다만, 지금까지 아가씨의 그런 모습은 결코 본 적이 없었습니다.

3

그리고 진정한 재앙이 슬슬 그 이빨을 드러내기 시작했습니다.

소타 님 사건, 그리고 장례식이 있은 뒤로 정신없이 일 년이란 시간이 지났습니다. 아가씨께서는 대학 2학년, 저는 고등학교 3학년이 되었습니다.

졸업하고 나면 이번에야말로 아가씨를 곁에서 모실 수 있게 해달라고, 저는 몇 번이나 다카히토 님께 간청했습니다. 하지만 좀처럼 긍정적인 답변을 주시지 않았습니다. 결국에는 아가씨께도 혼자만의 시간이 필요하다는 다카히토 님의 말씀을 납득할 수밖에 없었습니다. 하지만 납득이라는 표현에는 다소 어폐가 있습니다. 저는 단장斷腸의 마음으로 단념했습니다.

여름방학이 되면 아가씨께서 돌아오십니다. 행복한 시간이 돌아옵니다. 저는 성심성의껏 아가씨를 모셨고, 아가씨께서도 절 어여삐 여겨주셨습니다. 아가씨께서는 작년처럼 대학에서 있었던 이러저러한 이야기를 들려주셨습니다.

그 가운데에서도 역시 '바벨의 모임'에서 나누는 교류는 아가씨께 소중한 존재인 듯했습니다. 아가씨께서 안 계신 동안, 다카히토 님께 들어 저는 그 모임에 대해 알게 되었습니다. '바벨의 모임'은 회원 대다수가 아가씨와 신분이 비슷한 분들로 구성된 모임이라고 합니다. 특히 회장이라 불리는 분의 가문은 단잔 가문을 능가하는 지체 높은 집안인 모양입니다. 장래를 위해서도 다카히토 님, 그리고 큰 어르신께서는 아가씨의 '바벨의 모임' 활동을 환영하는 눈치셨습니다.

그리고 7월 30일. 소타 님의 일주기가 돌아왔습니다.

형식뿐인 죽음, 형식뿐인 장례식이라고는 해도 사람을 불러모아 식을 치른 이상, 일주기를 맞아 모임을 열어야 했습니다. 저도 그날에는 아침부터 분주히 움직였습니다.

급한 전갈이 온 건 정오가 지나서였습니다. 아가씨의 고모님이신 마미코 님은 저택 안에 있는 별채에서 남편분과 함께 살고 계셨습니다. 그 부군께서 느닷없이 저희 고용인들이 모여 있는 방으로 달려오신 것입니다. "소타가, 소타가 돌아왔어!" 그분은 새파랗게 질린 얼굴로, 잠꼬대처럼 연신 그렇게 말씀하셨습니다.

별채로 달려간 건 저와 제 밑에서 일하던 몇몇 고용인들이 었습니다. 이 층 건물의 1층, 남향이라 볕이 잘 드는 방이었습니다. 천박한 핑크색으로 치장된 쓸데없이 거대한 침대가 놓인 그 방에서 저희가 본 것은, 피투성이가 되어 돌아가신 마미코 님이셨습니다.

마미코 님의 부군께서 소타 님의 이름을 언급한 것도 이상한 일은 아니었습니다.

왜냐면 마미코 님의 오른손이 검으로 잘려 나간 듯 사라져 있었기 때문입니다.

마미코 님의 죽음은 '병사'로 처리되었고, 경찰에도 알리지 않았습니다. 병명은 심근경색이었을 겁니다. 실로 불행한 사건이었습니다.

큰 어르신께서 마미코 님 사건을 경찰에 알리지 않았다고 해서 살인자를 찾는 일을 포기하신 것은 아닙니다. 진짜 경찰에는 못 미치겠지만 큰 어르신께서는 몇몇 탐정 사무소에 의뢰하셨고, 그들은 못 미더운 조사를 벌였습니다. 단잔 가문의 경호원 중에서도 마미코 님 사건을 조사하라는 명령을 받은 사람이 있다고 들었습니다. 그 과정에서 미덥지 못한 사람들

덧없는 양들의 축연

이 저와 아가씨께 실례되는 질문을 한 적도 있습니다. 대단한 능력도 없는 주제에 거만하게 행동하는 그들에게 제가 시종일관 침착한 태도를 취할 수 있었던 것은 아가씨께서 곁에 계셨기 때문입니다.

저는 도움이 될 만한 정보를 아무것도 주지 못했지만, 그들은 몇 가지 사실을 가르쳐주었습니다. 마미코 님은 밤에 살해되셨다고 합니다. 마미코 님의 부군께서는 단잔 가문의 사업체 중 하나를 맡아 경영하셨는데, 그날도 귀가가 늦으셨던 모양입니다. 그래도 자정 전에는 돌아왔지만, 마미코 님은 나와보지 않으셨다고 합니다. 늘 있는 일이라 부군께서도 마미코 님을 굳이 찾지 않으셨고요. 그대로 아침이 밝았고, 점심이 되어도 마미코 님이 안 일어나시기에 이상하게 생각한 부군께서 침실을 들여다봤다가 그제야 참사를 알아채셨다고 합니다. 이때의 실책 탓에 마미코 님의 부군께서는 단잔 가문에서 쫓겨나셨습니다.

전달된 손목 때문에 과다 출혈로 돌아가신 줄 알았는데, 마미코 님은 끈으로 교살되었다고 합니다. 살아 계실 때 먼저 뒤통수를 얻어맞은 다음 살해당했다는 사실도 밝혀졌습니다. 요컨대 마미코 님은 뒤에서 습격을 받은 뒤에, 목이 졸려 숨이 끊어졌고, 그후에 손목이 절단된 것입니다.

소타 님의 일주기이긴 했지만, 마미코 님의 장례식도 단잔 본가에서 치를 수밖에 없었습니다. 그날, 우리 고용인들은 너무나도 바빠서 어디서부터 손을 대야 할지 알 수 없을 정도였습니다. 그렇지만 나쁜 일이라고만은 할 수 없었습니다. 큰 어르신께서 마미코 님의 시체를 발견한 저희에게 특별히 금일봉을 내리셨으니까요. 저희 같은 것에게는 너무나도 파격적인 금액이었지만, 요컨대 입막음비라는 것이겠지요. 일부러 그러지 않으셔도 아가씨께서 말하지 말라고 한마디만 하시면 저는 죽어도 입을 열지 않을 텐데 말입니다.

하지만 사람의 입에 자물쇠를 채울 수도 없는 노릇입니다.

마미코 님이 살해당하셨다는 소문을 드러내놓고 입에 담는 사람은 없었습니다. 하지만 그 자리에 있던 모두가 마미코 님의 부군께서 "소타가 돌아왔어"라고 하신 것을 들었습니다. 무슨 일이 일어났는지는 말하지 않아도 불 보듯 뻔했습니다.

고용인들 사이에 불안이 퍼져나갔습니다. 열두 명의 사상자를 낸 소타 님 사건의 기억은 고용인들 사이에 아직 생생하게 남아 있었습니다. 소타 님은 정말 돌아가신 걸까요. 아니면 혹시…… 아무도 소타 님의 시체를 보지 못했습니다. 다름 아닌 저희가 장례식 준비를 하긴 했지만, 텅 빈 관을 준비한 당사자들이 소타 님의 죽음을 믿지 못한 것도 그리 이상한 일은 아니겠지요.

　이 일로 고용인들이 여럿 그만두었기 때문에 저는 무척 힘들었습니다만, 그 건에 대해서는 언급하지 않도록 하겠습니다. 더욱 중요한 일이 있었으니까요. 탐정 사무소가 결국 아무런 성과도 올리지 못했던 일과, 이듬해 7월 30일에 가미요 님이 살해당하신 일입니다.

　그날은 소타 님의 삼회기였고, 마미코 님의 일주기였습니다. 이번에도라고 해야 할지 당연하다고 해야 할지, 가미요 님의 시체 역시 오른손이 사라져 있었습니다.

　그래도 큰 어르신께서는 경찰을 부르려 하지 않으셨습니다. 가미요 님 또한 병사로 처리되었습니다.

　그 이유는 저도 이해할 수 있었습니다. 가미요 님이 살해된 사실을 경찰에 알리면, 마미코 님 사건도 언급해야만 할 것입니다. 그리고 그렇게 되면 소타 님의 사건도 세간에 알려지게 될 겁니다. 설령 사람들이 그런 소문을 퍼뜨린다고 해도, 단잔 가문은 표면상으로는 소타 님의 발광과 그 전말을 없던 일로 치고 있었습니다. 그렇기 때문에 가미요 님 사건도 마미코 님 사건도 모두 덮어둘 수밖에 없었던 것입니다.

　가미요 님은 마미코 님과는 달리 단잔 본가 저택에서 지내지 않으셨습니다. 저희가 '산 저택'이라 불리는 별저에 홀로 살고 계셨습니다. 당시 저는 고등학교를 졸업하고 제 바람대로 명실공히 단잔 가문의 고용인이 되었습니다. 나이는 어렸지만 경력은 십 년도 넘었기 때문에 주인어른의 믿음도 두터웠고 나름대로 지위도 있었습니다. 단잔 본가의 심부름꾼으로 가미요 님을 찾아뵌 적도 몇 번인가 있었습니다. 일찍이 후키코 아가씨께 가혹하게 대하셨던 분이라 해도, 고용인 하나 없는 휑한 저택에 홀로 쓸쓸하게 살고 계신 모습을 보면 역시 일말의 동정심을 느끼곤 했습니다.

시체를 발견한 것은 제가 아닙니다. 일주기와 삼회기가 겹친 그날, 단잔 본가에서는 가미요 님을 모셔오기 위해 별저로 차를 보냈습니다. 운전기사와 오래 일한 고용인 한 명이 찾아갔다고 합니다. 저택에 도착했지만 아무도 대답이 없자, 이상하게 생각한 그들은 작년 일을 떠올렸습니다. 그리고 현명하게도 그들은 독단으로 행동하지 않았습니다. 가미요 님이 갑작스러운 병으로 쓰러졌을 가능성도 있었지만, 일단 본가에 연락부터 넣은 것입니다.

법사法事를 주관하던 다카히토 님은 연락을 받고, 즉시 큰 어르신께 보고드렸습니다. 큰 어르신께서도 심상치 않은 분위기를 눈치채셨는지, 그들에게 그 자리에 대기하도록 명령한 다음 장정 여러 명과 저를 가미요 님의 저택으로 보내셨습니다. 저를 지명하신 건 몇 번 심부름을 가서 지리에 밝았기 때문입니다.

그리고 시체가 발견된 뒤의 일에 대해선 그다지 할 말이 없습니다. 아니, 솔직히 말하자면 저는 어떤 불안감 때문에 시체를 제대로 쳐다볼 수조차 없었습니다. 그 무능한 탐정 사무소의 직원들이 또 끈질기게 질문 공세를 펼쳤지만, 역시 그들은 아무것도 알아내지 못했습니다. 그날 늦은 밤에서 새벽녘 사이에 살해되었다는 사실만 밝혀냈을 뿐입니다. 게다가 그것은 일부러 조사하지 않아도 자명한 사실이었습니다. 왜냐면 가미요 님께서는 전날 밤까지 본가에 계셨으니까요.

마미코 님 사건 때와는 달리, 범인은 가미요 님을 뒤에서 습격하지는 않았습니다. 가미요 님은 고령이셨기 때문에 일부러 기절시키지 않아도 손쉽게 목 졸라 살해할 수 있었을 테니까요.

7월 30일에 단잔 가문의 여자가 죽는다.

너무 두려운 나머지, 저는 아가씨께 여쭈었습니다.

"아가씨. 대체 무슨 일일까요. 혹시 소타 님이 살아 계셔서, 단잔 가문 분들을 아직도 노리고 계시는 걸까요?"

아가씨께서는 일언지하에 부정하셨습니다.

"말도 안 되는 소리야."

"하지만 아가씨. 저는 소타 님의 시체를 보지 못했는걸요."

"유히, 이상한 생각에 사로잡혀선 안 돼. 분명히 내가 오라버님의 오른손을 잘랐어. 듣자 하니 도적은 산 저택의 부엌문으로 숨어들었다고 하더구나. 그렇다면 분명히 뒷담을 넘어 들어왔을 텐데, 한 손으로 그 담을 넘는 건 불가능해. 그리고 무엇보다 한 손으로 어떻게 대고모님의 목을 조를 수 있겠니."

저는 아가씨에게 거듭 반론하고 싶지 않았기 때문에 그대로 입을 다물었습니다. 하지만 그 이유만으로는 도통 납득되지 않았습니다. 아가씨 말씀대로 그 담은 높은데다 담벼락 위에 침입을 방지하기 위한 장치도 있었기 때문에 쉽게 넘을 수 없었습니다. 하지만 한 손으로는 절대로 넘을 수 없다고 단언할 수도 없었습니다. 목을 조르는 것도 사전에 오른팔에 끈을 묶어놓았다면 충분히 가능한 일이니까요.

하지만 제가 정말 두려워한 것은 소타 님이 아니었습니다.

제가 두려워한 것은 마미코 님을, 그리고 가미요 님을 죽인 게 바로 저일지도 모른다는 생각이었습니다.

4

이것이 제 고백입니다.

저는 어느샌가 스스로에게 이상한 버릇이 있는 게 아닌가 의심하게 되었습니다.

이런 의심을 도저히 가슴에서 씻어낼 수가 없었습니다. ……잠들어 있는 동안 무슨 짓을 하는 게 아닐까?

가끔씩 아침에 눈을 떠보면 말도 안 되는 자세를 취하고 있는 경우가 있었습니다. 원래 저는 딱히 잠버릇이 나쁜 편은 아닙니다. 그런데도 가끔씩 이런 일이 벌어지는 것은 밤중에 불현듯 방 안을 헤맸기 때문이 아닐까, 그런 생각이 들었습니다.

아무리 단잔 가문이라 해도, 저택에서 기거하는 고용인들은 그리 많지 않습니다. 여자는 저를 포함해 두 명인데, 다른 한 사람은 상당한 고령입니다. 감사하게도 큰 어르신께서는 저희에게 각각 방을 주셨습니다. 방은 전통식 구조라, 미닫이문만 열면 쉽게 드나들 수 있습니다.

그 일은 제가 아직 중학생이었을 때 일어났습니다. 같은 반 친구들이 저에게 이렇게 말한 것입니다. "어젯밤에 극장에 있었지?" 제가 그런 곳에 있었을 리 없습니다. 매일 밤마다 제 방에서 잠자리에 드니까요. 부름을 받으면 그 즉시 나갈 수 있도록 웃옷과 손전등을 머리맡에 두고 말입니다. 그런데도 왜 친구들은 저를 보았다고 생각한 걸까요. 단순히 비슷한 사람을 저로 착각한 걸까요.

저는 이렇게 생각할 수밖에 없었습니다. 제게도 다른 친구들처럼 놀러다니고 싶다는 욕구가 있던 거라고. 점점 몸집을 불려간 그 욕구가 제게 밤놀이를 하도록 시킨 거라고.

물론 증거는 없습니다. 그래서 저는 물그릇을 머리맡에 놓고 자기 시작했습니다. 그렇게 며칠인가 계속하던 어느 날, 분명히 물이 줄어들어 있었습니다. 자연적으로 증발한 것이 아니었습니다. 분명 잠들어 있던 제가 밤중에 일어나 욕구가 이끄는 대로 물을 마신 것입니다.

그 순간 경악에 찬 저의 심정을 그 누가 알까요.

저는 그날부터 한동안 스스로 팔다리를 묶고 잠자리에 들었습니다. 잠든 사이에 무슨 짓을 할지 몰랐기 때문입니다. 저는 단잔 가문에 평생 다 갚지 못할 정도로 큰 은혜를 입은 몸입니다. 그런 제가 잠자는 동안 다카히토 님께, 혹은 큰 어르신께, 그리고 혹시라도 아가씨께 무례라도 저지르는 것은 아닐까. 그런 두려움 때문에 저는 제 팔다리를 묶을 수밖에 없었습니다.

덧없는 양들의 축연

다른 고용인들이 제 방에 들어오지 못하게 한 것도, 실은 이것이 제일 큰 이유입니다. 자신의 방에 있는 저는 밤을 두려워하는 나약한 존재일 뿐입니다. 때때로 형언할 수 없는 불안에 시달릴 때면 아가씨의 사진을 마음의 지주로 삼았습니다. 그러한 모습을 아무에게도 보이고 싶지 않았습니다.

이 습관은 오래 계속되지 않았습니다. 어느 날 밤 지진으로 잠에서 깼을 때, 팔다리가 묶여 있던 탓에 금세 움직일 수 없었기 때문입니다. 망상에 가까운 공포보다는, 만일의 사태가 일어났을 때 도움이 되지 않을 거란 공포가 더 컸습니다.

하지만 스스로에 대한 의구심은 사라지지 않고 마음 깊은 곳에 여전히 남아 있었습니다. 그리고 그 희미한 의구심은 두 분의 죽음 후에 시커멓게 부풀어올랐습니다.

무엇 때문에.

그렇습니다, 그것이 문제입니다. 마미코 님과 가미요 님을 살해한 것이 누구든 간에, 무엇 때문에 그런 짓을 저지른 것일까요.

두 분은 단잔 가문에 아주 중요한 분들도 아니었고, 또한 해가 되는 분들도 아니었습니다. 그분들을 살해할 이유가 있는 사람은 대체 누구일까요.

제게는 그 이유가 있습니다.

제가 밤에 잠든 사이에 본능대로 배회하는 사람이라면. 어쩌면 잠든 사이에 본능대로 마미코 님을 살해하는 것도 가능하지 않을까요. 가미요 님을 살해하는 것도 가능하지 않을까요. 저는 단잔 가문의 사람입니다. 별채의 구조도, 산 저택의 구조도 속속들이 잘 알고 있습니다. 그리고 저는 두 분을 증오하고 있었습니다.

어린 아가씨께 행했던 두 분의 가혹한 처사는 진정으로 용서할 수 없는 행동이었습니다. 경멸과 악의에 찬 그 행동들을 저는 결코 잊지 않았습니다. 이 세상에서 유일하게 제가 모셔야 할 후키코 아가씨께서 굴욕을 받으셨는데, 어떻게 그걸 잊을 수 있겠습니까. 나중에 가미요 님과 마미코 님이 아가씨를 인정했다고 해서, 제가 그걸 용서했을 것 같습니까? 저는 분명히 두 분을 죽이고 싶을 정도로 미워하고 있었습니다.

그렇다면 역시 제가?

제가 소타 님의 행동을 모방해 두 분을 살해한 것일까요?

아아, 저는 두려웠습니다.

가미요 님과 마미코 님을 살해한 것이 자신일지도 모른다. 아니, 그 사실 때문이 아닙니다. 잠든 자신의 분별력을 누가 믿을 수 있을까요. 제가 밤을 배회하는 자라면, 그리고 이 집안과 연관이 있는 두 분을 죽일 정도로 피를 좋아한다면.

그렇다면 다음번 7월 30일. 제가 아가씨를 위험하게 하지 않을 거라고는 그 누구도 보장할 수 없습니다.

왜냐면 제가 바라고 있었기 때문입니다. 아가씨께서 '바벨의 모임'에 대해 즐겁게 이야기하셨을 때, 저는 제 속마음을 알아챘기 때문입니다.

무라사토 유히는 바라고 있었습니다.

후키코 아가씨를 독점하는 것을, 마음 깊은 곳으로부터 바라고 있었습니다.

오늘 밤, 7월 29일. 저는 자신의 몸을 꽁꽁 묶고 밤을 보내기로 했습니다.

모든 것이 저의 망상이고, 기우였다면.

저는 이 수기를 불태우고 지금까지 그랬듯이 아가씨를 충실히 모실 것입니다.

단잔 후키코의 술회

일은 손쉽게 처리했다. 유히를 죽이는 건 식은 죽 먹기였다. 오히려 마미코 고모님 때보다도 쉬웠다.

처음에 침상에 누운 유히가 꽁꽁 묶여 있는 것을 보았을 때에는 무슨 일인가 싶어서 당황했다. 계획을 변경해야만 하는건가. 나는 달빛 속에서 잠시 망설였다. 하지만 책상 위의 수기를 읽어보니, 아무래도 상황은 나에게 유리한 것 같았다. 몇몇 부분을 수정해야 할 수는 있겠지만, 변경하지는 않아도 된다. 그후의 일은 일사천리로 진행되었다. 입을 살짝 벌리고 잠든 유히의 입안에 독약을 떨어뜨리기만 하면 되었으니까.

유히는 잠시 괴로워했지만, 금세 잠잠해졌다. 아마 고통을 길게 느끼지는 않았을 것이다. 거품을 문 유히의 시체를 내려다보며, 나는 조금 괴로운 기분을 느꼈다. 언제나 내 곁에 있어주었던 유히. 내 충실한 몸종이자 소중한 친구. 무라사토 유히, 네가 나에게 품고 있던 감정이 사랑이 아니라 충성이었다면 우리는 평생 함께 지낼 수 있었을 텐데. 만일 그랬다면 세번째 피해자로 너 아닌 다른 누군가를 선택했을 텐데.

그건 그렇고 유히가 정말로 고모님과 고모할머님을 미워하고 있을 줄은 몰랐다. 분명히 두 분은 어렸던 나를 가혹하게 대하셨다. 하지만 유히는 몰랐던 것이다. 그 정도 행동을 하나하나 신경 쓰다간 한도 끝도 없다는 것을. 나는 물론 그 두 분께 특별한 감정을 가지고 있지 않았다. 내가 두 분을 죽인 이유는 순전히 단잔 가문에 득이 되지 않는 사람들 중에서도 특히 죽이기 쉬운 상대였기 때문이다. 고모님께서는 별채에 사시고, 고모부님도 언제나 늦게 돌아오신다. 연세가 많은 고모할머님은 말할 것도 없이 손쉬운 상대였다.

고용인들 사이에 소타 오라버님이 살아 있다는 소문이 퍼졌다는 사실은 나도 눈치채고 있었다. 정말 어리석은 생각이다. '한 손으로 담을 넘는 건 무리'라든지 '한 손으로는 목을 조를 수 없다'라든지, 그 따위 문제가 아니다. 천하의 할아버님께서, 단잔 가문이, 목숨을 끊어놓지도 않은 사람의 장례식 같은 걸 치를 리가 있겠는가. 각계각층의 조문을 받아놓고 나중에 '실은 살아 있었습니다' 같은 소리를 하면 체면이 뭐가 되겠는가. 나중에 발각될 수도 있는 거짓말이란 하책 중의 하책이다. 오라버님의 숨은 물론 확실하게 끊어놓으셨을 것이다.

분명 할아버님께서는 오라버님이 죽었다고 정확히 언급하지 않으셨고, 나도 시체를 보지는 못했다. 하지만 할아버님이 죽었다고 생각하라고 말씀하신 이상, 그것은 틀림없는 사실이다. 마미코 고모님의 시체가 발견되었을 때, 고모부님이 소타 오라버님의 이름을 입에 담은 일은 그분이 그만큼 어리석은 사람이라는 증거였다. 쫓겨나 마땅하다.

유히는 고모님과 고모할머님을 살해한 범인으로 둘도 없는 적임자였다. 나는 두 분의 오른손을 잘라, 이 살인이 소타 오라버님의 짓에서 이어지는 사건임을 암시했다. 하지만 애초에 오라버님의 오른손이 절단된 사실을 아는 사람은 우리 단잔 가문의 사람을 비롯해 오라버님을 추적한 경호원들, 그리고 그날 나와 함께 도장에 있던 유히뿐이다. 살인자는 이 안에 있어야만 한다.

그리고 지금 유히는 '자살'했다. 내가 준비한 유서가 마미코 고모님과 가미요 고모할머님을 살해한 범인이 유히라고 말해줄 것이다. 과학적으로 수사한다면 금세 가짜 편지라는 사실이 밝혀지겠지만 그럴 리는 없다. 유히가 꿰뚫어 본 대로, 할아버님께서는 이번에도 경찰의 개입을 허락하지 않으실 테니까.

그건 그렇고.

유히의 수기는 정말 놀라웠다. 설마 유히가 밤을, 잠드는 것을 두려워했을 줄이야.

나와 같은 공포에 떨고 있었다니.

물론 본래 그 공포를 안고 있던 것은 나였다. 유히도 이해해주었던 것처럼, 나는 행동거지에 조금의 빈틈도 용납되지 않는 입장에 있는 사람이다. 자신을 한없이 엄하게 다스리는 것, 그것이 단잔 가문의 후계자인 내 의무다. 그 의무를 견디지 못하고 반쯤 미쳐 달아난 오라버님과는 다르다. 늘 몸가짐을 단정히 하고, 생각 없는 말은 한 마디도 입 밖으로 내면 안 된다. 나는 그렇게 자신을 다스리며 성장했다.

그런 내게 잠은 최대의 공포였다.

나도 물론 잠자리에 든다. 그렇게 잠든 사이에 무언가 엄청난 소리를 내뱉지는 않을까. 이제는 나 자신조차 존재하지 않는다고 생각하는 '본심'을 꿈속에서 말의 형태로 내뱉는 것이 아닐까. 그뿐만이 아니다. 행여 잠든 사이에 일어나서 절도 없는, 돌이킬 수 없는 행동을 저지르지는 않을까. 자아를 상실하는 것, 그것이 내가 제일 피해야 하는 사태다. 그리고 잠은 매일 반드시 찾아오는 망연자실의 시간이다. 어떻게 그것을 두려워하지 않을 수 있겠는가.

애초에 나도 처음부터 이러한 위협을 느꼈던 것은 아니다. 정신을 차려보니 그저 막연히 밤과 잠을 두려워하고 있었다. 그러고도 나는 그 두려움의 정체를 알지 못했다.

그것을 내게 가르쳐준 것은 한 권의 책. 어느 단편이었다.

한 문장 한 구절을 모두 외울 수 있다.

이즈미 교카의 「외과실」.

자아를 상실한 사이에 흘러나올지도 모르는 잠꼬대를 죽음보다 두려워했던 백작부인의 심정은 내게는 단순한 관념이 아니었다. 그 글을 읽은 그날부터 나는 밤의 나를 누구도 볼 수 없는 장소에 가둬놓고 싶다는 욕망에 시달렸다. 두꺼운 벽을 만들고, 방에 자물쇠를 달고 싶었다.

……하지만 나는 한없이 잠을 두려워하면서도, 그 두려움에 끌리기도 했다.

선단공포증이 있으면서도 칼을 바라보고, 고소공포증이 있으면서도 탑 꼭대기에 오르는 듯한, 파멸적인 쾌락을 즐겼다. 방을 새로 꾸미고 외부로부터 밤의 자신을 격리함으로써 안도감을 얻었다. 그리고 그런 안도감 위에 서서 두려워해야 할 잠을 모티프로 한 소설에 탐닉했다.

내가 유히에게 명령해 만들게 한 책장은 그런 나의 악몽을 모아놓기 위한 장소였다. 교카는 물론, 유히가 수기에 남긴 여러 이름들을 보니 그 어두운 쾌락이 되살아났다. 기기 다카타로의 「잠자는 인형」은 행동하는 것이 아니라 당하는 것이 무엇인지 가르쳐주었다. 고사카이 후보쿠의 「메두사의 머리」와 하마오 시로의 「꿈의 살인」은 타인의 암시가 밤의 나를 조종할지도 모른다는 새로운 공포를 안겨주었다. 유히가 훔쳐 읽었던 운노 주자의 「지옥가도」는 이질적이란 점에서 평가할 만하다. 현실감이라고는 한 점도 없었지만, 그 때문에 더욱 감미로웠다. 에도가와 란포의 「몽유병자의 죽음」보다도 「두 폐인」쪽이 내 마음을 더 자극했다. 유메노 규사쿠의 『도구라 마구라』는 재미있게 읽었으면서, 신기하게도 요코미조 세이시의 『밤 산책』을 읽었을 때는 전율을 금치 못했다. 유히는 슈피리의 『알프스 소녀 하이디』와 셰익스피어의 『맥베스』가 놓여 있던 이유를 눈치채지 못했던 것일까. 하이디도 맥베스 부인도, 억압을 이기지 못하고 밤에 배회하는 몽유병자들이었다. 예를 들면 다니자키 준이치로의 「야나기유 사건」, 시가 나오야의 「흐려진 머리」역시 자아를 잃은 상태에서 살인을 저지르는 사람을 그린 작품들이다.

하나하나 언급하다간 끝이 없다. 비밀 책장의 책들은 계속 바뀌었고, 그중 계속 남아 있는 작품은 아마 교카의 작품밖에 없다.

나는 유히가 비밀 책장을 훔쳐보는 것을 알고 그 아이에게 책을 빌려주었다. 그리고 때때로 감상을 나눈 적도 있었다.

유히는 자기 자신도 알아채지 못한 사이에 내 두려움을 자신의 두려움처럼 여기게 된 것일까.

다음 날. 마미코 고모님의 삼회기이자 가미요 고모할머님의 일주기 날, 아침 일찍 유히의 시체가 발견되었고 모든 일은 유히가 저지른 것으로 처리되었다. 나는 눈물을 흘렸다. 울어야 할 때에 자유자재로 눈물을 흘리는 것 따위 손쉬운 일이다. 하지만 역시 마음 한구석에서 이 사랑스러운 몸종을 떠나보낸 일을 슬퍼하고 있었던 것 같다.

나는 혼란의 소용돌이에 빠진 집에서 전화를 걸었다.

오라버님은 정말 쓸모없는 분이셨지만, 그래도 단 한 가지 사실을 가르쳐주셨다.

인맥 관리를 위해 나는 '바벨의 모임'의 독서 모임에 참가해야만 한다. 하지만 나는 밤에 타인과 함께 잠자리에 드는 공포를 도저히 견딜 수가 없었다.

이 모순을 극복할 수단을 오라버님께서 가르쳐주셨다.

'바벨의 모임'의 회장이 전화를 받는다. 나는 말을 꺼낸다. 독서 모임에 가지 못하게 되었다고. 사실은 너무나 가고 싶다고. 일정은 확실히 비워두었고 나 역시 손꼽아 기대하던 모임이었지만, 갑작스러운 사정이 생겼다고.

회장은 물론 이렇게 묻는다.

"무슨 일이야?"

모든 것은 이 순간을 위해. 이것을 위해 나는 고모님과 고모할머님을 죽였고, 유히까지 죽였다. 그날 오라버님이 가르쳐주신, 어떤 약속도 취소할 수 있는 마법의 주문을 위해.

무거운 목소리로 나는 대답한다.

"실은······ 집안에 변고가 생겨서."

○

북
관
의

죄
인

1

센닌바라 지방의 북쪽, 높은 언덕 위 산 가장자리 근처에 무쓰나 가문의 저택이 있습니다. 끝이 창처럼 뾰족한 철책으로 에워싸인 정문 앞에서 초인종을 누르고 용건을 이야기하면 문이 열리고 부지 안으로 들어갈 수 있습니다. 완만한 호를 그리며 위로 이어진 굵은 자갈길을 따라가다 보면 듬성듬성한 나무 사이로 차분한 크림색의 저택이 보입니다.

현 당주이신 고지 님은 이 저택에 무척 자부심을 가지고 계셔서, 사소한 부분도 개축할 생각은 없으신 모양입니다. 특히 현관 아치에 장식된 스테인드글라스를 마음에 들어 하셔서, 손님이 눈길을 줄 때면 평소에는 조용하시던 고지 님도 낯빛을 바꾸며 의기양양한 얼굴로 그 내력에 대해 이야기하시곤 했습니다.

이 저택의 응접실에는 이색적인 그림이 한 점 걸려 있습니다.

액자만 보면 무쓰나 가문에 어울리는 멋진 물건이지만, 이 방을 찾는 손님들 대다수가 의아하다는 듯 고개를 갸웃거리십니다. 액자 속 그림에는 푸른 하늘에 푸른 바다, 그리고 푸른 사람이 그려져 있습니다. 온통 푸른 그림은 일종의 이질적인 인상을 줍니다. 특히 기묘한 것은 하늘 색깔입니다. 작가가 푸른색에 집착했다면 분명 제일 아름다운 하늘색으로 칠해야 했을 텐데, 그림 속 하늘은 푸르다고 하기에는 보랏빛이 섞인 색이기 때문입니다.

대부분의 손님들이 건성으로 칭찬을 늘어놓았습니다만, 개중에는 이 그림의 하늘은 왜 보라색이냐며 묻는 분들도 계십니다. 하지만 고지 님은 그저 웃으실 뿐, 결코 대답하진 않으십니다.

실은 이 그림에는 연작이라 할 수 있는 다른 한 점의 그림이 존재합니다. 그 그림은 우아한 본관 뒤편에 세워진 별관에 남몰래 걸려 있습니다.

남향이라 빛으로 가득 찬 본채와는 달리, 산 경사면 가까이

덧없는 양들의 축연

자리한 별관은 왠지 모르게 어둡고 음침했습니다. 외관도 검붉은색인데, 화산암을 잘라 자재로 썼기 때문이라고 합니다. 삼각으로 뾰족하게 솟은 지붕은 귀여운 느낌도 들지만, 새카맣게 칠해진 창틀에서 느껴지는 갑갑함과, 무엇보다도 창문에 달린 철창이 주는 이질감이 지붕의 귀여움을 흔적도 없이 지워버립니다.

무쓰나 가문의 별관.

이 별관이 바로 다른 한 점의 그림이 걸린 곳이자, 제가 사는 곳입니다.

남 말하기 좋아하는 고참 일꾼들은 철창으로 봉인된 이 별관에 쓸데없는 별명을 붙이며 시시덕거리는 모양입니다만, 저는 이곳을 단순히 '별채'나 '북관'이라 부르고 있습니다.

2

제가 북관에 들어가게 된 것은 다음과 같은 사정 때문이었습니다.

평생 저를 키우느라 고생하셨던 어머니는 돌아가시기 직전에 한 번도 들어본 적 없는 울분에 찬 목소리로 이렇게 말씀하셨습니다.

"무쓰나 가문을 찾아가거라. 어르신을 만나. 나는 그 사람에게 더 받아야 할 것이 있었어. 네가 나 대신 받으렴."

무쓰나 가문의 명성은 저도 익히 알고 있었습니다. 원래 방적으로 부를 축적한 무쓰나 가문은 그후에 제약 회사로 업종을 변경해 성공을 거두었습니다. 센난바라에 막대한 부를 불러온 무쓰나 가문은 지금 이 지역에 군림하고 있다고 표현해도 좋을 정도입니다.

그런 무쓰나 가문과 제가 관련이 있다니, 상상도 못 한 일이었습니다. 이 집 저 집을 전전하며 우유 배달, 종업원, 쥐잡이 등 밤낮을 가리지 않고 험한 일을 해왔지만 학비조차 제대로 마련하지 못했던 저와 권세가인 무쓰나 가문. 하지만 의심하거나 하지는 않았습니다. 그저, 그렇구나 하고 생각했습니다.

어머니가 돌아가시고 나자, 유언으로 남은 무쓰나 가문 외에는 갈 곳이 없었습니다. 제게는 아버지가 없었기에 어찌 된 사정인지는 금세 짐작할 수 있었습니다. 온순한 척해야 할까, 아니면 뻔뻔하게 나가야 하나? 무쓰나 저택으로 이어진 길고 긴 언덕길을 오르며 저는 그런 생각을 했습니다. 싸리꽃이 아름답게 피고 비가 갠 하늘이 진저리나게 맑던 여름 끝 무렵의 어느 날이었습니다.

덧없는 양들의 축연

현 당주이신 고지 님의 아버님, 고이치로 님이 바로 어머니가 말한 '어르신'이셨습니다. 자리에 누운 채 몇 번이고 그저 "미안하구나, 미안하구나" 하고 말씀하시는 수척한 모습은 제 상상과는 전혀 달랐습니다. 몸이 아프면 마음도 약해진다더니 그 말이 맞구나. 새삼 그런 생각을 했습니다. 원망스러운 마음은 추호도 없었기 때문에, 저는 어머니와 저 자신에 관한 몇 가지 중요한 부탁을 했습니다.

고이치로 님과는 제대로 대화를 나눌 수 없었기 때문에 자세한 일은 고지 님과 면담해서 정했습니다. 처음 뵙는 고지 님은 느닷없이 찾아온 저를 보고도 괘념치 않는 듯 태연하게 의자에 앉아 계셨습니다. 나이는 삼십 대 초반. 아마도 제 오라버님이 되실 테지만, 어딘지 모르게 모진 느낌이 드는 가느다란 눈도 그렇고, 깔끔하게 정리되어 있는 짙은 눈썹도 그렇고, 저와 닮은 구석이라고는 전혀 없었습니다. 저는 그분의 표정이나 동작을 힐끔힐끔 훔쳐보았지만 고지 님은 불필요한 말씀은 하지 않으셨습니다.

"우치나 아마리 양이라고 했지. 아버님 때문에 고생 많았겠어."

"아뇨. 행복했습니다."

"그래. 이제 무쓰나 가문에 대해선 다 잊고 살도록 해. 이거

받고."

고지 님은 그렇게 말씀하시며 수표 한 장을 테이블 위에 올려놓으셨습니다. 하지만 저는 금액도 확인하지 않고 고개를 저었습니다.

"제게는 갈 곳이 없어서요. 여기 있게 해주세요."

고지 님은 제가 그렇게 말할 것을 예상하셨던 듯, 주저하는 기색 없이 대답하셨습니다.

"그건 상관없지만, 사람들 눈에 띄는 건 좀 곤란해. 이 뒤에 별관이 있어. 그곳에서 살아야 할 텐데, 괜찮겠어?"

그 당시에는 관대한 처분이라고만 생각했습니다. 별관, 즉 북관의 유래를 알게 된 것은 그후의 일이었습니다.

"네. 물론이죠."

"별관에는 선객이 있어. 아마리가 그 사람을 돌봐주었으면 하는데. 괜찮을까?"

살짝 당혹스러웠습니다. 구체적으로 어떻게 돌봐야 하는지 알 수 없었기 때문입니다. 그러자 고지 님은 희미하게 웃으며 말씀하셨습니다.

"주로 청소와 심부름을 맡게 될 거야. 가끔 빨랫감 정리 같은 일도 해줬으면 하고."

그 정도라면. 저는 승낙했습니다.

"그래. 그럼 결정됐네."

고지 님은 고개를 끄덕이신 다음, 고용인을 불러 뒷일을 맡기셨습니다. 그는 저를 본관 북쪽 끝까지 데려갔지만, 아무래도 별관에는 저 혼자 가야만 하는 것 같았습니다.

본관과 별관 사이에는 커다란 철문이 있습니다. 고용인은 커다란 열쇠 구멍에 맞는 커다란 열쇠를 꺼냈습니다. 녹슬어 삐걱대는 철문을 안쪽으로 밀자, 짧은 복도 끝에 별관이 보였습니다.

그렇게 저는 처음으로 무쓰나 가문을 찾은 그날에 홀로 북관에 들어가게 되었습니다.

그곳에서 저를 기다리던 '선객'은 한 남자였습니다.

훤칠하긴 했지만 낯빛이 나쁘고, 손발도 길다기보다는 가늘고 여위었습니다. 저는 그 사람을 처음 보자마자 왠지 병약하다는 느낌을 받았습니다. 그는 옅은 초록색 벽지로 도배된 고상한 응접실에서 저를 맞이했습니다. 어딘지 모르게 무리하는 듯한 억지웃음을 지었지만 목소리는 다정했습니다.

"안녕. 아까 고지에게 전화로 이야기를 들었어. 너도 여기 살게 되었다면서?"

저는 꾸벅 고개를 숙였습니다.

"네. 우치나 아마리라고 합니다. 오늘부터 여기서 신세를 지게 되었습니다. 모쪼록 잘 부탁드립니다."

남자는 머리를 긁적이며 대답했습니다.

"왜 그렇게 딱딱하게 굴어. 너도 아버지 핏줄이라며. 그럼 내 동생이지. 난 무쓰나 소타로. 잘 지내자, 아마리."

"아, 네에."

저는 적잖이 당황했습니다. 숨겨놓은 자식인 저를 고지 님이고 소타로 님이고 너무나 쉽게 받아들여주셨기 때문이기도 하지만, 그보다 소타로 님이 고지 님의 형님으로 보였기 때문에 당황했습니다. 소타로 님은 무쓰나 가문의 정통 후계자, 아마도 장남이실 텐데요. 당황한 저를 보고 소타로 님은 쓴웃음을 지으셨습니다.

"왜 내가 이런 곳에 있는지 궁금하지? 뭐, 그 이야기는 차차 하도록 하자. 여기도 살아보면 꽤 괜찮은 곳이야. 전기도 들어오고 물도 나오거든."

저는 애매하게 대답하며 고개를 끄덕였습니다. 다소 둔한 탓에 저는 아직도 자신이 어디에 있는지 알지 못했던 것입니다.

그 사실을 어렴풋이나마 파악하게 된 것은 인사를 마치고 북관에서 나가려 했을 때였습니다. 허름하기는 하지만 제게는 집이 있었고, 가재도구도 있었습니다. 앞으로 이곳에서 살기 위해서는 신변 정리를 해야만 합니다. 그렇게 말씀드리자 소타로 님은 의아하다는 표정을 지으셨습니다.

"이런. 아직 아무 얘기도 못 들었나 보네."

"……무슨 얘기 말씀이시죠?"

"이 건물이, 이곳에 들어왔다는 것이 무엇을 의미하는지 말이야. 뭐, 좋아. 지금 이야기하면 되지."

금과 상아로 장식된 전화기를 들고는, 소타로 님은 다이얼을 돌리지도 않고 바로 이야기를 시작하셨습니다.

"아마리가 돌아가려고 하는데, 괜찮겠어? ……아, 그래, 그렇구나. 알았어. 그럼 그렇게 전할게."

땡. 높은 벨소리가 났습니다.

"저녁은 본관에서 준비할 거야. 그후의 일에 대해선 고지에게 들어."

"아뇨, 일단 집으로 돌아가려 합니다."

"그럴 필요 없어."

소타로 님은 어째서인지 노골적으로 불쾌한 표정을 지으셨습니다. 부드러운 태도는 사라지고, 그 대신 내뱉듯이 말씀하셨습니다.

"네 집은 이미 고지가 처리했대. 넌 오늘부터 여기서 살 거야. 너도 그러고 싶다고 했잖아."

설마 오늘부터일 줄은 몰랐지만, 일이 그렇게 되었다면 그런대로 상관없었습니다. 저는 갈 곳이 없었고, 돌아갈 곳도 없었으니까요.

"현관은 열려 있어. 얼른 가봐."

소타로 님은 의자에서 일어나 노골적으로 짜증스러운 기색을 보이며 응접실에서 나가셨습니다.

불쾌하지는 않았지만 별난 사람이란 생각은 들었습니다.

그날 저녁 식사 후, 다시 고지 님의 방을 찾은 저는 열쇠 하나를 건네받았습니다.

"우치나. 너에게 이 열쇠를 맡길게."

"이건 이 집의 열쇠인가요?"

제 목소리는 조금 들떠 있었을 겁니다. 열쇠를 건넨다는 건 저를 무쓰나 가문의 일원으로 인정해줬다는 뜻이라고 생각했으니까요. 하지만 고지 님은 천천히 고개를 저으셨습니다.

"아니. 이건 별관으로 통하는 철문 열쇠야."

제가 별관에 살게 되면 당연히 이 열쇠가 필요할 겁니다. 하지만 열쇠의 의미는 그뿐만이 아니었습니다.

"형님하고는 인사했지?"

"네."

"네가 보살필 사람이 바로 형님이야. 조금 별나긴 하지만 나쁜 사람은 아니야."

이야기를 들으면서, 저는 그럴지도 모르고 그러지 않을지도 모른다고 생각했습니다. 고지 님은 담담하게 말을 이으셨습니다.

"네 역할은 두 가지야. 하나는 아까 이야기했지. 형님을 보살피는 일. 그리고 또 하나는 형님을 별관에서 나가지 못하게 하는 일."

"네?"

"물론 난 아직 널 완전히 믿진 않아. 항상 지켜보는 눈이 있다는 걸 명심하고 조심해서 행동해. 경솔한 행동을 저질렀다간 후회만으로는 끝나지 않을 거야."

고지 님은 그렇게 말씀하시더니, 제 손에 묵직한 열쇠를 쥐여주셨습니다.

그 순간에야 저는 깨달았습니다.

첩의 자식이란 신분으로 애물단지가 될 각오를 하고 찾아온 무쓰나 가문. 하지만 무쓰나 가문에는, 북관에는 이미 애물단지가 있었습니다.

저는 북관의 하녀이자 간수가 된 것입니다.

검게 빛나는 열쇠가 제게 그 사실을 가르쳐주었습니다.

3

그렇게 시작된 북관에서의 생활은 의외로 평온했습니다.

별관의 현관은 본관에서 스위치로 자물쇠를 여닫는 식이었습니다. 용건이 있어서 현관을 열 때에는 본관에 전화로 연락해 열어달라고 합니다. 그리고 복도를 지나 본관과 복도 사이를 가로막은 문은 제가 가진 열쇠로 열고 닫습니다. 모든 창문은 철창이었습니다.

나가고 싶어도 나갈 수 없는 북관. 하지만 소타로 님께서는 나가고 싶다는 생각은 하지 않으시는 것 같았습니다. 평소에는 늘 방에 틀어박혀 계셨고, 딱히 일을 시키지도 않으셨습니다. 가끔 응접실에서 담배를 피우시는 모습을 본 적이 있습니다. 그 모습은 때로는 즐거워 보이기도 했고, 때로는 짜증스러워 보이기도 했지만, 분노해 날뛰시는 모습은 한 번도 본 적이 없습니다.

저 또한 북관에 연금되어 있었습니다. 주로 집안일을 하며 시간을 보내다, 식사 시간이 되면 본관에서 식사를 받아 소타로 님께 드립니다. 소타로 님은 방에서 드실 때도 있었고, 휑한 식당에서 드실 때도 있었습니다.

저는 식당에서 먹는 걸 좋아했습니다만, 소타로 님이 식당에 계시는 날에는 제 방에서 먹었습니다. 옷을 고르는 수고도 덜었습니다. 고용인들이 입는 검은 옷과 하얀 앞치마, 머릿수건이 제 제복이 되었습니다. 그런 나날을 보내다 보니 시간은 순식간에 지나갔습니다.

습기 차고 냉기가 기어오르는 방에서만 살았다 보니, 여기가 비밀 골방이든 감옥이든 간에, 북관은 저에게는 꿈같은 장소였습니다.

그렇게 별 탈 없이 하루하루를 보내는 제 생활을 고지 님이 전해 들으신 모양인지, 어느 날 본관 고용인들의 우두머리인 지요 씨가 이렇게 말씀을 전해 왔습니다.

"고지 님께서 오늘부터 행선지를 미리 말하면 외출해도 된다고 하셨습니다."

북관에 들어온 지 세 달이 지났습니다. 저는 스스로도 놀랄 정도로, 자신이 외출 금지를 당한 처지라는 것을 잊고 있었습니다. 그만큼 북관에서의 생활이 편했던 것입니다.

외출이 허용되긴 했지만 갈 곳은 그리 많지 않았습니다. 허가를 받은 다음 날, 저는 지요 씨에게 말을 남기고 먼저 어머

니의 묘를 찾았습니다. 여름 끝자락에 무쓰나 가문에 들어왔
는데, 벌써 겨울 기운이 짙어지고 있었습니다. 저는 빌려 입은
외투 앞섶을 여미며, 고개를 푹 숙인 채 어머니가 잠든 절을
향해 하염없이 걸었습니다.

　얼마 되지는 않지만 모아둔 돈을 모두 털어 마련한 어머니
의 묘 앞에서, 저는 지금 제 상황을 보고했습니다. 돌아오는
길에 문득 예전에 살던 집을 보고 싶다는 생각이 들었지만,
그냥 돌아가기로 했습니다. 본다고 해서 달라지는 것도 없으
니까요. 집에는 추억 어린 물건들도 다소 남아 있었지만, 그
것들도 벌써 세 달 전에 고지 님의 명령으로 처분되었을 테
지요.

　그 대신 중심가로 걸음을 옮겨 오랜만에 북적한 분위기 속
에서 걸었습니다. 시끄럽다는 생각밖에 들지 않았습니다.

　그리고 며칠이 지났습니다. 응접실에 있는 큰 시계를 닦고
있던 저를 향해 소타로 님이 불현듯 말을 거셨습니다.

　"아마리. 넌 밖에 나갈 수 있니?"

　그때까지 개인적인 대화는 한 번도 나눈 적이 없었기 때문
에, 잠시 당황했습니다. 저는 걸레를 손에 든 채 대답했습니다.

　"네. 고지 님께서 허락해주셨습니다."

　그러자 소타로 님은 쓸쓸한 표정을 지으셨습니다.

"고지 님이 뭐야. 고지는 네 오빠잖아."

제가 아무 말도 하지 않자 소타로 님은 손을 저으며 그때처럼 억지웃음을 지었습니다.

"뭐, 네 마음대로 해. 그보다 밖에 나갈 수 있으면 뭣 좀 사다 줬으면 하는데."

"대신 사 오란 말씀이세요?"

"그래. 돈은 지요에게 받으면 돼."

저는 철창 너머로 바깥을 보았습니다. 흐린 하늘에 세찬 바람이 불고 있었습니다. 보기만 해도 추위가 스멀스멀 다가오는 것 같았습니다. 지요 씨에게 돈을 받으면서 외투를 빌려야겠다고 생각했습니다.

"네. 무슨 물건을 사 오면 될까요?"

그러자 소타로 님은 싱글벙글 기쁜 듯 웃으셨습니다. 지금까지 본 적 없는 인간미 넘치는 웃는 얼굴을 보고, 저도 덩달아 조금 기분이 좋아졌습니다.

"비니거를 한 병 사다 줘."

"비니거 말입니까?"

"그래."

"식초를 사 오라는 말씀이시군요?"

소타로 님은 어린애처럼 고개를 크게 끄덕이셨습니다.

식초라면 본관 주방에 얼마든지 있을 겁니다. 하지만 저는 그런 소리는 하지 않았습니다. 소타로 님은 이미 그 사실을 잘 알고 계실 테니까요. 그런데도 제게 식초를 사 오라고 명령하신 것입니다. 그리고 돈을 쓰는 건 정말 오랜만이었습니다. 예전에 어머니와 장을 보러 갔던 추억이 떠올랐습니다.

"어떤 식초를 사 올까요?"

"너한테 맡길게. 좋은 걸로 사다 줘."

좋은 식초가 어떤 식초인지는 알 수 없었지만, 저는 알겠다고 대답하고 밖으로 나왔습니다.

식초가 아니라 비니거라 하신 것은 단순히 잘난 척하려는 게 아니라 나름대로 의미가 있어서겠거니 생각하고, 저는 몇몇 가게를 돌아본 뒤 고급스러워 보이는 와인 비니거를 샀습니다. 소타로 님은 무척이나 기뻐하시며, 병을 껴안은 채 응접실에서 휘릭 한 바퀴 돌기까지 하셨습니다.

그 일 이후로 소타로 님은 제게 자주 심부름을 시키셨습니다.

"아마리, 압정 좀 사다 줄래?"

"아마리, 실톱 좀 사다 줄래?"

"아마리, 막자사발 좀 사다 줄래?"

모두 별거 아닌 물건이었습니다만, 사다 드리면 소타로 님은 언제나 뛸 듯이 기뻐하셨습니다.

처음에 저는 그런 소타로 님을 보고 마치 어린애 같다고 생각했습니다. 확실히 틀린 생각은 아니었습니다. 하지만 그뿐만이 아니라는 것을 저는 차츰 깨닫게 되었습니다.

소타로 님은 벌써 오랫동안 이 북관에서 지내신 모양입니다.

북관에는 식당은 있지만 주방은 없습니다. 제가 오기 전부터 식사는 본관에서 날라 온 것 같았습니다. 그렇다면 심부름꾼과 접촉하신 적도 있었을 것입니다.

하지만 아무래도 소타로 님은 그들에게는 심부름을 시키지 않은 모양입니다. 소타로 님이 낯을 가리시기 때문인지, 아니면 고지 님이 무언가 엄명을 내리셨기 때문인지는 저는 모릅니다. 제가 아는 건 그저 제가 사 오는 물건 하나하나를 소타로 님이 갈망하고 계셨다는 사실뿐입니다. 소타로 님은 변덕은 심해도 괴롭다는 표정을 보인 적은 없으셨습니다만, 새삼 이분이 감금되어 있다는 사실을 실감했습니다.

……저는 결국 마지막까지 어머니를 기쁘게 해드리지 못했습니다. 그러고 보니 과연 나는 타인을 기쁘게 해준 적이 있었을까? 꼬리에 꼬리를 물고 그런 생각까지 들었지요. 심부름 정도로 이렇게 기뻐하신다면, 이런 부탁은 얼마든지 들어드릴 수 있었습니다.

소타로 님이 또 어떤 물건을 사다 달라고 부탁하셨을 때였습니다.

평소처럼 지요 씨에게 행선지를 밝히고 외출하려는데, 지요 씨가 저를 불렀습니다. 뒤를 돌아보니 지요 씨는 미심쩍은 얼굴로 절 보고 있었습니다.

"잠시만요."

"무슨 일이시죠?"

저는 지요 씨와 이야기를 나누는 것이 영 불편했습니다. 저는 북관에서는 일개 하녀지만, 본관에서는 첩의 자식이라 해도 무쓰나 가문의 일원입니다. 어느 쪽이 윗사람인지 따지기 힘들었기 때문에 저와 지요 씨는 서로 조심하면서 이야기해야만 했습니다. 지요 씨도 그런 불편함을 느끼는지 간단히 용건만 전했습니다.

"고지 님께서 부르십니다. 서재로 오라고 하세요."

저는 무슨 일일까 생각하며, 이곳에 처음 찾아온 날 가본 뒤로 연이 없던 고지 님의 서재 문을 두드렸습니다. 생각해보면 고지 님과 대화를 나누는 것 자체도 무척 오랜만이었습니다.

한창 일하는 도중이셨는지, 고지 님은 책상 앞에 앉아서 서류에 사인을 하고 계셨습니다. 힐끔 저를 보시더니 잠깐 기다리라고 하시더군요.

덧없는 양들의 축연

그리고 다른 서류를 몇 장 훑어보신 뒤에, 가볍게 한숨을 쉬시며 서류를 정리하고는 책상 위로 손깍지를 끼셨습니다. 그런 다음 낮은 목소리로 입을 여셨습니다.

"형님이 이것저것 심부름을 시키시는 모양이지?"

"네."

들어드려선 안 되는 것이었을까요? 저는 불안한 마음으로 대답했습니다.

"내가 분명히 형님을 별관에서 나가게 하면 안 된다고 일러두었을 텐데."

"네. 소타로 님께서는 전혀 나가려 하지 않으십니다."

"과연 그럴까."

고지 님은 앞에 있는 메모를 집어 들면서 말씀하셨습니다.

"잡다한 물건을 이것저것 사 온 모양이던데. 형님이 그걸로 뭘 하려고 하는지 알겠어?"

"글쎄요……."

"음, 그럼 식초랑 실톱, 이 두 가지만 한번 떠올려봐. 생각나는 거 없어?"

저는 화들짝 놀랐습니다. 고지 님이 무슨 말씀을 하시려는지 알아챘기 때문입니다.

북관은 이중으로 잠겨 있습니다. 하지만 창문은 철창으로

막혀 있을 뿐입니다. 식초로 부식시킨 뒤에 실톱으로 자르면 밖으로 나갈 수도 있겠지요.

"그럼 소타로 님께서는 별관에서 나가시려 하는 걸까요?"

하지만 고지 님은 살짝 말끝을 흐리며 대답하셨습니다.

"……그뿐이라면 상관없어. 감시를 붙이면 되니까. 넌 지금까지처럼 사 온 물건이 뭔지 지요에게 보고하면 돼. 내가 널 부른 건 오늘은 뭘 사 오라고 했는지 궁금했기 때문이야. 오늘 형님이 뭘 사 오라고 했지?"

그것은 이미 지요 씨한테 말해놓았습니다. 고지 님도 물론 알고 계실 텐데도, 저한테 물으시는 겁니다.

"납입니다."

흠. 고지 님은 그렇게 중얼거리셨습니다.

깍지 낀 자신의 손을 내려다보시며 고지 님은 잠시 침묵을 지키셨습니다. 그리고 이내 단호한 어조로 말씀하셨습니다.

"우치나. 내가 신경 쓰이는 건 납이 유독 물질이라는 사실이야. 형님이 별관을 나가는 것도 문제지만, 마음대로 독약을 먹어도 문제가 되지. 설마 그럴 일은 없을 테고, 납을 복용해도 금세 죽지는 않지만. 하지만 앞으로도 이상한 물건을 사 오라고 하면 외출하기 전에 지요에게 보고하도록 해."

용건은 그뿐이었던 모양입니다. 저는 서재를 뒤로했습니다.

괜한 걱정이라고 생각했습니다. 소타로 님은 감정 기복이 심하신 분이긴 했지만, 자살을 생각할 정도로 우울해하시는 모습은 상상도 가지 않았습니다. 게다가 납을 사 오라고는 하셨지만, 겨우 한 조각을 부탁하셨을 뿐입니다.

하지만······.

저는 처음으로 의문을 가졌습니다. 소타로 님이 부탁하신 별난 물건들에는 어떤 의미가 있는 것일까요.

4

그 이후로 고지 님이 걱정하실 만한 일은 일어나지 않았습니다. 저는 그저 시키신 대로 목재와 니스, 연실 등을 사 왔습니다.

물건을 사 올 때마다, 저에 대한 소타로 님의 믿음은 점점 확고해지는 것 같았습니다. 어느 날 말씀대로 삼베를 사서 돌아오자, 소타로 님은 이제껏 본 적 없는 기쁜 얼굴로 이렇게 말씀하셨습니다.

"고마워. 이 관에 갇힌 사람 중 나만큼 복 받은 사람도 없을 거야."

저도 이 무렵에는 소타로 님과 대화하는 데 불편함을 느끼지 않았기 때문에 여쭈어볼 수 있었습니다.

"전에도 여기 갇힌 사람이 있었나요?"

"있었지. 그걸 위해 만들어진 건물이야."

소타로 님은 잠시 생각하다 힐끗 테이블을 보셨습니다.

"아마리, 차를 준비해줘. 난 밀크티. 너도 좋아하는 걸로 만들어달라고 하고. 기분이 좋으니 이 건물에 대해 얘기해줄게."

주방에서 밀크티 두 잔을 가져온 저는 소타로 님과 응접실 소파에 마주 보고 앉았습니다. 이렇게 소타로 님과 마주 앉아 이야기하는 것도 흔치 않은 일이었습니다.

그리고 소타로 님은 제게 이 건물의 유래를 이야기해주셨습니다.

"아마리 네가 무쓰나 가문에 대해 얼마나 아는지 모르겠지만, 대충 간략하게 설명할게. 무쓰나 가문의 선조는 류노스케라는 사람인데, 시류를 읽고 방적공장을 세웠어. 『여공애사』* 정도는 아니지만, 당시에는 상당히 험하게 사람을 부린 모양이야.

* 일본 소설가 호소이 와기조가 쓴 기록 문학. 1920년대 일본 방적공장 여성 노동자들의 가혹한 생활을 상세히 묘사했다.

하지만 모든 일이 뜻대로만 되지는 않았지. 류노스케의 장남인 세이이치가 행동거지가 꽤 기괴한 인물이었나 봐. 집안을 일으키는 데 혈안이 되어 있던 시기였잖아, 세간의 이목에 민감했지. 그래서 류노스케는 저택을 지을 때 세이이치를 평생 가둬두기 위한 별체를 지었어. 그게 이 북관이야. 요컨대 이곳은 처음부터 호화로운 감옥이었던 셈이지."

어째서인지 소타로 님은 무척이나 즐거워 보이셨습니다.

"자, 방적 산업은 이내 사양길로 접어들었어. 그 이유는 역사 교과서에도 나와 있으니 굳이 설명하지 않을게. 무쓰나 가문은 눈치 빠르게 방적 산업에서 손을 떼고 제약 사업으로 방향을 틀었어. 이 사업이 또 크게 성공해 지금에 이르게 된 건데, 그 과정에서 수작을 제법 부렸어. 쉽게 말하자면 관리들에게 뇌물을 쥐어준 거지. 신참이라 예의 좀 차렸다고 하기도 뭣하지만, 아무튼 효과는 좋았어. 너무 좋아서 경찰에서까지 주시했을 정도였지. 그 당시 뇌물 사건의 중요한 증인이 있었거든. 이 별체는 그 증인을 숨기기 위한 은신처로 사용되었어. 그러한 노력 덕분에 무쓰나 가문은 경찰 수사에서 무사히 빠져나올 수 있었지."

"그 당시 세이이치 님께서는 어떻게 되셨나요?"

"아, 그땐 이미 자살한 뒤였어."

소타로 님은 태연하게 말씀하시더니 한층 더 기분 좋다는 얼굴로 이야기를 계속하셨습니다.

"그런 일이 있고 그다음이 우리 할아버지인 교이치로. 이 사람은 일화가 너무 많아서 나도 전부 믿지는 않아. 이곳과 관련 있는 일만 간추려 이야기하자면, 요컨대 교이치로란 사람은 상당한 호색가였던 모양이야. 그것도 변태. 집안의 수치지만, 넌 우리 가족이니까 상관없겠지. 지독한 사디스트였다고 들었어."

너무나도 태연하게 이야기하셨기 때문에, 오히려 듣는 제가 부끄러워질 정도였습니다.

"정부를 여럿 두고 채찍이며 밧줄 같은 것을 동원해 난교 파티를 벌였지. 그러다가 유독 마음에 든 여자가 생긴 모양이야. 찾아가기도 귀찮았는지 이 별채로 불러들였어. 너도 청소를 해봤으니 알고 있지? 이 저택에 지하실이 있다는 사실을."

저는 고개를 끄덕였습니다. 습기로 가득 찬, 아무것도 없는 방입니다.

"그건 교이치로 할아버지가 즐기기 위해 일부러 만든 방이야. 웃기지도 않지. 이 별채 자체가 감옥이나 마찬가지인데 거기다 또 지하실을 만들다니. 뭐, 기분상의 문제겠지. 다행히도 벽이 두꺼워서 밤이면 밤마다 망측한 비명이 울려 퍼지는 상황은 피한 모양이지만."

저는 말없이 그저 이야기를 듣고 있었습니다. 이야기 속 여자와 마찬가지로 무쓰나 가문의 정부였던 어머니 생각이 잠시 머리를 스쳐 지나갔습니다.

"그러니까 여긴 무쓰나 가문의 치부를 감추어두는 곳이야. 내 방에는 가문 선조의 아들이 엽총으로 자살했을 때 생긴 탄흔이 남아 있어. 산탄총이었는지 작은 구멍이 몇 개나 나 있더라고."

밀크티를 마시며, 소타로 님은 이렇게 이야기를 마무리 지으셨습니다.

저는 그럴 법하다고 생각하며 이야기를 들었습니다. 본가로 쳐들어온 첩실 자식의 거처로 이보다 더 좋은 곳은 없을 것입니다.

하지만 좀 이상합니다.

지금까지 계속 의아하게 생각했던 일이 더욱 의문으로 다가왔습니다.

소타로 님이 조금 특이하시긴 하지만, 정신에 문제가 있는 분으로는 보이지 않습니다. 이분도 저처럼 사생아인 걸까요? 그렇다고 가정해도 납득할 수 없는 부분이 있습니다. 고지 님의 이름에는 차남에게 붙이는 지次 자가 들어가고, 소타로 님의 이름에서 타로太郎는 장남을 뜻합니다. 정실의 장남에게 붙이는 이름입니다. 제 이름인 아마리*와는 하늘과 땅만큼 차이가 납니다.

소타로 님, 당신의 이름은 무쓰나 소타로인가요?

소타로 님, 당신은 왜 이 북관에 갇혀 계시나요?

그런 질문을 하고 싶었습니다만, 입 밖으로 낼 수는 없었습니다. 아직 건드려선 안 될 부분이란 생각이 들었고, 소타로 님의 기분을 언짢게 할까 봐 무섭기도 했으니까요.

그리고 저는 생각지도 못한 형태로 그 사정에 대해 알게 되었습니다.

12월 중순이 지났을 무렵. 저는 대청소를 할 요량으로 며칠에 걸쳐 북관의 구석구석을 걸레로 닦았습니다. 아주 사소한 변화만으로도 틀에 박힌 하루 일과에 의욕이 생기기 마련입니다. 그렇게 복도 바닥을 걸레로 닦고 있던 제 귓가에, 응접실에서 흘러나온 예상치 못한 목소리가 들렸습니다.

엿들을 생각은 아니었지만, 어쩌다 보니 그만 떡갈나무 문

---

* 일본어로 '나머지'라는 뜻.

을 살짝 밀어 열어버리고 말았습니다.

한 번도 북관을 찾지 않으시던 고지 님의 목소리였습니다.

"한 해가 저물기 전에 형 얼굴을 한번 보고 싶어서."

고지 님의 목소리는 저를 대할 때와는 달리 격식 없고 편했습니다. 역시 가족을 대하는 목소리였습니다.

"그래. 바쁜데 일부러 와줘서 고마워."

하지만 그에 반해 소타로 님은 저에게 말씀을 건넬 때보다 더 딱딱한 말투에, 목소리도 어딘지 모르게 어두웠습니다. 그리 이상한 일은 아니었습니다. 무쓰나 가문의 기둥으로서 본관에 군림하는 동생과, 복잡한 내력을 가진 별관에 갇힌 형. 소타로 님이 다소 비굴한 태도를 보이신다 해도 그리 부자연스러운 일은 아닐 겁니다.

살짝 열린 문틈으로 소파에 몸을 묻은 소타로 님과 제가 매일매일 청소하는 응접실을 둘러보는 고지 님의 모습이 보였습니다.

"좋은 곳이네. 하지만 불편하지?"

소타로 님은 당연한 소리를 한다는 듯 웃으셨습니다.

"그래, 당연히 불편하지. 하지만 동생 덕분에 살 만해."

"동생."

고지 님은 의아한 표정을 지으셨습니다. 소타로 님이 말씀하신 '동생'이 누구인지 전혀 짐작조차 가지 않는다는 듯.

"요미코가 드나드는 거야? 여기엔 가까이 오지 말라고 일러두었을 텐데."

"요미코는 여기 온 적도 없어."

아무래도 무쓰나 가문에는 요미코란 딸도 있는 모양입니다. 몰랐습니다. 그도 그럴 것이, 본관에는 말 그대로 드나들 뿐이었으니까요.

"그럼 누굴 말하는 거지?"

"정말 몰라서 묻는 거야? 아마리 말이야. 우치나 아마리. 네가 여기로 보냈잖아."

"……아. 그 애 말이군. 잘 지내나 보네."

건성으로 대답하시더니 고지 님은 단호한 표정으로 말씀하셨습니다.

"형. 아직도 생각이 바뀌지 않은 거야? 형이 복귀하겠다고 한마디만 하면 되는 일이잖아."

소타로 님은 진절머리 난다는 표정을 지으셨습니다.

"아직도 그 소리야? 할 수 있는 일과 못 하는 일이 있어."

"무슨 일이 있어도 못 하겠다는 거야?"

"그래. 뭐, 아직 조금 더 하고 싶은 일도 있고."

그러자 고지 님은 짜증과 조소가 섞인 목소리로 말씀하셨습니다.

"이 감옥 같은 곳에서?"

소타로 님은 천천히 고개를 저으셨습니다.

"감옥은 안전하지. 제대로 된 간수만 있으면 말이야. 고지, 설 떡국에는 오리고기를 넣어줘. 올해는 없어서 서운하더라."

그 말에는 대답하지 않은 채, 고지 님은 성난 얼굴로 제가 들여다보는 곳의 반대편에 있는 문을 통해 응접실에서 나가셨습니다.

무언가 복잡한 사정이 있는 모양입니다. 저는 그런 생각을 하며 그 자리를 떠나려 했습니다. 하지만 그 순간 불현듯 살짝 열린 문틈으로 소타로 님과 눈이 마주치고 말았습니다.

소타로 님은 기분파이십니다. 엿듣고 있었다는 사실을 아시면 분명 언짢아하시겠죠. 저는 그게 두려워서 재빨리 몸을 돌렸습니다. 하지만 이내 소타로 님의 목소리가 저를 불렀습니다.

"아마리, 이리 와."

들켜버렸으니 어쩔 수 없습니다. 단념한 저는 일단 얌전히 어깨를 움츠리며 응접실로 들어갔습니다. 손에는 아직 청소용 걸레가 들려 있었습니다.

하지만 소타로 님은 절 혼내지 않으셨습니다. 오히려 입가에 미소를 머금고 계셨습니다만, 그 미소는 어딘지 모르게 쓸쓸해 보였습니다.

앉으라는 손짓에 저는 순순히 소파에 앉았습니다. 소타로 님이 물으셨습니다.

"다 들었지?"

"네. 죄송합니다."

"아니야. 오히려……."

소타로 님은 그렇게 말씀하시며 천장을 올려다보셨습니다.

"……오히려 지금까지 이야기하지 않은 게 이상하지. 너에겐 지금까지 부탁도 많이 했고, 이 별관의 유래에 대해서도 이야기했는데. 그런데도 내 얘기는 하지 않은 건 분명 내 잘못이야."

일단 이야기하겠다고 결심하신 소타로 님은 제 의견 같은 건 신경도 쓰지 않으시는 것 같았습니다. 테이블 쪽으로 몸을 수그린 채, 소타로 님은 더듬더듬 이야기를 시작하셨습니다.

"너도 알다시피 이 별관은 감옥이야. 내가 여기서 나가면 고지도 무쓰나 가문도, 아니, 무쓰나의 사업 전체가 무척 곤란한 상황에 처하게 돼. ……그건 바로 내가 무쓰나 가문의 정당한 후계자이기 때문이지.

아버지가 사고로 쓰러진 지도 벌써 육 년이야. 아버지가 오래 못 버티실 거라고 생각한 집안 어른들은 아버지가 살아 계신 동안에 사업만이라도 내게 물려주려 했어. 무쓰나 가문의 사유재산은 그후에 처리해도 상관없었지. 하지만 사업과 그에 관련된 권력 부분에서는 공백이 생기면 안 됐거든. 그런 연유로 나는 이십 대에 무쓰나 가문의 당주가 되었어.

아버지가 중태였기 때문에 성대하게 치를 수는 없었지만, 나름대로 축하연도 열렸어. 차기 회장을 선보이는 자리였지. 그런 실무적인 일은 모두 고지가 알아서 처리해주었어. 겨우 열두 살쯤 됐는데도 고지는 무쓰나 본가의 불행을 틈타 한몫 차지하려는 친척들을 깨끗하게 처리했어. 정말 훌륭한 솜씨였지. 동생에게 그런 재능이 있을 거라고는 생각도 못 했기 때문에 얼마나 놀랐던지 몰라.

그런데 사업을 물려받자마자 바로 나 또한 사고를 당했어. 실무에 들어가기 전에 잠깐 쉬러 바다로 놀러 갔는데 타고 있던 요트가 전복된 거야."

거기까지 말씀하신 소타로 님은 입을 다물더니 잠시 생각에 잠기셨습니다. 이야기를 해야 하는지 망설이시는 모양이었지만, 결심이 섰는지 이내 다시 말을 이으셨습니다.

"아니. 아마리 너도 무쓰나 가문의 사람이니 전부 다 말할게. 아버지의 경우도 내 경우도, 분명 단순한 사고는 아닐 거

북관의 죄인   89

야. 겉으로는 유명 제약 회사로 알려져 있지만, 실은 꽤 불법적인 일에도 손을 대고 있거든. 누가 우리를 해하려 했는지는 몰라. 잘은 모르지만 그쪽도 아마 고지가 깨끗하게 처리해준 모양이야."

저는 제가 처음 무쓰나 가문을 찾았던 그날에 고지 님이 제가 살던 옛집을 처리하셨던 일을 떠올렸습니다.

"하지만 난 구사일생으로 살아났어. 함께 요트에 탔던 친구들은 모두 죽었지만 나는 헤엄을 잘 쳤거든.

해변 암벽까지 헤엄쳐 와서 온몸이 만신창이가 되어가며 해안으로 기어오른 뒤, 곰곰이 생각했어. 나는 원래 무쓰나 가문도 사업도 물려받을 맘이 없었어. 이것저것 하고 싶은 일이 많았거든. ……그래서 나는 그대로 자취를 감추기로 했지."

"무일푼으로요?"

저는 무심코 그렇게 말을 끊었습니다. 소타로 님은 쓴웃음을 지으며 말씀하셨습니다.

"그보다 더 나쁜 상황이었어. 입고 있던 수영복도 파도에 떠내려가서, 나는 무일푼에다 말 그대로 알몸이기까지 했거든."

저는 입을 다물었습니다.

"그래서 나는 전부터 하고 싶었던 일을 해보기로 했어. 내가 살아 있다는 사실이 알려지면 안 되기 때문에 누구의 힘도 빌릴 수 없었지. 하지만 바로 그 점이 좋더라고. 이곳저곳을 여행하며 좋아하는 일을 했어. 혼자서도 살아갈 능력이 있을 거라 생각했지. 하지만 그건 오산이었어."

그 시절을 떠올렸는지, 소타로 님은 손을 내려다보며 깊은 한숨을 쉬셨습니다.

"일 년 반이 지나자 이제 충분하다고 생각했어. 꼴사나운 행색으로 센닌바라에 도착했지만, 그대로 집으로 돌아갈 수도 없었기 때문에 고지를 불러냈지. 내가 살아 있다는 사실을 알면 기뻐할 줄 알았거든. 하지만 고지는 날 보자마자 새파랗게 질리더라고.

모두 내가 죽었다고 여긴 이상, 누군가가 무쓰나의 사업을 이어야만 했어. 그래도 고지는 일 년이나 기다려주었어. 하지만 기다려도 내가 돌아오지 않자 자신이 회장이 된 거야. 알겠니? 센닌바라에 돌아왔을 때, 난 이미 죽은 사람이었고 무쓰나의 회장은 고지였던 거지."

그 입가에 비꼬는 듯한 웃음이 깃든 것을 저는 놓치지 않았습니다.

"이야기를 들어보니 무쓰나 가문은 이미 무쓰나 고지 회장 아래에서 체제를 굳혔다고 하더군. 확실히 고지는 유능하지.

이미 한번 무쓰나를 버린 내가 뻔뻔하게 돌아온들 분란의 씨앗을 뿌리는 꼴이잖아. 그래서 나는 센닌바라를 떠나려 했어. 하지만 고지는 그걸 허락하지 않았어."

소타로 님은 어울리지 않게 어깨를 으쓱해 보이셨습니다.

"그도 그럴 것이, 내가 태연하게 바깥을 나다니면 고지가 입장이 곤란해지잖아. 내게 그럴 의도가 없다 해도, 살아 있다는 사실만으로도 분란의 씨앗이 되는 거야. 내가 살아 있다는 사실이 알려지면, 무쓰나 가문의 정통 후계자라며 날 이용하려 들 인간들이 수두룩해. 고지는 너무 능력이 뛰어나거든. 반면 나라면 쉽게 꼭두각시 회장으로 만들 수 있을 테니까.

그래서 고지는 날 이곳에 가둔 거야. 믿을 수 있는 고용인이나 아무 사정도 모르는 새로운 고용인만 드나들게 하며, 벌써 몇 년이나 날 이곳에 가둬놓았지. ⋯⋯매정하게도 오리고 기도 들어 있지 않은 떡국을 먹이면서 말이야."

저는 그제야 차남인 고지 님이 가문의 주인이신 이유와 장남인 소타로 님이 북관에 갇혀 계신 이유를 알게 되었습니다. 하지만 아직 이해할 수 없는 점이 하나 있었습니다.

"그런데 고지 님께서는 조금 전에도 소타로 님께 복귀해달라고 부탁하셨잖아요."

제가 그렇게 묻자, 소타로 님은 기묘한 웃음을 지으셨습니다. 어딘지 모르게 기묘한 느낌이 드는 다정하고 따스한 미소였습니다.

"아마리 넌 착한 아이구나."

"……."

"내가 왜 여기 있을 수 있는 거라 생각하니? 왜 식사와 심부름꾼까지 제공해주며 살아가는 걸 허락하고 있는 걸까? 아마리, 그건 내가 후계자의 지위에도, 사업에도 관심이 없다고 말하고 있기 때문이야."

가슴을 찔린 듯한 느낌에 말이 나오지 않았습니다.

소타로 님은 조용히 이야기를 계속하셨습니다.

"지금 나는 고지에게 있어도 없어도 매한가지인 존재야. 하지만 거치적거리는 건 분명하지. 내가 얌전히 있기 때문에 굳이 없애버릴 것까지 없다고 생각하는 것뿐이야.

만일 아까 내가 '알았어, 복귀할게'라고 말했다면…… 내일 아침에는 나뿐 아니라 아마리 너까지 싸늘한 시체로 발견되었을 테지. 솔직히 말하면 난 그래도 상관없어. 지금 내 인생은 말 그대로 여생이니까. 하지만 넌 아니잖아."

저는 마비된 듯 꼬인 혀를 가까스로 움직여 말했습니다.

"……설마요. 고지 님께서 그렇게까지 하시겠어요."

"아니, 할 거야."

소타로 님은 웃으며 그렇게 말씀하셨습니다.

"하고도 남지."

"그래도."

"고지는 무서워 보이긴 하지만 나쁜 녀석처럼 보이진 않지?"

그 말에 저는 인형처럼 두어 번 고개를 끄덕였습니다. 그러자 소타로 님은 시를 읊듯 이렇게 말씀하셨습니다.

"살인자의 손은 빨갛게 물들어 있어. 하지만 그들은 장갑을 끼고 있지. 이건 고지가 한 말이야. ……요 몇 년 동안 날 돌봐주던 사람들이 어째서인지 갑자기 사라져버린 적이 한두 번이 아니었어."

저는 어느샌가 손안의 걸레를 꼭 쥐고 있었습니다. 그런 저를 보고 소타로 님은 유쾌한 듯 말씀하셨습니다.

"아, 맞아. 요전에는 거짓말을 해서 미안해. 사과하는 뜻으로 진실을 가르쳐줄게."

소타로 님은 몸을 앞으로 내밀더니, 손을 입에 대고 나지막한 목소리로 속삭이듯 말씀하셨습니다.

"이곳에 처음 들어온 초대 회장의 장남. 뇌물 사건의 증인. 할아버지의 정부. 장남은 자살이 아니었고, 증인도 보호 명목으로 들어온 게 아니었어. 정부도 살아서 여길 나가지 못했고. 아마리, 무슨 말인지 알겠니?"

소타로 님은 쿡쿡 웃으시며 소파에서 일어나셨습니다. 그리고 비쩍 마르고 수척한 몸을 흔들며 응접실 바깥으로 나가시려다, 고개를 돌리고 이렇게 말씀하셨습니다.

"내일 가도 되니까 또 부탁 좀 할게. 계란이 필요해. 신선한 걸로. 하나면 돼."

5

새해가 밝았습니다. 추운 날이 계속되었습니다.

그날, 소타로 님이 말씀해주신 이야기는 과연 사실이었을까요. 어쩌면 소타로 님이 저를 놀리기 위해 지어내신 괴담이 아니었을까요. 생각해보니 처음 이 집을 찾았던 날, 고지 님은 이렇게 말씀하셨습니다.

'항상 지켜보는 눈이 있다는 걸 명심하고 조심해서 행동해. 경솔한 행동을 저질렀다간 후회만으로는 끝나지 않을 거야.'

후회만으로는 끝나지 않는다는 건 요컨대, 그런 뜻이겠요.

어느 쪽이든, 무쓰나 가문이 평온하고 안전한 곳이 아니라는 사실은 잘 알았습니다. 처음부터 명심하고 있었다고 생각했지만, 생각이 부족했던 것 같습니다. 더욱더 조심해서 행동해야만 합니다.

그런 생각만 하고 있었기 때문에, 당연히 올 것이라 예상했던 날이 다가왔을 때에도 저는 딱히 신경 쓰지 않았습니다.

눈 내리던 어느 날. 소타로 님은 이제껏 사 왔던 물건들보다 훨씬 특이한 물건을 부탁하셨습니다. 그 물건을 구하기 위해 저는 센닌바라 곳곳을 돌아다녔습니다. 겨우 구했을 때에는 짧은 겨울 해가 저물기 시작해, 저택에 도착했을 무렵에는 이미 어스름이 내려와 있었습니다.

정문을 지나 본관으로 들어가자 복도에까지 깔린 온기가 느껴졌습니다. 저는 이제야 살 것 같다는 생각을 하며 북관으로 향했습니다. 그때 처음으로 요미코 님과 만났습니다.

몸에 걸친 고급스러운 원피스와 당당한 행동거지를 보고, 저는 이분이 바로 요미코 님이라는 사실을 바로 알아챘습니다. 요미코 님은 소타로 님이나 고지 님에 비해 무척 어려 보이셨습니다. 스무 살쯤, 어쩌면 아직 십 대 소녀이실지도 모릅니다. 매서워 보일 정도로 서늘한 눈매는 고지 님과 비슷했지만, 어딘지 모르게 신경질적인 그늘이 드리운 얼굴은 소타로 님과 비슷했습니다.

요미코 님은 처음에는 그저 낯선 고용인을 힐끗 쳐다보실

뿐이었습니다. 하지만 스쳐 지나가다가 불현듯 눈치채신 듯 저를 불러 세우셨습니다.

"거기 서세요."

"……네."

외투 차림의 저는 품에 병 하나를 안고 있었습니다. 남들 눈에 띄지 않도록 병에는 검은 천을 씌웠습니다. 스스로도 수상해 보인다고 생각했지만, 요미코 님은 제 모습 따위에는 관심이 없으신 것 같았습니다.

"당신이군요. 흑창관에서 일한다는 사람이."

흑창관이라는 이름은 알고 있었습니다. 북관의 별명입니다.

거창한 호칭에 저는 내심 주눅이 들었습니다. 하지만 요미코 님이 그렇게 부르시는 걸 들으니 신기하게도 그 과하게 스산한 느낌이 사라지는 것 같았습니다. 저는 그 물음에 대답했습니다.

"네, 그렇습니다."

"그럼 당신이 우치나 아마리군요?"

"네, 맞습니다."

그러자 요미코 님은 일찍이 이 저택에서 제가 받아본 적 없었던 경멸 어린 감정을 담아 말씀하셨습니다.

"첩의 자식이 옥지기라니, 참 재미있군요. 고지 오라버님도 가끔은 유쾌한 일을 벌이신다니까."

드디어 올 것이 왔구나. 저는 멍한 머리로 그렇게 생각했습니다.

저는 제 처지에 일말의 환상도 가지고 있지 않습니다. 고지님이 저를 사무적으로만 대하셔도, 소타로 님이 허물없이 말을 걸어주셔도, 제가 본가에 쳐들어온 첩의 자식이란 사실에 변함은 없습니다. 이르든 늦든, 언젠가는 제 처지에 대해 이런 말을 들을 줄 알고 있었습니다.

요미코 님이 보이신 경멸 어린 태도는 오히려 제게는 안도감을 안겨주었습니다. 왜냐면 그것은 이곳에 들어온 뒤로 사실상 처음 접한 상식적인 반응이었기 때문입니다.

요미코 님은 이렇게 말씀하셨습니다.

"아버님을 무슨 말로 홀린 거죠? 당신도 우리 가족의 일원이니까 잘 대해주라고 하시던데요."

그리고 과장된 동작으로 자신의 몸을 껴안으며 부들부들 떠셨습니다.

"아, 정말 싫어. 말도 안 돼. 뻔뻔하게 찾아온 첩의 자식을 가족으로 인정할 바에야, 차라리 버려진 개를 가족으로 삼는 편이 낫겠어. 애초에 당신, 어머니는 어쩌고 여길 찾아온 거죠? 아버님을 협박해 여기서 옥지기 역할이나 할 바에야, 가

덧없는 양들의 축연

서 어머니에게 효도나 하며 살지 그래요?"

뭔가 잘못 알고 계시더군요.

저는 별 감정 없이 요미코 님의 오해를 풀어드렸습니다.

"어머니는 돌아가셨습니다."

"네?"

"돌아가시기 전에 마지막으로 무쓰나 가문을 찾아가라는 말을 남기셨습니다. 제대로 장례도 치러드리지 못한 게 한이 라면 한입니다만."

그러자 생각지도 못한 일이 일어났습니다.

요미코 님이 입을 가리며 겁에 질려 도망치려는 듯 뒷걸음 질 치신 겁니다. 얼굴에 떠올라 있던 비웃음도 가면이 벗겨지 듯 흔적도 없이 사라졌습니다.

"어머. 난 몰랐어요. 그러려던 게 아닌데."

"아, 아닙니다. 괜찮습니다."

"괜찮지 않아요."

요미코 님은 비명을 지르듯 그렇게 외치셨습니다.

"이래선 안 돼. 요미코, 넌 항상 왜 이러니. 아, 왜 항상 이 모양일까. 미안해요, 당신 어머님을 모욕하려던 게 아니었어 요. 거기 들고 있는 게 뭔가요? 무거워 보이네요. 요미코가 들 어줄게요."

"아, 이건."

말릴 틈도 없이 요미코 님은 제 손에서 병을 낚아채려 하셨습니다. 넘기지 않으려고 힘을 주는 바람에, 병을 덮고 있던 천이 떨어졌습니다. 그 순간, 요미코 님은 비명을 지르며 뒤로 물러나셨습니다.

"그, 그게 뭐죠?"

이미 들킨 이상, 어쩔 수 없었습니다. 저는 손안에 있는 검붉은 액체로 가득 찬 병을 내려다보며 대답했습니다.

"피랍니다."

경악에 찬 비명을 지르며, 요미코 님은 이번에야말로 한달음에 도망쳐버리셨습니다.

검은 천을 주워 다시 병을 가린 뒤, 홀로 남은 저는 가만히 한숨을 내쉬었습니다. 역시 무쓰나 가문에 정상적인 사람은 없는 걸까요.

평소처럼 자물쇠에 열쇠를 넣고 육중한 철문을 엽니다. 따스한 본관 복도에서 엄동설한의 추위로 가득 찬 복도로. 그리고 북관으로 돌아오자 소타로 님이 응접실에서 기다리고 계셨습니다.

"어서 와. 추운데 고생 많았지?"

"아닙니다. 늦어서 죄송합니다."

저는 테이블 위에 피가 가득 든 병을 내려놓았습니다.

"말씀하신 피를 구해 왔습니다."

소타로 님이 침을 삼키시는 걸 분명히 느낄 수 있었습니다.

소타로 님은 떨리는 손으로 병을 들어 올리셨습니다.

"그래, 이거야. 내가 찾던 게 이거였어. 흔히 파는 물건이 아니라 구하느라 고생 많이 했지?"

"네, 조금."

소타로 님은 그 이상 아무 말씀도 하지 않으셨습니다. 소중한 물건을 다루듯 병을 품에 안더니, 가벼운 걸음으로 자신의 방으로 돌아가셨지요. 만족하신 듯한 모습에 저도 안심했습니다.

저 피는 소의 피입니다. 동물의 피라면 뭐든지 좋다고 하셨기 때문에 처음에는 수혈용 사람 피를 구하려 했지만 실패했습니다. 피를 팔아줄 만한 사람을 찾아볼까 생각도 했는데, 몇몇 짐작 가는 곳을 돌던 중 다행히도 소 피를 구할 수 있었습니다.

소타로 님의 뜬금없는 심부름에는 이미 익숙해졌습니다. 아마 저 피를 구해 오라 하신 것에도 별다른 뜻은 없을 테지요.

……하지만 한 가지, 신경 쓰이는 점이 있었습니다.

새해가 된 후로, 소타로 님은 갑자기 수척해지셨습니다. 원

래 보는 사람마저 걱정될 정도로 여위신 분이긴 했지만, 그에
더해 살이 점점 더 빠지시는 것 같았습니다.

겉모습뿐만 아니라 건강도 그리 좋아 보이지 않으셨습니
다. 제 앞에서는 괴로운 내색을 하지 않으셨습니다만, 비틀거
리는 걸음을 주체하지 못하시고 사이드 테이블이나 벽에 손
을 짚는 모습을 몇 번이나 보았습니다. 식욕도 없으신 듯 식
사도 잘 안 드셔서, 조금만 더 드시라고 여러 번 권하곤 했습
니다.

몸이 상하기 쉬운 계절이긴 합니다. 저는 보일러실로 가서
실내 온도를 약간 더 올렸습니다.

6

겨울 동안에 소타로 님의 병세는 눈에 띄게 악화됐습니다.
때때로 현기증이 이는 듯, 어떨 때에는 복도에 주저앉기까지
하셨습니다.

소타로 님의 상태는 저 말고는 아무도 몰랐습니다. 본관과
연결된 전화가 있긴 했지만, 소타로 님은 어떤 의중이 있으신
듯 본인의 병세에 대해서는 아무 말씀도 하지 않으셨습니다.

덧없는 양들의 축연

겨울도 끝자락에 접어든 어느 날, 소타로 님은 언제나처럼 제게 또 심부름을 시키셨습니다. 오늘 사 오라고 시키신 물건은 라피스라줄리 원석이었습니다. 동물의 피만큼 이상한 물건은 아니었지만, 구하기는 그보다 더 힘들었습니다. 보석이었다면 보석상에서 쉽게 구할 수 있었을 겁니다. 지요 씨에게 받은 돈은 작은 보석상에 있는 라피스라줄리쯤은 전부 사들이고도 남을 정도의 금액이었으니까요. 하지만 소타로 님이 원하신 건 원석이었습니다. 보석 가게에 원석은 없습니다.

곤경에 처한 제가 보석상 주인에게 도움을 요청하자, 그는 친절하게 조언해주었습니다.

"라피스라줄리는 화구상에 가면 구할 수 있을지도 모르겠네요."

보석과 미술 재료가 어떤 관련이 있는지는 알 수 없었지만, 반신반의하며 화구상을 찾아가보니 정말로 팔고 있었습니다. 두 손으로 들어야 할 정도로 큰 라피스라줄리 원석 말입니다. 소타로 님이 무척이나 기뻐하시겠구나, 그런 생각을 하며 저는 북관으로 돌아왔습니다.

"다녀왔습니다."

대답이 없습니다.

소타로 님은 제 말에 일일이 대답하시는 분이 아니었고 애초에 저도 다녀왔다는 말을 자주 하지는 않았기 때문에, 그리 이상하다는 생각은 하지 않았습니다.

하지만 응접실에 들어가자마자 저는 화들짝 놀랐습니다.

소타로 님의 여윈 몸이 소파에 누워 있었기 때문입니다. 얼굴은 백지장처럼 새하얗고, 저를 보는 눈은 멍했습니다. 심부름이 문제가 아니었습니다. 저는 한달음에 달려갔습니다.

"소타로 님, 괜찮으세요? 어디 편찮으세요?"

"아, 아마리. 왔구나. ……괜찮아. 조금 어지러운 것뿐이야. 그보다 부탁한 라피스라줄리는 구해 왔니?"

"네? 아, 네."

손에 든 봉투를 보여드리자 소타로 님은 싱긋 미소 지으셨습니다.

"역시 아마리야. 지금까지 부탁한 물건은 다 구해다 줬지. 이것만큼은 구하지 못할 거라고 생각했는데."

무리하시는 듯한 소타로 님을 달래듯 저도 웃으며 대답했습니다.

"네, 구하느라 고생했어요. 보석상에는 없었지만, 가게에서 화구상으로 가보라고 하더군요. 왜 보석을 화구상에서 파는 걸까요."

그러자 소타로 님은 눈을 감고 길게 숨을 내쉬셨습니다. 의

덧없는 양들의 축연

아해하는 저를 향해, 소타로 님은 이렇게 말씀하셨습니다.

"라피스라줄리는 무척 좋은 재료거든. ……그래. 이제 슬슬 보여줘도 되겠지."

무거운 몸을 일으키시더니 소타로 님은 저에게 손짓하셨습니다.

"이리 와. 내 방을 보여줄게."

저는 북관의 청소를 도맡고 있었지만, 실은 소타로 님의 방에는 한 번도 들어가본 적이 없습니다. 소타로 님이 들어오지 말라고 하셨기 때문입니다. 심기를 거스르고 싶지 않았던 저는 들어가고 싶다는 말조차 하지 않았습니다. 그런데 어째서 이제 와서 이런 말씀을 하시는 걸까요?

"어서."

소타로 님은 그렇게 중얼거리셨습니다.

소타로 님의 방은 건물 구조에서 상상했던 대로 두 개의 방이 이어져 있었습니다. 의외로 바깥쪽 방을 침실로 사용하고 계신 것 같았습니다. 짙은 녹색 벽지, 탁한 금빛으로 장식된 조명. 바닥에 깔린 양탄자도 다른 곳보다 고급스러웠습니다.

하지만 소타로 님이 제게 보여주시려 했던 방은 안쪽 방이었습니다.

문이 열리자, 저는 순간 얼굴을 찡그렸습니다. 뭐라 표현할 수 없는 냄새가 코를 찔렀기 때문입니다. 저는 일찍이 소타로 님에게 사다드린 식초며 계란, 소 피 등을 떠올렸습니다. 대체 무엇을 하고 계시는 것일까. 어쩌면 이분은 정말 미쳐버리신 게 아닐까? 갑작스럽게 다가온 불쾌한 냄새 탓에 제 뇌리에는 그런 생각마저 떠올랐습니다.

소타로 님은 익숙한 동작으로 방 안으로 들어가시더니 이렇게 말씀하셨습니다.

"아마리, 이걸 봐. 이게 내가 하고 싶었던 일이야."

저는 조심스레 소타로 님 뒤를 따랐습니다.

그리고 제 눈앞에 펼쳐진 광경에 숨을 삼켰습니다.

"이건……."

소타로 님의 방에 있던 물건은 바로 제 어깨너비 크기의 작은 그림이었습니다.

한눈에 알 수 있었습니다. 소타로 님이 저더러 사 오도록 시키신 물건. 목재와 삼베는 소타로 님의 방에서 캔버스로 변신한 것입니다.

그림 아랫부분에는 푸른 바다가 그려져 있었습니다. 푸른 물결의 움직임과 군데군데 보이는 하얀 파도가 거칠게 느껴질 만큼 힘찬 붓놀림으로 표현되어 있었습니다.

윗부분에는 푸른 하늘이 그려져 있었습니다. 아니, 그 하늘

덧없는 양들의 축연

은 특이한 빛깔을 띠고 있었습니다. 분명히 하늘일 텐데 푸른 빛이 아니라 보랏빛에 가까운 색이었습니다. 아침이 밝아오는 순간일까요? 아니면 이 색이 소타로 님이 생각하시는 아름다운 하늘빛인 것일까요? 제게는 이상한 느낌이 드는 보랏빛이었으나, 그 고요함과 광막한 느낌만은 저도 이해할 수 있었습니다.

파도치는 바다와 고요한 하늘. 그리고 그 사이에는 세 명의 사람이 서 있었습니다.

그 사람들 또한 푸른색이었습니다. 푸른색, 푸른색, 푸른색.

소타로 님의 방에서 제가 목격한 광경은 한없이 펼쳐진 푸른색이었습니다.

가까스로 입을 뗀 제가 꺼낸 말은, 다시 생각해도 부끄러울 정도로 당연한 소리였습니다.

"파랗네요."

하지만 소타로 님은 기쁜 표정으로 고개를 끄덕이셨습니다.

"그래, 파랗지."

"어째서 파란색으로 칠하셨나요?"

"어떤 종류의 푸른색은 사람의 마음을 홀리기 때문이야."

스스로 그린 그림을 바라보시며, 소타로 님은 혼잣말처럼 중얼거리셨습니다.

"아마리 네 덕에 나는 다시 한번 그림을 그릴 수 있었어. 이렇게 되고도 붓과 몇 안 되는 안료와 염료만은 도저히 버릴 수 없더라. 내가 길을 잘못 든 건 모두 그림 때문이야. 그래서 고지에게 그림 도구를 달라고 부탁할 수 없었어. 부탁했어도 아마 고지는 들어주지 않았을 거야. 그래서 이제 두 번 다시 그림은 그리지 못할 거라고 생각했는데. 아마리, 다 네 덕분이야."

소타로 님은 가만히 팔을 들어 푸른 파도를 가리키셨습니다.

"이 색은 네가 고생해서 구해 온 소 피로 만들었어. 깊이 있는 푸른빛이라면 프러시안 블루 말고는 없지. 붉은 피로 더욱 깊은 푸른빛이 만들어지다니, 신기하지?"

손가락을 위로 올려 하늘을 가리키십니다.

"바다는 유채로 칠했지만, 하늘은 꼭 수채로 칠해야만 했어. 가지고 있던 푸른색 화지와 붉은색을 사용하고 싶었거든. 그러려면 적어도 밑채색만큼은 유화乳化시켜야만 했지. 그래서 계란이 필요했던 거야. 밑채색에는 실버 화이트를 사용했어. 납과 식초가 있으면 하얀색을 만들 수 있거든. 프러시안 블루도 울트라마린 블루도, 사 오라고 부탁할 수 있었지만 그러지 않았어. 내가 직접 만들고 싶었으니까."

덧없는 양들의 축연

"……어째서죠?"

소타로 님은 손을 내리시더니 고개를 저으셨습니다.

"그건 아마, 내가 화가가 아니기 때문일 거야.

난 줄곧 화가가 되고 싶다고 생각했어. 그림을 그리며 살고 싶어서, 요트가 전복되었을 때 무쓰나 가문을 버리고 도망쳤지. 하지만 일 년 반이 지나서야 겨우 깨달았어. 나는 실버 화이트를 만들어낼 수 있었고, 코치닐 레이크와 카드뮴 옐로까지 만들어낸 적이 있었어. 그건 보다 아름답게 그리고 싶어 한 사람들의 바람을 똑같이 체험하는 일이기도 했지. 난 그게 즐거웠고, 그에 열중했어."

"색을 만들어내는 일에요?"

"그래. 실로 즐거웠지. 하지만 그렇게 완성된 내 그림은 아무리 봐도 미술관보다 박물관에 어울리는 물건이었어. 아름다운 그림이 아니었다는 얘기야, 아마리. 몇 장을 그려도 마찬가지였어. 그래서 난 화가가 되는 걸 포기하고 센닌바라로 돌아와 지금 이곳에 있는 거야."

소타로 님은 그렇게 말씀하셨습니다. 하지만.

저는 눈앞의 그림을 바라보았습니다. 그 그림은 미묘하게 다른 다채로운 푸른빛만으로 이루어져 있었습니다. 하늘과 바다 사이에 선 세 사람의 푸른 실루엣. 표정이 없는데도, 저는 그 세 사람이 형제라는 걸 알 수 있었습니다.

"하지만 전 이 그림이 좋아요. 혹시 이 사람들은……."

그러자 소타로 님은 눈을 부릅뜨셨습니다. 그 표정에는 놀라움과 기쁨이 뒤섞여 있었습니다.

"알아보겠니? 그래, 이 사람들은 우리 남매야. 나, 고지, 요미코."

여윈 몸을 살짝 기울인 채 서 계신 소타로 님.

턱에 손을 댄 채, 똑바로 이쪽을 바라보고 계신 고지 님.

아직 어린 요미코 님은 고지 님의 소매에 매달려 계십니다.

무슨 생각을 떠올리신 것인지, 아니면 역시 몸 상태가 좋지 않으신 것인지, 그림 속보다 더욱 여위신 소타로 님의 이마에는 땀이 송골송골 맺혀 있었습니다.

"난 여생을 사는 거나 마찬가지야. 삶에 아무 미련도 없을뿐더러 오히려 고지에게 불안의 씨앗인 채로 살아가는 데 지쳤어. 언제 죽어도 좋다고 생각했지. 하지만 지금은 우리 가족의 그림을 그리고 싶어. 가족의 그림을 완성할 때까지는 죽고 싶지 않아. ……아마리, 라피스라줄리를."

저를 향해 내미신 그 손은 가냘프고 새하얘서, 금방이라도 부러질 것만 같았습니다. 저는 라피스라줄리가 담긴 봉투를 그 손 위에 올렸습니다.

"그래, 이거야. 울트라마린 블루를 다 써버렸거든. 이게 꼭 필요했어."

봉투를 열고, 소타로 님은 안에 든 원석을 하나하나 꺼내 막자사발 안에 넣으셨습니다.

"마린 블루보다 더 푸르기 때문에 울트라마린 블루라 불리는 게 아니야. 바다를 건너온 푸른색이란 뜻이지. 라피스라줄리는 아프가니스탄에서 채취되거든. 유럽인들은 오직 푸른색을 칠하기 위해 바다 건너에서 돌을 공수해 왔고, 금만큼이나 가치가 있는 그 푸른색을 울트라마린 블루라 불렀어. 이게 있으면 그릴 수 있어. 이만큼이나 있으니, 마지막까지 다 그릴 수 있어. 모두를 그릴 수 있겠어."

그리고 소타로 님은 봉투를 내려놓으시더니, 퀭한 눈으로 절 똑바로 바라보시며 이렇게 말씀하셨습니다.

"고마워, 아마리."

7

그리고 벚꽃이 필 무렵에 소타로 님은 세상을 떠나셨습니다.

숨겨야 하는 존재였기에 의원조차 부르지 못했습니다.

이미 죽은 사람이었기 때문에 장례조차 치르지 못했습니다.

그래도 고지 님과 요미코 님이 소타로 님의 임종을 지켰습니다.

숨을 거두기 직전, 형제분들께 둘러싸인 소타로 님은 조금 쑥스러워하시는 것처럼 보였습니다.

8

소타로 님은 그림을 남기셨습니다. 완성된 그림이었습니다.

소타로 님의 편지가 그림과 함께 남겨져 있었습니다.

고지와 요미코 보렴.

드디어 나는 내 그림을 그릴 수 있게 되었어.

아름다움이란 무엇인가. 무엇이 아름다움인가.

그림이란 얼마만큼의 힘을 가지는가.

미약하나마 그 답을 그릴 수 있어서 기쁘게 생각한다.

가능하다면 본관에 오랫동안 걸어주길 바란다.

가족 모두를 그릴 생각이었는데 아버지를 그리지 못하고 떠나는 것만이 유감이다.

"형님은 결국 그런 사람이었어. 보랏빛 하늘이 무슨 뜻인지는 모르겠지만."

그림에서 눈을 떼지 않은 채, 고지 님은 그렇게 중얼거리셨습니다.

고지 님의 명으로, 그림은 소타로 님의 바람대로 본관 응접실에 걸렸습니다. 지금까지 북관에 갇힌 사람들과 마찬가지로, 살아서는 그곳을 나오지 못했던 소타로 님. 그 대신, 그분의 그림만이라도 본관에. 고지 님은 아무 말씀도 하지 않으셨습니다만, 아마 그런 생각에서 내리신 결정이었을 겁니다.

제 눈에 비친 고지 님은 분명히 안도하고 계셨습니다. 자신의 지위를 위협하는 남자가 사라졌다는 사실에 안도감을 느끼신 게 틀림없습니다. 하지만 그래도 이분은 본인 나름대로 가엾은 인생을 살다 가신 형님의 죽음을 애도하고 계셨습니다. 푸른 그림을 바라보는 고지 님의 쓸쓸한 눈동자가 그 사실을 말해주었습니다.

요미코 님은 큰 소리를 내진 않으셨습니다만, 눈물을 뚝뚝

흘리며 줄곧 오열을 참고 계셨습니다. 눈물을 흘릴 일이 아니야. 마치 스스로를 그렇게 달래고 계신 것 같았습니다. 아마도 요미코 님은 아무도 듣지 못했을 거라 생각하셨겠죠. 하지만 저는 우연히 듣고 말았습니다.

"자주 만나뵈러 갈걸 그랬어."

그 한마디를 말씀하신 것을요.

소타로 님은 아무것도 모른 채 가셨습니다. 고지 님과 요미코 님도 마찬가지로 아무것도 모르고 계십니다.

고지 님은 불현듯 그림을 향해 손을 내미셨습니다. 푸른색으로 칠해진 그 표면을 긁어내려는 듯 보였지만, 생각을 고치신 듯 짧은 한숨을 쉬며 손을 내리셨습니다.

"고지 님, 무슨 일이신가요?"

그렇게 여쭙자, 고지 님은 무심코 불분명한 어조로 말씀하셨습니다.

"아, 아니. 그림 속에 머리카락이 들어 있는 것 같아서. 빠진 머리가 물감 속에 섞였나 봐."

이야기를 듣고 저도 그림을 살펴보았지만, 좀처럼 찾을 수가 없었습니다. 눈을 크게 뜨고 뚫어져라 쳐다보자, 그제야 그림 속 고지 님의 푸르게 칠해진 손 안에서 머리카락을 발견할 수 있었습니다.

"그건 그렇고, 우치나."

고지 님은 저를 돌아보며 말씀하셨습니다.

"석연치 않은 점이 하나 있는데."

아주 살짝, 저는 몸이 굳어지는 것을 느꼈습니다.

"무슨 말씀이신가요?"

"형님의 유서에는 가족 모두를 그리려 했지만 아버지를 그리지 못했다고 적혀 있었어. 이 그림에는 분명히 형님과 나, 요미코가 그려져 있지. 하지만 내가 보기엔 형님은 너 역시 가족이라 인정하고 있었거든."

역시 고지 님이십니다. 생전에 소타로 님이 그토록 칭찬하실 만도 합니다. 숨기려 했는데, 바로 눈치채셨네요. 바짝 긴장할 일도 아니라, 저는 기죽지 않고 당당하게 대답했습니다.

"네. 말씀하신 대로 절 그리신 그림도 있습니다. 저도 푸른색으로 칠해져 있습니다."

"그렇군. 그건 네 그림이야. 소중히 간직하도록 해."

감사합니다. 그렇게 말하며 고개를 숙이려 한 순간, 옆에서 목소리가 들렸습니다.

"저기……. 아마리."

눈이 빨개진 요미코 님이 저와 얼굴을 마주 보지 않도록 고개를 숙인 채 말씀하셨습니다.

"혹시 괜찮다면, 정말 괜찮다면 말이에요. ……오라버님의 그 그림을 요미코에게 주면 안 될까요?"

"요미코."

고지 님이 날카로운 목소리로 나무라셨습니다. 요미코 님은 반발하려는 기색도 없이, 그저 제 대답을 기다리고 계셨습니다.

저는 싱긋 웃었습니다.

"그 그림은 아무래도 미완성인 것 같습니다. 이 그림보다 완성도는 떨어지지만, 그래도 괜찮으시다면요."

아주 잠시 동안이었지만 요미코 님의 표정이 환해졌습니다.

보랏빛 하늘 그림을 응접실에 거는 일은 제가 맡았습니다.

본관의 응접실은 햇빛으로 가득 차, 방 안까지 화창했습니다. 그림을 어디에 걸어야 할지 고민하며, 저는 방 안을 이리저리 돌아다녔습니다.

망설이는 제 모습을 이상하게 여기신 것인지, 요미코 님이 말을 걸어오셨습니다.

"아마리. 왜 그래요? 거기 벽에 걸면 잘 보일 것 같은데."

"네, 요미코 님."

대답은 그렇게 했지만, 역시 신경이 쓰였습니다. 말대답하는

덧없는 양들의 축연

것으로 오해하지 않으시기를 바라며, 저는 입을 열었습니다.

"하지만 그 벽은 오후에 햇볕이 듭니다. 그림이 상할까 싶어서요."

"……그렇군요."

고개를 끄덕이시더니 요미코 님은 무언가 생각에 잠기셨습니다.

저는 개의치 않고 북쪽 벽에 균형 있게 그림을 걸려면 어떻게 해야 할지 생각했습니다.

"고지 님. 저 근처는 어떨까요?"

"음."

고지 님은 고개를 돌리셨습니다.

"앞에 접시가 있어서 정신 사납긴 하지만, 저걸 치우면 괜찮을 것 같군. 그래, 거기에 걸어줘."

장식장 위에 놓인 큰 사기 접시를 치우고 사다리를 편 다음 벽에 그림을 걸려던 차였습니다. 요미코 님이 갑자기 쾌재를 부르시듯 외치셨습니다.

"아, 바로 그거였어요!"

고지 님은 인상을 찌푸리시며 요미코 님을 나무라셨습니다.

"조신하지 못하게 큰 소리를 내니."

"죄송해요, 오라버님. 하지만."

요미코 님은 제 옆에 서서 말씀하셨습니다.

"그림을 자세히 보여줄래요?"

"네?"

"보여줘요."

위압적인 목소리에 저는 푸른 그림을 가슴 높이로 들어 보여드렸습니다. 요미코 님은 잡아먹기라도 할 것처럼 날카로운 눈빛으로 뚫어져라 그림을 쳐다보셨습니다.

들고 있는 데에도 한계가 있었기 때문에 오래 들 수는 없었습니다. 자세히 보고 싶으시다면 벽에 건 다음에 보셔도 될 텐데. 그렇게 말씀드리려 입을 연 순간, 요미코 님은 침음하셨습니다.

"역시."

"뭐가 말이니?"

"오라버님. 요미코가 이 그림에 담긴 소타로 오라버님의 참뜻을 알았어요."

요미코 님은 제 목 언저리, 즉 그림의 하늘 부분을 가리키며 말씀하셨습니다.

"이 보라색, 어딘가에서 본 적이 있는 것 같았어요. 단순한 보라색이 아닌 것 같았거든요. 기억났어요. '바벨의 모임'에 계신 분께서 보여주셨던 보라색이에요."

덧없는 양들의 축연

"바벨의 모임?"

앵무새처럼 고지 님이 그 이름을 되풀이하자, 요미코 님은 불만스러운 듯 부루퉁한 표정으로 말씀하셨습니다.

"하긴, 오라버님은 요미코의 이야기 같은 건 전혀 안 들으시니까요. 요미코가 소속되어 있는 독서 모임 말이에요. 아쿠타가와의 「지옥변」을 읽고 토론하다 이야기가 곁길로 새서, 일본화에 대해 여러 가지 배웠거든요. 그때 이 보라색을 보았어요."

"그래?"

고지 님은 그다지 관심 없다는 투로 대답하셨습니다.

하지만 요미코 님은 유창한 어조로 생각지도 못한 이야기를 들려주셨습니다.

"오라버님. 이 보라색은 안개꽃의 푸른빛에 잇꽃에서 추출한 붉은색을 더해 만든 것이랍니다. 교양 있는 오라버님께서는 이미 아실지도 모르겠지만, 안개꽃으로 만든 색깔은 무척 잘 바래거든요. 『만요슈』에서는 '변심'의 상징으로 불리고요."

고지 님은 고개를 끄덕이셨습니다.

"그건 안다. 색이 바래기 쉬울 뿐만 아니라 물로 씻으면 완벽하게 사라져서, 기모노 원단의 옷본을 뜰 때 사용하지."

"역시 오라버님이세요. 푸른색과 붉은색을 섞어 만든 이 보라색에서 안개꽃의 푸른색이 바래서 사라지면 어떻게 될까요?"

그런 거였구나. 하지만 한편으로는 그런 일이 과연 있을까 하는 생각도 들었습니다. 고지 님도 반신반의하셨는지 뭐라 확실히 답하진 않으셨습니다.

그 대신 요미코 님이 말을 이으셨습니다.

"붉은색이 남는답니다. 오라버님은 이미 알아채셨겠죠? 지금은 기묘한 보랏빛 하늘이지만 몇 년, 몇십 년이 지나면 이 그림은 바뀔 거예요."

달라진 그림이 제 마음속에 떠올랐습니다. 푸른 바다와 푸른 사람은 바뀌지 않고, 그저 하늘만 붉은색으로 변해간다면.

소타로 님과는 달리 거의 감정 기복이 없으신 고지 님도 놀란 표정을 지으셨습니다.

"아⋯⋯ 날이 저물어가겠군."

"흑창관과는 달리 본관은 햇볕이 잘 드니까요. 본관에 오래 걸어놓으면 언젠가는 이 그림의 하늘이 붉게 물들어가는 모습을 볼 수 있을 거예요."

진짜 햇볕을 쬐며, 언젠가 붉은 빛으로 물들어갈 보라색 하늘. 정말 그것이 소타로 님이 의도하신 그림이었을까요.

아니요. 입 밖으로 내진 않았습니다만, 저는 그건 아닐 거라 생각했습니다. 만일 요미코 님께서 말씀하신 기법이 이 그림에 사용되었다면…….

소타로 님이 형제분들을 그리신 그 그림은 아마도 동이 트는 아침 하늘을 묘사한 그림이 아닐까요.

저와 고지 님, 요미코 님은 잠시 말없이 푸른 그림을 바라보았습니다.

기분 탓일지도 모르지만 고지 님은 희미하게 미소 지으며 말씀하셨습니다.

"빨리 보고 싶네. 소타로 형이 마지막 가는 길에 남긴 유일한 메시지를."

9

북관으로 돌아가면서, 저는 웃음을 터뜨리고 싶어 견딜 수가 없었습니다.

언젠가 동이 트는 아침 하늘. 과연. 재미있습니다. 재미있는 기술입니다. 관객이 그때까지 버텨준다면 좋을 텐데요. 소타로 님은 마지막까지 정말 어수룩한 분이셨습니다.

소타로 님의 사정을 들은 덕분에 몸 상태가 나빠져도 의사를 부르지 않을 거란 사실을 알게 되었습니다. 장례식도 치르지 않을 것이고, 그리고 만일 사인이 불분명하다 할지라도 부검 또한 하지 않겠지요. 그런 사람에게 독을 먹이는 건 식은 죽 먹기였습니다. 더구나 소타로 님에게 식사를 가져다드리는 유일한 사람이 저였으니까요.

일찍이 어머니와 둘이서 살던 시절, 학비를 벌기 위해 저는 여러 일을 했습니다. 우유 배달, 종업원, 쥐 잡는 일까지. 저는 그 시절 쥐를 잡기 위해 사용했던 비소를 소중히 간직하고 있었습니다. 그것이 무척이나 도움이 되었습니다. 저는 제가 돌보는 남자가 비쩍 여위고, 창백해진 얼굴로 죽어가는 모습을 줄곧 지켜보았습니다. 때로는 격려하고, 때로는 더 드시라며 식사를 권하기도 했습니다.

그렇게 어려움 없이 저는 소타로 님을 독살하는 데 성공했습니다. 하지만 앞으로도 보랏빛 하늘 그림을 잘 주시해야만 합니다. 그 안에는 소타로 님의 머리카락이 들어 있으니까요. 비소는 머리카락에 축적되니, 언젠가 기회를 봐서 그 머리카락만이라도 처리해야 할 것입니다.

소타로 님은 고지 님이 사람을 죽인 적이 있을 거라 생각하셨습니다.

'살인자의 손은 빨갛게 물들어 있어. 하지만 그들은 장갑을

끼고 있지.'

북관에 갇힌 사람은 무쓰나 가문의 사람에게 살해당한다. 그래서 소타로 님은 고지 님에게 빈틈을 보이지 않으셨습니다. 하지만 등 뒤에도 주의를 기울이셨어야죠.

왜 소타로 님이 이 북관에 갇혀 있는가. 이 몽상가를 죽이기로 결심한 것은 그 연유를 들었을 때였습니다.

소타로 님을 죽인 이유 중 하나는 무쓰나 가문에 대한 복수였습니다. 그렇게 생각해도 무방할 것입니다. 저는 우리 모녀를 고생시킨 무쓰나 가문을 증오했습니다. 하지만 그 증오심은 그리 대단치는 않았습니다. 이미 지나간 일이니까요.

두 번째 이유야말로 가장 결정적인 이유였습니다.

무쓰나 가문을 찾은 그날, 생부인 고이치로를 만난 저는 그 자리에서 인지신고*를 해달라고 강하게 요구했습니다. 무쓰나 가문과 연결고리를 만드는 일은 어머니의 죽음으로 모든 것을 잃은 제가 살아갈 수 있는 유일한 방법이었습니다. 가엾을 정도로 쇠약해져 있던 고이치로는 곧바로 그러겠노라고 약속했습니다.

---

* 법률상의 혼인관계가 아닌 사이에서 출생한 자녀에 대하여 친아버지나 친어머니가 자기 자식이라고 인정하는 법적 신고.

첫 외출 허가가 내려진 그날, 저는 어머니의 무덤을 찾았습니다. 그리고 돌아오는 길에 관청에 들러 호적을 살펴보고 고이치로가 약속을 지켰는지 확인했습니다. 만일 아직 인지신고를 하지 않았다면 인지청구를 할 생각이었습니다.

하지만 다행히도 고이치로는 저와 한 약속을 지켜주었습니다. 무쓰나 고이치로의 자식으로 인정받고 무쓰나 가문의 일원이 된 저는…… 상속권을 가지게 된 것입니다.

무쓰나 가문이 경영하는 사업은 이미 고이치로의 재량 밖이었습니다. 하지만 개인 재산은 남아 있었습니다. 살날이 얼마 남지 않은 그 늙은이가 죽으면, 적출자의 절반이긴 하지만 유산을 상속받을 수 있습니다. 제법 많은 금액을 상속받을 수 있겠지요.

그 때문에 저는 소타로 님의 존재를 두려워했습니다. 고지 님이 소타로 님을 두려워했던 것과 같은 이유에서입니다. 소타로 님이 계속 '죽은 사람'으로 사신다면 아무 문제 없습니다. 하지만 만일 어떤 계기로 마음이 바뀌신다면. 소타로 님과 고지 님 사이에 어떤 이야기가 오간다면. 고이치로가 죽기 전에 소타로 님이 북관에서 나가시게 된다면.

분모가 늘어나게 되니까요.

그리고 세 번째 이유.

무쓰나 가문의 장남으로 태어나 탄탄대로인 장래가 보장되어 있었음에도 불구하고 '정말 하고 싶은 일'을 위해 그 자리를 버린 소타로 님.

저는 그런 응석받이가 죽이고 싶을 정도로 싫습니다.

아, 무쓰나 소타로. 한없이 멍청한 내 오라버님.

저는 터져 나오는 웃음을 견디지 못하고 방에 들어가자마자 큰 소리로 웃었습니다. 너무나도 유쾌했습니다. 웃으면서 다음번은 누구를 처리할지 생각했습니다. 고지 님은 회사를 경영해야 하니까 다음은 고이치로로 할까요. 아니면 역시 요미코 님을 해치울 계획을 짜야 할까요.

눈물이 나올 정도로 웃은 뒤에야 저는 요미코 님이 이제 곧 그림을 받으러 오실 거란 사실을 떠올렸습니다. 이 자리에서 당장 해치울 수도 없으니 결례가 되지 않도록 맞이해야만 합니다. 그건 그렇고, 그 그림을 어디에 두었는지 기억나지 않았습니다. 받자마자 방구석 어딘가에 처박아두었거든요.

조금 찾다, 화장대 옆에 있는 그림을 발견했습니다. 저는 먼지를 털어내고 그림을 들여다보았습니다.

소타로 님이 그리신 제 그림.

그림은 그분의 괴로움을 나타내는 듯 일그러져 있어서, 사전에 미리 이야기를 듣지 않았다면 그려진 사람이 여자란 사실을 모를 것 같았습니다. 칠하다 힘에 부치셨는지, 배경은 하얀색을 얼룩지게 덕지덕지 덧발랐을 뿐입니다. 푸른빛으로 그려진 '저'는 정면을 보고 있고, 다소곳이 모은 손은 보랏빛으로 물들어 있습니다.

어느샌가 제 입가에서 웃음이 사라져갔습니다. 눈이 그림에 달라붙어서 꼼짝할 수 없었습니다.

저는 그림이 아닌 그 보랏빛을 뚫어져라 쳐다보았습니다. 전부 유채로 그려진 그림 속에서, 오직 한 군데만 수채를 이용해 보랏빛으로 칠했습니다. 한눈에 보기에도 불안해질 정도로 뒤죽박죽, 불균형한 채색. 요미코 님에게 '미완성'이라 말씀드린 것은 바로 그 때문이었습니다. 하지만.

얼마나 지났을까요. 노크 소리가 들렸습니다.

"아마리. 여기 있어요?"

화들짝 놀라 돌아봤지만 문을 잠그진 않았습니다. 말릴 틈도 없이 요미코 님이 방 안으로 들어오셨습니다.

"역시 여기 있었군요. 대답이라도 해주지. ……아, 그림을 보고 있었나요."

요미코 님은 제 바로 앞에 서셨습니다.

덧없는 양들의 축연

그림을 바라보고는 숨을 내쉬셨습니다.

"이게 아마리를 그린 그림이군요."

그리고 역시나 보라색 손을 바라보시더니 절 돌아보며 미소 지으셨습니다.

"아마리는 보라색 장갑을 끼고 있네요. 이것도 언젠가 붉게 변하겠지요."

○

산
장
비
문

1

제 일주일은 수요일부터 시작됩니다.

자전거를 타고 산기슭 마을까지 한 시간을 달립니다. 처음 자전거 타는 법을 배울 무렵에는 계집애가 자전거를 몰고 다닌다며 인상을 찌푸리는 사람들도 있었지만, 인생 새옹지마라 했던가요. 만일 자전거가 없었다면, 여기서 일을 할 수 없었을 것입니다.

한 번에 일주일 분의 장을 봐야 합니다. 생선은 선도가 중요하기 때문에 사다 놓지 않습니다. 고기는 제대로 숙성시키면 맛있어지므로 조금 사두는 것도 괜찮습니다. 식료품도 중요하지만 더 중요한 것은 연료입니다. 만일의 경우를 대비해서 항상 넉넉히 준비해둡니다.

빠뜨린 것 없이 장을 다 보고 나면 마을에 하나밖에 없는 카페에서 늘 커피를 한 잔 마십니다. 이것이 수요일의 일과입니다. 일주일 분량의 자재를 구입하고 나면 '이제 한 주가 시작되었구나' 하는 기분이 듭니다.

길이 약해진 부분은 없는지 주의하며 산길을 올라가다 보면, 이내 언덕이 평평해지며 푸른 들 한가운데로 길이 이어집니다. 올려다보면 정상에는 만년설이 뒤덮인 험준한 산맥이 보입니다. 기껏 산 물건들이 상하지 않도록 천천히 조심조심 자전거를 운전합니다. 여름인데도 창문을 열면 서늘한 공기가 폐를 한가득 채웁니다.

이 세상의 낙원처럼 보이는 야가키우치. 별장을 두기 좋은 곳이라고 조금씩 알려지고 있는 이 고지 제일 깊숙한 곳. 다른 별장들과 떨어진 그곳에, 귀여운 삼각형의 뾰족지붕과 굴뚝이 인상적인 저택 한 채가 외따로 자리하고 있습니다.

삼각형 지붕 위에는 피뢰침을 겸한 풍향계가 달려 있습니다. 날개를 펼친 닭. 일견 독특해 보이는 그 풍향계 때문에 이 건물에는 '비계관飛鷄館'이란 이름이 붙었습니다.

저는 이곳에 살고 있습니다.

비계관은 도쿄 메구로에 사시는 무역상, 다쓰노 님의 별장입니다.

사모님을 위해 일본에서 제일 아름다운 풍경 속에 별장을 세우겠다고 결심하신 다쓰노 님은 십 년 전에 이 야가키우치를 택하셨습니다. 겨울에는 눈 때문에 외부와 단절되는 야가키우치에 엄선한 자재를 조금씩 나르고, 오 년이란 시간을 들여 지으셨지요.

제가 이 비계관에서 일하게 된 것은 이 건물이 세워지고 사 년이 지난 후였습니다.

당시 저는 마에후리 가문에서 일하고 있었습니다. 가사 전반에 더해 그 외에 특별한 교섭 임무도 몇 가지 담당했습니다.

하지만 어느 날, 마에후리 님은 저를 부르시더니 이렇게 말씀하셨습니다.

"야시마. 자네는 아직 젊은데도 일처리가 뛰어난 인재야. 안사람도 나도 자네를 우리 집안의 보물이라 생각하고 있네."

"감사합니다."

칭찬에 고개를 숙이긴 했지만, 저는 마에후리 님이 저를 부르신 진짜 이유를 어렴풋이 눈치채고 있었습니다.

"하지만 유감스럽게도 우리 집안에는 더이상 자네를 고용할 만한 여유가 없네. 이 저택도 머지않아 다른 사람의 손에 넘어가게 될 거야. 오랫동안 고생한 자네에게 이런 말 하긴 미안하지만, 석 달 안에 그만둬줬으면 좋겠네."

마에후리 가문의 재정 상황이 나빠졌다는 사실은 저도 잘 알고 있었습니다.

마님의 씀씀이가 줄어드셨고, 와인 창고에 들여오는 와인의 질도 떨어졌기 때문입니다. 특별 임무에 들이는 비용도 이전만큼 넉넉하지 않았습니다. 그런 까닭에 내심 각오를 굳히고 있었습니다.

"하지만 갑자기 나가라고 하면 자네도 곤란할 테지. 만일 갈 곳이 없다면, 내가 일할 곳을 찾아봐주겠네. 자네라면 어딜 가도 잘해낼 테니까."

저는 주인님의 제의를 감사히 받아들였습니다.

그렇게 주인님이 소개해주신 분이 바로 비계관의 주인이신 다쓰노 가몬 님이셨습니다. 다쓰노 님은 처음 본 제게도 허물없이 대해주셨습니다. 쾌활하고 그늘 없는 환한 미소를 지으시며 다쓰노 님은 이렇게 말씀하셨습니다.

"자네 이야기는 전부터 마에후리에게 들었네. 마침 자네에게 맡기고 싶은 일이 있어."

급료도 전보다 훨씬 높은 금액을 제시하셨습니다. 이분 밑에서 일하고 싶다. 그런 생각이 들게 하는 분이셨습니다만, 문제가 하나 있었습니다. 일터의 위치입니다.

제게 맡기고 싶다는 일이란 바로 별장의 관리였습니다. 마에후리 가문에 있을 때에도 별장 관리를 맡았던 적이 있습니다. 그 경험을 높이 사신 것이겠죠. 마에후리 가문에서 맡았던 우울한 임무에 조금 진절머리가 나 있던 제게 별장지기란 직업은 매력적으로 다가왔습니다.

하지만 역시 야가키우치는 너무 멀었습니다. 주인님이 일부러 소개해주신 분이긴 했지만, 거절할 생각이었습니다. 한번 실제로 둘러본 뒤에 결정하라는 다쓰노 님의 말씀에 따른 것도, 실은 마에후리 님의 체면을 세워드리려는 마음이었습니다.

하지만 비계관을 처음 본 순간, 그런 생각은 흔적도 없이 사라졌습니다.

4월의 어느 날이었습니다.

웅장한 가미카키우치 산맥 기슭, 깨끗한 물이 흘러넘치는 별장지 야가키우치. 관광객이나 등산객도 찾는 입구에서 나무 사이로 드문드문 별장들이 보이는 안쪽으로. 거기서 더 안쪽으로 들어가 눈이 덜 녹은 습지를 끼고 삼십 분쯤 차로 이동하면, 속세와 단절된 천혜의 자연 속에 삼각형 지붕의 건물이 보입니다.

주변을 에워싼 자작나무 숲과 조화를 이루는 겨자색 벽돌 벽. 옅은 회색의 굴뚝은 독특하게도 들쭉날쭉한 돌들을 쌓아 올려 만들었습니다. 꼭 동화에 나오는 건물 같지요.

내부에는 참나무를 아낌없이 사용했는데, 여보란 듯 화려하게 꾸미진 않았지만 꽤 공을 들인 티가 났습니다. 복도에 들어서면 생선뼈처럼 연달아 늘어선 옅은 갈색의 대들보가 하얀 천장을 받치고 있습니다. 리브볼트*의 일종 같은데, 나무로 만들어진 것은 처음 봅니다.

응접실 바닥은 나뭇결을 살려 정밀하게 세공되어 있어서 걸음을 내딛기가 주저될 정도였습니다. 삿자리 문양으로 촘촘하게 벽돌을 쌓아 만든 벽난로 선반은 보기만 해도 황홀했습니다. 넓은 테라스 창문을 통해서는 눈 녹은 물이 흐르는 실개천 쪽으로 난 우드데크로 나갈 수도 있습니다. 이 실개천은 발목까지밖에 오지 않아서, 여름에는 물놀이하기에도 좋습니다. 식당으로 이어지는 통로의 작은 창문에는 격자무늬 색유리를 끼워놓아서, 붉은색, 노란색, 푸른색 등 다양한 빛이 바닥에 드리워졌습니다.

계단을 올라가면 양탄자가 깔린 방이 나옵니다. 벽에는 환

---

* 교차 볼트의 교차선 아래에 아치를 붙인 궁륭식 구조.

덧없는 양들의 축연

한 돌출창을 냈는데, 그 창가에 앉으면 야가키우치의 자연을 만끽할 수 있습니다. 역시 이런 방도 하나쯤은 있어야지. 전통 방식으로 꾸며진 화실和室*을 둘러보던 저는 미소 지으며 그런 생각을 했습니다. 선반에는 작은 백자 꽃병 하나를 놓아두면 어울릴 것 같다는 생각을 한 순간, 저는 이미 비계관을 사랑하고 있다는 사실을 깨달았습니다.

"어떻습니까? 좋은 집이죠?"

안내인의 말에, 저는 말없이 고개를 끄덕였습니다. 그리고 돌아오자마자 바로 마에후리 님께 작별 인사를 올리고, 얼마 되지 않는 짐을 싸서 야가키우치로 향했습니다.

제 하루 일과는 아침에 일어나 창문을 여는 것으로 시작됩니다.

아직 날이 밝기 전에 일어나, 유리창에 지문이 묻지 않도록 조심조심 창문을 엽니다. 1층 구석, 관리인실 근처에서부터 응접실, 식당, 부엌까지. 방음 설비가 갖춰진 레코드실은 창문도 튼튼해서 여는 데 요령이 필요합니다. 2층으로 올라가 돌출창을 하나씩 연 다음, 마지막으로 전통식 방의 장지문과 덧

---

* 다다미를 깐 일본식 방.

문을 엽니다.

환기를 시키는 동안 졸졸 흐르는 실개천 소리를 들으며 아침을 먹습니다. 대개는 밥과 계란말이에다 채소도 약간 먹는데, 햄을 곁들일 때도 있습니다. 사용하지 않으면 가마가 녹슬기 때문에 가끔 빵을 굽기도 합니다.

식사를 마치면 다시 차례대로 창문을 닫습니다. 이렇게 환기를 해주면 비계관이 매일 아침 생생하게 다시 태어나는 것 같습니다.

방 하나만 창문을 닫지 않고 그대로 청소를 합니다. 하루만에 온 집 안을 청소하는 건 도저히 불가능하고, 또 매일 모든 방을 청소할 필요도 없습니다. 하루에 방 한두 개씩 순서대로, 넉넉하게 시간을 들여 청소를 합니다.

오전 일과는 보통 이렇게 마무리합니다만, 오후 일과는 날마다 다릅니다.

짧은 기간이라면 자급자족할 수 있게끔 뒤뜰에는 작은 텃밭을 만들어놓았습니다. 올봄, 비계관에 처음 들어오자마자 저는 밭을 만들어 모종을 심었습니다. 작물 가짓수가 그리 많지는 않지만 감자와 토마토, 시금치 등등이 무척 맛있게 자랐습니다. 이거라면 다쓰노 님이 친구분들을 데려오신대도 분명 만족하실 것이라 생각합니다.

덧없는 양들의 축연

자동차 정비도 제 일입니다. 이 자동차는 비계관과 산기슭의 마을을 이어주는 유일한 수단일뿐더러 무엇보다도 다쓰노님의 재산입니다. 제대로 정비하지 않아 고장이라도 나면 송구스러워서 면목이 없습니다. 아무리 조심해도 손과 얼굴이 더러워지는 일이기 때문에 그다지 좋아하지는 않습니다만, 이 주에 한 번은 거르지 않고 자동차를 정비합니다.

사용할 일은 없겠지만 가끔은 총 손질도 합니다. 꼭 필요할 때에 먼지로 총구가 막혀 있으면 곤란하니까요.

리넨 등 침구류 관리도 게을리하지 않습니다. 쾨쾨한 냄새가 나지 않도록, 한 번도 사용하지 않았더라도 정기적으로 세탁을 합니다.

상비약 준비도 제 몫입니다. 병원이 먼 까닭에 만일 이곳을 찾은 손님이 편찮으시기라도 한다면 임시로 제가 응급처치를 해야 합니다. 그리고 저 자신이 아플 경우를 대비해서도, 상비약 준비는 소홀히 할 수 없습니다. 만일의 경우에 대비해, 붕대나 들것도 낡아서 사용하지 못하는 일이 없도록 때때로 새것으로 교환해놓습니다. 응급 환자를 위한 간이침대도 가끔 조립해서 이상이 없는지 확인합니다.

이번 여름에는 비계관 주변의 잡초를 뽑았습니다. 고원에서 자라서인지 별장 주변의 가냘픈 잡초는 일반적인 잡초의

끈질긴 생명력과는 영 인연이 없어 보였습니다. 그래도 뽑아 냈지만요.

겨울에는 저 혼자서 그 많은 눈을 다 치울 수가 없습니다. 식료품과 연료, 책을 한가득 사 들고 와서 겨울 준비를 합니다. 맑은 날에는 지붕에 올라가 조금씩 눈을 털어냅니다.

그렇게 하루하루 일과를 해내다 보니, 삼 개월이 지나고 반 년이 지나, 마침내 일 년이 되었습니다. 비계관을 둘러싼 자작나무들도 잎이 무성해지고 푸르게 물들어가다가 어느덧 잎사귀가 다 떨어지고 눈에 파묻혔습니다. 눈보라 치는 나날이 지나고 얼어붙었던 실개천이 녹아들며 다시 4월이 돌아왔을 무렵. 문득 이런 생각이 들었습니다.

그런데 손님은 대체 어디에 계신 걸까요?

제가 관리하는 비계관은 일 년간 손님을 단 한 분도 맞이한 적이 없었습니다.

2

일반적으로 별장은 휴가를 보내기 위해 존재하는 장소입니다.

덧없는 양들의 축연

다쓰노 님이 휴가를 낼 수 없을 정도로 바쁘시다면, 비계관을 찾기란 당연히 어려우시겠죠. 하지만 생각해보니 저는 일 년간, 다쓰노 가문에서 아무런 연락도 받지 못했습니다.

다쓰노 님께 왜 별장에 오지 않으시냐고 직접 여쭤볼 수는 없습니다. 비계관의 관리를 일임받았다고 해도, 저는 일개 고용인에 불과합니다. 제 분수를 지켜야 합니다. 그 대신 편지를 한 통 보냈습니다. 마에후리 가문에서 특별 임무를 수행할 때 알게 되어 도움도 많이 받았던 정보통이 있습니다.

저는 그에게 편지를 보내 다쓰노 님의 사업과 집안 근황에 대해 무언가 들은 이야기가 없느냐고 물었습니다.

선금을 지불한 지 열흘쯤 지나 답이 돌아왔습니다. '아시마 모리코 님 앞'이라 적힌 편지의 필체를 보니 무척이나 그리운 느낌이 들어서, 저는 봉투를 뜯기 전에 몇 번이나 그 글자를 손으로 어루만졌습니다. 인사말과 근황 보고 뒤에 이런 이야기가 적혀 있었습니다.

문의하신 다쓰노 가문의 근황에 대해 알아봤습니다. 알아보니, 작년 5월에 마님이 돌아가셨다고 합니다.

모리코 씨가 지금 일하시는 비계관은 원래 마님을 위해 지어진 곳이라 들었습니다. 여기서부터는 제 개인적인 생각에 불과하지만, 다쓰노 가문의 당주님이 돌아가신 사모님을 떠올리게 하는 비계관을 기피하시는 건 어쩌 보면 당연한 일이 아닐까요.

저는 한숨을 쉬며 그 편지를 난로 안으로 던져버렸습니다.

사모님이 돌아가셨다니, 금시초문입니다. 도쿄에서 멀리 떨어진 별장을 관리한다고는 해도, 저는 다쓰노 가문에 고용된 몸입니다. 그런데도 아무도 가르쳐주지 않다니……. 5월에 돌아가셨다면 제가 비계관에 들어온 지 얼마 되지 않아 그런 일이 일어난 것이로군요.

다쓰노 님이 이곳에 전혀 걸음하시지 않는 이유는 이 편지를 읽고 알 수 있었습니다. 마님이 그렇게 되셨으니, 그 심정도 이해가 갑니다.

하지만 이래서는 곤란합니다.

바닥 나뭇결이 선연한 응접실 한가운데 서서 주변을 둘러봅니다. 계절마다 왁스로 빈틈없이 구석구석 닦은 바닥에, 실의에 빠진 제 얼굴이 어렴풋이 비치고 있었습니다.

……눈을 감자, 어디선가 화사하고 애교 어린 목소리가 들려오는 것 같았습니다.

마에후리 가문에서 일할 때에는, 매년 여름마다 아가씨께서 별장에 학우분들을 데리고 오셨습니다. 그때 시중을 드는 것은 제 몫이었습니다. 식료품을 들여놓고, 먼지를 털어내고, 밤을 새우는 바람에 늦잠을 주무시는 아가씨를 다정하게 깨우곤 했던 기억이 납니다.

중학교나 고등학교에 다니실 때에는, 아가씨는 천진난만하게 그리고 무절제하게 피서지의 여름을 즐기셨습니다.

"모리코, 재미있는 이야기 좀 해봐."

아가씨가 그렇게 조르시면 저도 몇 가지 이야기를 들려드리곤 했습니다. 그중에서도 제가 이야기하는 괴담은 무척 평판이 좋았습니다. 제일 자신 있는 '소머리' 이야기를 하면, 아가씨는 "너무 무서워. 이제 어떻게 자란 말이야"라고 칭얼거리시며 절 때리는 시늉을 하셨습니다. 새하얗게 질린 친구분들과 함께 새된 비명을 지르며 불평을 쏟아내시는 게 연례행사였지요.

아가씨가 대학에 진학하신 무렵부터 마에후리 가문의 재정 상황이 나빠지기 시작했습니다. 그래도 아가씨는 매년 그러셨듯이 피서를 떠나셨습니다. 마에후리 가문의 별장이 아니라, 대학 서클 모임에서 다같이 다테누마란 곳으로 여행을 가셨지요. 일손이 부족하단 이유로 저도 아가씨를 따라 그곳에 간 적이 있습니다.

이 마지막 피서는 제 뇌리에 깊이 각인되었습니다. 아가씨가 가입하신 서클, '바벨의 모임'이었던가요. 아무튼 그곳의 회원들은 모두 교양 넘치고 진중하신 분들로, 행동거지에도 품위가 넘치셨습니다. 다테누마는 시원하고 물 좋은 호숫가에 있는 곳이었습니다.

낮에는 산책과 뱃놀이를 하시고, 혹은 마음 가는 대로 음악을 감상하시는 분도 계셨습니다. 밤에는 독서 모임이 열렸지요. 저는 회원이 아니라는 이유로 거실에서 내쫓겼습니다. 하지만 서로에게 속삭이듯 시와 소설을 읽는 투명한 목소리들을 들으며, 저는 다테누마의 맑은 밤에 함께할 수 있었던 것을 자랑스럽게 생각했습니다.

그 별장은 무척 생활하기 편하긴 했지만 평범한 방갈로였습니다. 건물의 완성도로 따지자면 이곳 비계관의 발끝에도 미치지 못합니다. 이 스코티시 바로크 풍의 산장에서 '바벨의 모임' 회원분들을 맞이할 수 있다면 얼마나 멋질까요. 고즈넉한 밤, 야가키우치의 절경 속에서 한 편의 시를 읊는다면 얼마나 잘 어울릴까요.

아뇨, 그런 품격 있는 손님들을 바라는 건 지나친 욕심입니다. 그 정도가 아니라도 상관없습니다. 그저 저는 이 비계관이 손님을 맞이하지 못한 채 스러져가는 것이 너무나도 안타까

왔습니다. 사람이 모이는 공간에 자연스레 피어나는 그 따스함으로 비계관을 가득 채우고 싶었습니다.

이래 봬도 예전에는 집안의 보물이란 말까지 들었던 몸입니다. 청소나 기계 정비뿐 아니라 접대용 상차림이나 세탁, 침대 정돈, 다과회 준비, 식사 보조 등 예법에 따라 손님을 맞이해야만 비로소 실력을 입증할 수 있는 것입니다. 일손이 부족해서 울고 싶어지는 순간이야말로 제게는 더없는 기쁨이란 것을 저는 처음으로 알게 되었습니다.

처음 이곳의 관리를 맡게 되었을 때, 저는 다쓰노 님이 이 비계관을 찾으시면 특제 스콘을 대접하기 위해 곧바로 루바브로 만든 수제 잼을 준비해놓았습니다.

그 모든 노력을 헛되게 하고 싶지 않다. 이 마음은 제 이기심에 불과한 걸까요.

그런 한적한 나날에 변화가 찾아온 것은 비계관을 뒤덮은 눈이 채 녹지 않은 초봄의 어느 날이었습니다.

저는 산기슭 마을에서 알게 된 사냥꾼에게 봄이 되면 비계관으로 찾아오라고 부탁해두었습니다. 구두 약속은 믿지 못하는 성격이었기 때문에 미리 선금을 지불해놓았고요.

"이런 곳에서 잘도 겨울을 보냈군."

기가 막힌 듯 그렇게 말하더니 사냥꾼은 슬슬 곰이 겨울잠에서 깨어날 시기라고 가르쳐주었습니다. 저는 그에게 들어오라고 청했지만, 그는 고개를 저으며 바로 비계관을 떠났습니다.

그다음 날부터 저는 엽총을 들고 비계관 주변을 살펴보기 시작했습니다.

사냥꾼의 말대로, 이 부근에는 곰이 출몰합니다. 야가키우치는 물론 사냥 금지 구역이지만, 조금만 깊이 들어가면 사냥꾼들이 개를 데리고 사냥감을 찾아다닙니다. 제 목적은 곰을 잡는 것이 아니라 근처에 있는지를 확인하는 것이었기 때문에, 곰을 쫓기 위한 방울도 지니고 있었습니다. 엽총처럼 총신이 긴 총을 사용해보는 것은 처음입니다. 든든하기도 했지만 한편으로는 제대로 다룰 수 있을지 불안하기도 했습니다.

하늘빛에서는 봄기운이 느껴졌지만, 아직 산을 뒤덮은 눈이 녹기에는 이른 시기였습니다. 잘 살펴보니 단조로운 빛깔의 숲속에 군데군데 작은 발자국이 남아 있었습니다. 곰이라고 하기엔 작으니, 토끼나 여우의 발자국일까요. 사냥꾼이 아니라서 발자국으로 동물을 구분하지는 못합니다. 비계관의 관리를 일임받은 몸이니 그런 사냥꾼의 기술도 배워놓는 편이 좋을까. 저는 그런 생각을 하며 숲속으로 들어갔습니다.

덧없는 양들의 축연

눈길용 신발을 신었는데도 서늘한 냉기가 발밑으로 스며들었습니다. 다행히도 빈틈없이 싸맨 각반 덕분에 눈이 신발 안으로 들어오지는 않았습니다. 한 걸음 내디딜 때마다 울려 퍼지는 곰 쫓는 방울의 낭랑한 소리와 제 입에서 뿜어져 나오는 하얀 숨소리만이 들립니다.

손에 든 엽총이 조금 무겁게 느껴지기 시작했습니다. 곰의 발자국은커녕 영역 표시를 해놓은 나무조차 보이지 않습니다. 역시 곰은 없는 걸까요. 긴장을 푼 순간, 불현듯 시야가 확 트였습니다. 저는 그제야 자신이 절벽 아래에 있다는 사실을 깨달았습니다. 아무래도 숲은 여기서 끝인 모양입니다. 다시 걸음을 돌려 비계관으로 돌아가려던 제 눈에 짙은 남색 덩어리가 들어왔습니다.

한눈에 봐도 자연물은 아니었습니다.

요란한 방울 소리와 함께 눈을 헤치며 저는 그 남색 덩어리를 향해 다가갔습니다. 혹시나, 하고 두려워하던 존재가 보였습니다. 짙은 남색은 외투 색깔이었습니다. 절벽 밑에 쓰러져 있던 것은 바로 사람이었습니다. 복장을 보니 등산객이 틀림없습니다. 설산 등반에 도전했다 미끄러져 떨어진 모양입니다.

저는 절벽 위를 올려다봤습니다. 이 절벽은 저 멀리 가미카키우치 산맥의 능선에서 이어져 내려오는 절벽입니다. 어디서 떨어졌는지는 모르겠지만 팔다리가 붙어 있다는 것만도 기적입니다. 가엾은 등산객은 힘없이 드러누워 있었습니다. 생기를 잃은 얼굴은 백지장처럼 새하얬습니다. 하다못해 장례라도 치러줘야겠다는 생각에 한 걸음 내디딘 순간, 저는 무심코 숨을 삼켰습니다. ……그의 가슴이 위아래로 들썩이는 것을 본 듯한 기분이 들었기 때문입니다. 숨을 죽인 채, 하얀 얼굴에 귀를 가져다 댔습니다. 분명히 숨을 쉬고 있었습니다. 살아 있습니다.

두터운 외투에 아이젠이 달린 신발. 니트 모자. 눈을 보호하는 고글. 허리에는 피켈이 달려 있었습니다만, 하켄이나 자일은 모두 사용했는지 보이지 않았습니다.* 조금 떨어진 곳에는 등산용 지팡이가 널브러져 있었습니다.

장비는 완벽하게 갖춘 것 같았지만, 만반의 준비를 하고도 사고는 피하지 못한 모양입니다. 저는 등산 나이프를 꺼내 주변에 있는 나뭇가지를 잘랐습니다. 그리고 외투를 벗어 천 대신으로 사용해 즉석에서 들것을 만들었습니다. 무거운 남자를 신중하게 실은 뒤, 저는 들것을 끌고 비계관으로 돌아왔습니다.

---

* 피켈은 작은 등산용 곡괭이, 하켄은 바위틈이나 빙벽에 박아 밧줄을 매거나 손잡이 또는 발판으로 쓰는 못, 자일은 튼튼한 등산용 밧줄이다.

덧없는 양들의 축연

전등불 아래에서 저는 남자의 부상 정도를 살폈습니다.

손가락과 발가락은 스무 개 모두 동상을 입었습니다. 몸에는 퍼런 멍을 수반한 타박상. 오른쪽 장딴지뼈와 갈비뼈 몇 대도 부러지고 금이 간 것 같았습니다. 떨어지며 바위에 긁혔는지 쇄골 위 피부도 찢어져 있었습니다.

남자의 젖은 옷을 벗기고 가운으로 갈아입힌 다음 담요로 둘둘 감싼 뒤 불을 피워 체온을 올렸습니다. 어깨의 상처는 지혈한 뒤 붕대를 감았습니다. 물을 끓여 동상에 걸린 손가락과 발가락을 담갔습니다. 의식이 없어서 차라리 다행이란 생각이 들었습니다. 얼어붙은 손가락을 녹이는 과정은 무척 고통스럽다는 이야기를 들었기 때문입니다.

얼음처럼 싸늘한 얼굴에 가만히 손을 대어봅니다. 아직 젊고 남자다운 청년이었습니다.

조난자가 겨우 의식을 되찾은 것은 그를 발견하고 한나절 뒤, 오전 4시경이었습니다.

"여긴……?"

그는 꿈속에서 잠꼬대를 하듯 속삭였습니다. 난로에 장작을 넣고 있던 저는 그의 머리맡으로 다가가 환자가 놀라지 않도록 나지막한 목소리로 말했습니다.

"비계관입니다. 여기 계시는 동안은 저, 야시마 모리코가 모실 겁니다. 마음 푹 놓으세요."

"나, 난…… 오치 야스미."

그렇게 대답한 뒤, 그는 다시 잠들었습니다. 그날 밤, 야가 키우치에는 올봄 마지막이 될지도 모르는 눈이 소복소복 내렸습니다.

몇 시간 뒤, 새벽녘 동이 틀 무렵. 아직 몸을 일으킬 수는 없었지만, 오치 씨의 의식은 거의 돌아왔습니다. 저는 응급처치를 했던 거실의 소파에 누워 있던 그를 시트 위에 올리고 관리인실까지 끌고 가 침대에 눕혔습니다.

오치 씨는 쉰 목소리로 물었습니다.

"절 구해주신 겁니까?"

"목숨을 건지셔서 다행이에요."

"고마워요……."

아직 목을 움직일 수 없는지, 그는 눈짓으로 감사의 뜻을 전했습니다.

"야가키타케를 오르고 있었어요. 정상이 코앞이었는데 그만 설비雪庇*를 밟았죠. 방심했었나 봐요. 가까스로 바위를 붙

---

* 산 능선의 바람받이에 튀어나온 처마 모양으로 쌓인 눈.

덧없는 양들의 축연

잡고 버티긴 했는데, 도저히 올라갈 수 없더라고요. 경사가 완만한 곳을 골라 조금씩 내려오다가……. 그 뒤는 기억나지 않네요. 또 떨어진 건가."

능선에서 거꾸로 떨어지진 않은 모양입니다. 그래서 가까스로 목숨은 건질 수 있었던 것이죠.

담요에 싸인 자신의 몸을 보고 오치 씨의 표정이 살짝 어두워졌습니다.

"상태가 많이 안 좋나요?"

조금이라도 불안을 덜어주기 위해 저는 미소 지으며 대답했습니다.

"문제가 없는 건 아니에요. 하지만 다행히도 일찍 발견해서 손가락, 발가락도 괴사 지경까지 이르진 않았습니다. 얼마 동안은 변색되어 있을지도 모르지만, 아직 젊으시니까 금세 원래대로 돌아올 거예요. 어깨의 상처는 깊지 않으니 일주일 정도 있으면 아물 겁니다.

문제는 다리와 갈비뼈인데, 뼈가 부러졌어요. 하지만 원래 튼튼하셨던 것 같으니 분명 빨리 나으실 겁니다. 안정될 때까지 천천히 푹 쉬세요."

오치 씨는 힘은 없었지만 싱긋 웃었습니다.

"야시마 씨는 의사이신가요? 아니면 간호사?"

"전 평범한 별장지기랍니다."

"그런 것치고는 꼭 의사 같은데요. 당신 같은 분의 도움을 받다니, 정말 불행 중 다행이네요."

마에후리 가문에서 특별 임무를 맡고 있던 시절, 응급처치 방법도 대충 익혔습니다. 설마 이곳에서 도움이 될 줄은 몰랐습니다만.

오치 씨는 불현듯 생각났다는 듯 물었습니다.

"그러면 이 산장은 야시마 씨 소유가 아닌 건가요?"

"네."

저는 무의식중에 살짝 가슴을 내밀며 말했습니다.

"도쿄 메구로의 무역상 다쓰노 가몬 님의 별장으로, 이름은 비계관이라 합니다."

"아, 그렇군요."

그는 그렇게 중얼거리더니, 그대로 입을 다물었습니다. 아마 별장이란 곳에 익숙하지 않기 때문이겠지요. 환자에게 쓸데없는 부담을 주어서는 안 됩니다.

"지금은 저 혼자랍니다. 편히 쉬세요."

아무래도 오치 씨는 졸린 것 같았습니다. 좋은 현상입니다. 잠을 오래 자면 그만큼 몸도 좋아지겠지요. 그는 눈을 감고, 깊은 숨을 내쉬며 말했습니다.

"아뇨, 오래 폐를 끼치진 않을 겁니다. 산악부 친구들이 제가 추락하는 것을 봤거든요. 이제 곧 절 구조하러 올 겁니다. 이제 곧……."

새근새근 숨소리를 내며 잠든 오치 씨가 깨지 않도록, 저는 살며시 방에서 나왔습니다.

3

다음 날 아침. 겨울의 흔적이라고는 찾아볼 수 없이 맑게 갠 푸른 하늘을 올려다보며 저는 크게 기지개를 폈습니다. 아침 일과로 평소처럼 비계관의 창문을 하나씩 열어갑니다. 오늘 아침의 공기는 특히 쌀쌀한 것 같습니다. 빵과 계란프라이로 간단하게 아침을 먹은 뒤, 저는 추위에 투덜거리면서 손을 비비며 청소를 시작했습니다.

어제는 주인어른의 방을 청소했으니, 오늘은 마님의 방을 청소할 차례입니다. 장미가 그려진 꽃병을 닦고 있는데, 창밖으로 한 무리의 사람들이 보였습니다.

대충 세어보니 모두 열한 명이었습니다. 아무래도 눈으로 뒤덮인 산길을 헤치고 이 비계관을 찾아온 사람들 같았습니다. 저는 청소를 중단하고 손을 씻은 뒤, 더러워진 앞치마를 벗고 방풍실로 향했습니다.

그리고 저는 그때 처음으로 비계관의 도어노커가 어떤 소리를 내는지 알게 되었습니다. 조금 습하고, 묵직한 소리였습니다.

"네."

다소 경계를 늦추지 않은 채 저는 문을 열었습니다.

문밖에 서 있는 건 피부가 까무잡잡하고 덩치 큰 남자였습니다. 입 주변과 턱에 난 수염 탓에 상당히 험상궂은 얼굴이었습니다. 선두에 서서 허리까지 차오르는 눈 속을 헤치고 왔을 텐데도 호흡이 흐트러진 기색조차 보이지 않았습니다. 절보자, 그는 귀신이라도 본 듯 눈을 휘둥그레 뜨며 중얼거렸습니다.

"세상에, 정말로 사람이 살고 있었다니."

눈으로 뒤덮인 이런 깊은 산속의 별장에 여자 혼자 살고 있는 걸 보고 놀라는 마음도 이해는 가지만, 사람을 앞에 두고 대놓고 말할 것까진 없을 텐데요. 저는 살짝 발끈했습니다.

"이곳은 도쿄 메구로의 무역상 다쓰노 가몬 님의 별장으로, 이름은 비계관이라 합니다. 저는 이 건물의 관리를 일임받은 몸입니다. ……손님께선 어떻게 찾아오셨는지요?"

덧없는 양들의 축연

수염 난 남자는 제 말을 듣고 화들짝 놀란 듯 모자를 벗으며 고개를 숙였습니다.

"실례했습니다."

생각보다 태도가 정중합니다.

"저는 하라사와 노보루라고 합니다. 산업대 산악부 부장을 맡고 있습니다. 여기 이 친구들은."

그는 손으로 일행을 가리키며 말했습니다.

"우리 부원들과 지역 등산회 분들입니다."

하라사와 씨와 마찬가지로, 니트 모자와 머플러 차림에 배낭을 짊어진 남자들이 제각기 고개를 숙였습니다. 앞장서서 눈을 헤치고 온 하라사와 씨 뒤를 따른 탓에, 열 명이나 되는 덩치 큰 남자들이 일렬로 주르륵 늘어서 있었습니다. 재미있는 광경이었습니다. 제가 인사를 하는 동안에도 하라사와 씨는 도통 초조함을 감추지 못했습니다.

"실은 동료가 등반중에 미끄러져 추락해서, 지금 수색중입니다."

저는 고개를 갸웃거리며 말했습니다.

"추락하셨다고요."

"네. 야가키타케를 오르다 그만."

"어머."

하라사와 씨는 거뭇한 미간에 힘을 주며 말했습니다.

"등반 경험이 많은 녀석이라 어쩌면 아래까지 내려왔을지도 모릅니다. 아마 이 근처일 것 같은데, 뭐 짚이시는 건 없습니까?"

"짚이는 거라……."

저는 힐끗 하늘을 올려다보며 대답했습니다.

"이 근처는 보시다시피 아직도 눈이 많이 쌓였고, 어제도 눈이 왔습니다. 어젯밤에는 밖으로 나간 적이 없네요."

제 대답을 듣고도 하라사와 씨는 전혀 낙담하는 기색을 보이지 않았습니다.

"그렇군요. 실례했습니다."

제 대답을 들은 그는 그대로 발길을 돌리려 했습니다. 굳건한 성정입니다. 산 사나이란 모름지기 이래야 하는 법일까요. 저는 그 뒷모습을 향해 말했습니다.

"저기."

우리 같은 일을 하는 사람들은 어느 때에나 주제넘게 나서면 안 됩니다. 저는 예의에 어긋나지 않도록 신중한 태도로 말했습니다.

"혹시 이 근처를 수색하시려는 거라면 여러분께 이곳의 시설을 제공해도 될지 다쓰노 님께 여쭙겠습니다만, 괜찮으시

덧없는 양들의 축연

겠습니까?"

하지만 하라사와 씨는 온통 눈뿐인 주변 탓에 지쳐 보이는 눈을 깜빡이며 놀란 표정을 지을 뿐, 좋다고도 싫다고도 답하지 않았습니다. 처음에는 사양하는 줄 알았는데, 아무래도 그런 것도 아닌 듯 싶습니다. 하라사와 씨뿐만 아니라, 그 뒤에 줄지어 서 있는 산악부며 등산회 분들도 모두 의아한 표정을 짓고 계셨습니다.

아무래도 말을 너무 에둘러 했나 봅니다. 저는 어흠, 하고 헛기침을 한 뒤 다시 말했습니다.

"안에 들어와서 휴식을 취하셔도 되는지 주인어른께 여쭤어볼까요?"

"아, 그래도 됩니까?"

하라사와 씨에게는 생각지도 못한 제안이었던 모양입니다만, 일단 말은 통한 것 같습니다. 저는 꾸벅 고개를 숙이며 말했습니다.

"잠깐만 기다려주세요. 지금 여쭙고 오겠습니다."

실로 몇 개월 만에, 저는 다쓰노가로 전화를 걸었습니다. "야가키우치의 야시마입니다"라고 이름을 댔지만, 전화를 바꾼 집사는 서운하게도 제가 누구인지 모르더군요. "비계관 관리를 맡고 있는 야시마입니다"라고 다시 한번 이름을 대자,

그제야 알아듣는 눈치였습니다.

저는 조난구조대가 찾아왔는데 안으로 들여도 되겠느냐고 물었습니다. 이제껏 여러 가문을 모셨습니다만, 이렇게 말하면 조금 죄송스러우나, 개중에는 몹시 인색하신 분들도 계셨습니다. 하지만 다행히도 다쓰노 님은 그런 분이 아니셨습니다.

봄이라고는 해도 아직 쌀쌀한 아침, 하라사와 씨 일행을 십오 분이나 기다리게 했습니다. 저는 현관으로 돌아가 깍듯이 고개를 숙이며 말했습니다.

"오래 기다리셨습니다. 주인어른과 연락이 닿았습니다."

"그럼."

"여러분을 물심양면으로 도우라고 말씀하셨습니다. 하라사와 님, 구조대 여러분, 안으로 드시지요. 비계관에 잘 오셨습니다."

저는 현관문을 활짝 열었습니다.

구조대분들의 등산화에는 아이젠이 달려 있지 않았습니다. 그들은 옷과 신발에 달라붙은 눈을 털어낸 뒤, 안으로 들어왔습니다. 저런 무거운 신발을 신고 지금까지 걸어다녔으니, 집 안에서는 손님들께 슬리퍼를 준비해드리면 편안하게 지내실 수 있지 않을까. 순간 그런 생각이 들었습니다. 산장이라면 당연히 이런 상황에도 대처할 수 있어야 합니다. 일 년이란 기간 동안 비계관을 관리했으면서도, 아직도 못 보고 지나친 부분이 있다는 사실에 저는 부끄럽기 짝이 없었습니다.

열한 분의 구조대원들께는 응접실을 제공해드렸습니다. 청소를 하던 중이라 난로에는 아직 불을 지피지 않았습니다. 저는 허겁지겁하는 듯 보이지 않게 조심스레 불을 지폈습니다. 겉옷을 받아 들긴 했지만, 산속의 매서운 추위에 견딜 수 있도록 만들어진 두툼한 외투는 옷걸이에 걸 수 없었습니다. 저는 어쩔 수 없이 빈 의자에 옷을 걸쳐놓았습니다. 이 역시 예상하지 못했던 상황입니다.

의자와 테이블은 충분히 준비해놓았습니다. 스스로 말하기도 뭐합니다만, 정성스레 손질해둔 실내는 구석구석 완벽하게 청소되어 있었습니다. 하지만 이번 손님들은 그런 것에는 눈길조차 주지 않은 채, 테이블을 보자마자 지도를 펼쳤습니다.

"하라사와 씨."

"알고 있어."

중심 멤버로 보이는 몇몇 분들이 테이블을 둘러싸고 지도를 보며 이것저것 상의하기 시작했습니다. 엿듣는 건 예의에 어긋나는 행동이기 때문에 저는 주방으로 들어갔습니다.

주전자에 물을 끓여 차를 준비했습니다. 추위를 뚫고 오신 분들이니 조금 달콤하게, 평범한 홍차가 아니라 러시아식으로 잼을 넣는 편이 좋을 것 같습니다.

차 준비도 제 소임이긴 하지만, 역시 11인분을 준비하기란 조금 버거웠습니다. 찻잎을 우리고, 찻잔을 준비하고, 딸기잼과 스푼을 꺼냅니다. 이 관의 어디에 무엇이 있는지는 완벽하게 파악하고 있습니다. 하지만 반복해서 직접 움직여봐야 빈틈없는 움직임이 나와주는 법입니다. 마음대로 몸이 움직여주지 않아서 다소 유감스러웠습니다.

차를 준비해 응접실로 가보니, 피워놓은 난롯불이 활활 타올라 실내도 조금씩 따뜻해지고 있었습니다. 하라사와 씨 일행은 아직도 이야기중인 듯했는데, 지도를 보고 있던 분들은 이제야 슬슬 한숨 돌리기 시작한 것 같습니다. 저는 차를 권했습니다.

"드세요."

"아, 감사합니다."

모두 고맙다는 말과 함께 찻잔을 집어 들었습니다. 뭐 좀 마셨으면 할 때에, 시기적절하게 한 잔의 차를 내놓는다. 아, 오랜만에 느껴보는 감각입니다.

어떤 분은 찻잔을 집어 들고는 "아, 이제야 살 것 같다" 하

덧없는 양들의 축연

고 말하고, 다른 분은 잼을 가리키며 "이건 어떻게 하는 건가요?"라고 물어봅니다.

"홍차에 넣으면 달콤한 맛이 기운을 북돋아준답니다. 괜찮으시면 한번 넣어서 드셔보세요."

"호오……."

질문하신 분은 아무래도 처음 맛보는 모양인지, 반신반의한 얼굴로 스푼을 들고는 러시아식 홍차를 뚫어지게 쳐다보았습니다.

실내 온도가 따뜻해지고 분위기도 다소 풀어질 무렵, 연배가 느껴지는 한 남자분이 자리에서 일어났습니다. 아마도 등산회의 중심인물인가 봅니다. 저는 방해가 되지 않도록 한쪽 구석으로 물러났습니다.

"모두 주목해주게. 주인분의 호의로 이곳에 들어왔지만, 언제까지나 폐를 끼칠 수도 없네. 이 부근은 아직 눈이 많이 쌓여 있긴 하지만, 지형 자체는 평원이야. 구조대를 셋으로 나눠 수색하기로 하지. 무선으로 서로 연락을 취하는 걸 잊지 말게. A반은 하라사와에게 맡기지. B반은……."

그분의 지시에 산객들은 별다른 반응 없이 고개를 끄덕이더니, 차례차례 홍차를 마신 뒤 자리에서 일어났습니다.

"일기예보를 보면 한동안은 날씨가 잠잠할 거라고 하니 움직이려면 지금이야. 가자고."

우르르 방을 빠져나가는 구조대원들. 마지막에 남은 하라사와 씨는 니트 모자를 옆구리에 낀 채 저를 향해 말했습니다.

"신세 많았습니다. 새벽녘에 마을에서 출발해 모두 지쳐 있었는데, 그야말로 지옥에서 부처님을 만난 격이었습니다. 정말 고맙습니다."

"주인어른께 전해드리겠습니다. 수색이 성공하길 기원하겠습니다."

하라사와 씨는 말없이 고개를 숙이더니 그대로 발길을 돌려 다시 설원으로 향했습니다.

아무도 없는 방에 남겨진 저는 잠시 멍하니 있었습니다. 테이블 위에는 열한 명분의 찻잔과 딸기잼. 마음속에서 솟아오르는 만족감이 제 몸을 적셨습니다.

화르륵. 장작 타는 소리에 저는 제정신으로 돌아왔습니다. 이렇게 넋을 놓고 있을 때가 아닙니다. 방을 정리하고 하던 청소를 마저 해야 합니다. 전화도 한 통 넣어야만 하고요.

그리고 오후 첫 일과는, 열한 명분의 잠자리를 준비하는 것이 되겠지요.

구조대원들이 돌아온 것은, 해가 지기까지는 아직 시간이 남아 있는 오후 3시 조금 전이었습니다.

문 두드리는 소리에 현관문을 열어보니, 머쓱한 표정을 한 하라사와 씨가 서 있었습니다. 아마도 다시 이곳을 찾을 줄은 몰랐던 것이겠지요. 저는 슬쩍 떠보았습니다.

"어머, 하라사와 씨. 조난당한 분은 찾으셨나요?"

"아니, 그게요."

하라사와 씨는 말꼬리를 흐렸지만 쓸데없이 망설이지는 않 았습니다. 그는 제게 등산용 지팡이 하나를 보여주며 말했습 니다.

"이걸 발견했습니다. 오치…… 조난당한 녀석 물건인데요. 눈 위에 꽂혀 있어서 쉽게 찾았지요."

그가 손에 든 철제 지팡이는 얼마나 심하게 구부러졌는지, 보기만 해도 울적한 기분이 들 정도였습니다.

"오치 씨의 물건이 여기서 발견되었다는 건, 역시……."

하라사와 씨는 고개를 끄덕이며 대답했습니다.

"이 근처에 내려왔는지, 아니면 산 중턱에 걸렸든지 둘 중 하나겠죠."

"아무 일 없어야 할 텐데요."

"상황이 허락하는 한은 계속 찾아볼 생각입니다. 하지만 이 번에는 급히 나오느라 미처 야영 준비를 하지 못해서요. 폐인 줄은 알지만……."

저는 미소 지으며 말했습니다.

"무슨 말씀인지 알겠습니다. 오치 씨를 찾으실 때까지 며칠이든 계셔도 좋습니다. 식사와 잠자리를 준비하죠."

바위처럼 덩치 큰 하라사와 씨는 어깨를 움츠리며 송구하다는 표정을 지었습니다. 기력과 체력 모두 넘치는 젊은이지만, 학생은 학생. 당연한 반응입니다. 오히려 귀엽게 느껴지기까지 했습니다.

"정말 감사합니다. 잠자리는 감사히 받겠습니다만, 식사까지 신세질 순 없지요. 통조림을 가져왔으니 그걸로 해결하겠습니다."

이 말을 들은 저는 조금 당황했습니다. 손님께 통조림을 먹이다니 천부당만부당한 일입니다.

"무슨 말씀이세요. 주인어른께서 성심성의껏 도우라고 하신 손님께 식사도 대접하지 못했다는 사실이 알려지면 주인어른의 이름에 먹칠을 하는 꼴이고, 저도 소임을 다하지 못했다고 혼이 납니다. 그러니 신경 쓰지 마세요."

하라사와 씨는 더는 말하지 않고 그저 고개를 숙였습니다.

그날 밤, 비계관은 일곱 분의 손님을 맞이했습니다.

덧없는 양들의 축연

구조대 열한 분이 모두 묵으실 줄 알고, 저녁을 너무 많이 만들어버렸습니다. 생업이 있는 지역 등산회 분들은 집으로 돌아갔다고 합니다.

동료를 걱정하는 산악부 분들께 호화로운 식사는 오히려 폐가 될지도 모릅니다. 소박한 음식을 준비해 내어놓자, 고녀의 빛이 짙었던 손님들께서는 맛있게 드셨습니다.

4

다음 날 아침. 산악부 분들은 이른 새벽부터 비계관을 나와 수색을 재개했습니다. 날이 밝자, 등산회 분들도 속속 도착했습니다.

중장비를 갖춘 등산객들 사이로 한 소녀의 모습이 보였습니다. 등산회 분들을 집 안으로 안내한 뒤, 저는 소녀를 일꾼들이 사용하는 방으로 데려갔습니다. 추위에 빨개진 얼굴로 몸의 눈을 털어내는 그녀의 이름은 우타가와 유키코라고 합니다.

저는 그녀에게 수건을 건넸습니다.

"유키코 씨, 어서 와요. 덕분에 살았어요."

유키코 씨는 머리를 털며 무뚝뚝하게 대답했습니다.

"약속됐던 일이니까요. 그리고 구조대원들에게 도움이 된다면……."

유키코 씨는 여기서 조금 떨어진 곳에 있는 별장에 살고 있습니다. 별장지기는 아닙니다. 별장지기 부부의 딸입니다. 산을 좋아해서 평상시에는 등산 가이드로 일하기도 하는 모양입니다만, 일손이 부족할 때에는 이곳으로 와서 도와달라고 전부터 부탁해놓았습니다. 저는 구두 약속은 믿지 않기 때문에, 미리 선금을 지불했습니다.

비계관에서는 처음으로 손님을 맞이한 까닭에 저 혼자서는 원활하게 대응할 수 없는 상황이었습니다. 저는 지체하지 않고 우타가와 부부에게 연락했습니다. 유키코 씨처럼 산을 좋아하는 사람이 아니라면 눈길을 헤치고 이곳까지 와주지도 않았을 겁니다.

"구조대는 생존 가능성이 높다고 보고 수색하고 있대요."

유키코 씨는 등산회 회원에게 들은 이야기를 가르쳐주었습니다.

비계관에 남은 산악부원들은 오늘 아침 수색에서 아이젠 한 짝을 찾아냈습니다.

한편, 야가키타케에 올라 위에서부터 수색하던 그룹은 오치 씨가 미끄러진 곳 바로 밑 지점에서 하켄과 자일을 발견했습니다. 오치 야스미는 생존했으며, 위로 올라가지도 그 자리에 머물지도 않고 아래로 내려갔다. 구조대 본부는 그렇게 판단한 모양입니다.

"날씨도 며칠 동안은 괜찮을 것 같대요. 모두들 비계관을 캠프로 삼았으면 하는 눈치예요."

도움을 요청한다니 기분은 나쁘지 않았습니다. 하지만 착각하시면 곤란합니다.

"유키코 씨. 비계관은 야영지도, 긴급피난소도 아니랍니다. 어디까지나 다쓰노 가문의 별장이에요. 손님을 접대하고 있다는 사실을 잊지 마시길."

"이 비상사태에······."

"비상사태라도 마찬가지입니다."

산을 사랑하는 유키코 씨라 당연히 조난객의 안전을 기원하는 마음이 더 클 것입니다. 그 마음을 이해하지 못하는 건 아니지만, 저에게도 맡은 바 소임이 있으니 이것만큼은 양보할 수 없습니다.

유키코 씨는 납득하지 못하겠다는 듯, 매서운 눈초리로 뭔가 말하려고 했습니다. 하지만 현명한 아가씨니까요, 제 입장을 헤아려주었습니다. 저는 결국 수긍해준 유키코 씨를 향해 미소 지으며 말했습니다.

"오자마자 미안하지만, 점심 식사 준비를 부탁해요. 유키코 씨도 알다시피, 구조대분들은 한숨 돌렸다 금세 다시 출발하실 겁니다. 옷을 벗지 않고도 먹을 수 있는 따뜻한 음식으로 하죠. 따끈한 샌드위치와 코코아 같은 것도 괜찮겠네요."

"돼지고기 된장국과 주먹밥은 어떨까요?"

"김과 곤약이 다 떨어졌거든요……."

비계관에는 일식용 식재료는 거의 없습니다. 이럴 줄 알았으면 저번에 장을 보러 갔을 때 준비해놓을 걸 그랬습니다.

"알겠습니다. 그렇게 할게요……. 그럼 야시마 씨는요?"

"다른 할 일이 있답니다. 유키코 씨, 부탁해요."

점심에 돌아온 구조대원들의 표정은 밝지 않았습니다.

야가키우치에서 지팡이와 아이젠을 발견했고 야가키타케에서는 하켄과 자일을 발견했지만, 오치 야스미 씨 본인을 찾아내지는 못했기 때문입니다.

바깥 기온이 차츰 올라가고 있긴 하지만, 아직은 인간은 동사할 만한 기온입니다. 하지만 구조대원들은 절망하지 않은 듯했습니다. 살아 있을 것이라 믿는 걸까요, 아니면 설령 죽었다 해도 시체라도 찾아 돌아가야 한다고 결심한 것일까요.

그리고 이러한 상황 아래서도 누구 한 사람 식욕을 잃지 않았습니다. 유키코 씨가 준비한 샌드위치는 결코 적은 양이 아니었습니다만, 전부 바닥나버렸습니다. 식욕은 없지만 움직이기 위해 억지로 쑤셔 넣는다. 그런 느낌이었습니다. 산악인의 기개를 잠깐이나마 엿볼 수 있는 장면이었습니다.

유키코 씨는 따뜻한 코코아를 돌리고 있습니다. 이 코코아는 제가 특별히 구한 벨기에 수입품입니다. 구조대원들은 역시 한숨 돌린 뒤 곧바로 나갈 생각인 것 같았습니다. 그중에는 장갑을 낀 채 컵을 받아 든 대원도 있었습니다.

유키코 씨는 역시 수색 진행 상황이 신경 쓰이는 모양입니다.

"아이젠은 한쪽만 발견됐나요?"

하라사와 씨의 이야기를 들은 그녀는 놀란 표정을 지었습니다.

"그래. 반쯤 눈 속에 파묻혀 있었어. 한쪽만이라도 찾아낸 게 다행이지. 하지만 그것뿐이야. 그 밖에는 아무 흔적도 없어."

"그 아이젠이 정말 오치 씨의 물건인가요?"

"그 녀석이 쓰던 것과 같은 회사 제품이야."

그렇게 대답하더니, 하라사와 씨는 힘없이 웃었습니다.

"아무튼 가능성이 있는 한 계속 찾아볼 생각이야. 이 근처에 있어……. 그건 분명하니까."

아직 식지 않은 코코아를 단번에 들이켠 뒤, 하라사와 씨는 무릎을 짚고 자리에서 일어났습니다. 그리고 힘찬 목소리로 피로한 기색이 역력한 구조대원들을 다독였습니다.

"좋아, 가자. 반드시 찾을 수 있을 거야."

본인 스스로도 그 말을 얼마나 믿고 있는지는 알 수 없었습니다. 하지만 구조대는 그 말이 떨어지자마자 모자를 쓰고, 낮은 함성을 지르며 눈으로 뒤덮인 야가키우치를 향해 다시 뛰쳐나갔습니다.

그 모습은 거칠긴 했지만, 확실한 신념과 긍지가 깃들어 있었습니다. 저는 마음속으로 그들의 성공을 빌었습니다. 비계관의 손님이신 구조대. 그들이 무사히 조난자 오치 야스미 씨를 찾아내 환호성을 지르며 산을 내려갈 수 있으면 좋을 텐데. 그렇게 기도했습니다.

꼼꼼하게 왁스칠을 해서 닦아놓은 바닥이 구조대원들의 몸에서 떨어진 눈 때문에 이곳저곳 젖어 있었습니다. 난롯불을 계속 켜두면 곧 마르기야 할 테지만, 일을 그렇게 대강 처리할 수는 없습니다. 조금 생각한 끝에, 저는 유키코 씨에게 지시했습니다.

"유키코 씨. 침구 보관실에서 시트를 꺼내 2층 객실의 침구

덧없는 양들의 축연

를 정리해주세요. 현재 사용하고 있는 객실만 열어놓았으니 금방 알 수 있을 거예요. 전 이 방을 정리할게요."

"네."

유키코 씨는 순순히 고개를 끄덕이며 발길을 돌렸다가, 문 앞에서 걸음을 멈추고 물었습니다.

"저기, 몇 명분을 준비하면 될까요?"

오늘 구조대는 산악부원들과 지역 등산회원들을 합쳐 전부 아홉 명이었습니다. 어제와 마찬가지라면, 등산회원들은 오후에 하산할 테지만……

"만일의 경우란 것도 생각해야겠지요. 아홉 명분 준비해주세요."

네. 유키코 씨는 그렇게 대답하고 빠릿빠릿하게 움직이기 시작했습니다.

착한 아가씨입니다. 조금만 더 인상을 펴고 행동거지를 섬세하게 신경 쓰면, 다쓰노 님이 오셨을 때에도 일을 부탁할 수 있을 겁니다.

시곗바늘이 움직입니다. 일기예보가 예고한 대로, 야가키우치의 하늘은 아무 변화 없이 여전히 맑고 푸르렀습니다.

오후 3시쯤이면 산에서는 해가 저물 시간입니다.

산장비문   171

망중한이라고 하던가요. 이것저것 일을 처리하는 동안, 생각지도 못하게 시간이 비어버릴 때가 있습니다. 저와 유키코 씨는 일꾼 방에서 뜨거운 홍차를 마시며 한숨 돌리고 있었습니다.

유키코 씨는 이곳을 찾을 때 작은 무전기를 들고 왔습니다. 이 무전기는 우리에게 무척 큰 도움을 주었습니다. 오늘 밤 몇 분이 묵으실지 일찌감치 파악할 수 있었기 때문입니다.

"등산회원 세 분은 역시 하산하신대요."

역시 침상 준비를 적게 해놓는 게 나았으려나요. 이렇게 될 줄 알았어도, 만일의 경우에 대비한 것이니 헛수고였다고는 생각하지 않습니다만.

유키코 씨는 홍차를 한 모금 마시더니, 한숨을 푹 쉬었습니다. 땅이 꺼지도록 무거운 한숨 소리에 저는 피곤하냐고 물었습니다.

"아뇨……."

유키코 씨는 고개를 저었습니다.

"피곤하진 않아요. ……실은 저도 구조대에 참가하고 싶었거든요."

"유키코 씨는 정말 산을 좋아하는군요."

그녀는 창밖의 하얀 풍경을 바라보며 중얼거렸습니다.

덧없는 양들의 축연

"좋아해요. 스스로도 어째서 이렇게 산이 좋은 건지 모르겠지만요. 여름까지 돈을 다 모으면 히말라야 등반에 참가할 생각인데요. 죽을 만큼 가고 싶지만, 아무리 일해도 다 모을 수 있을 것 같지 않아요. 대학에 다니며 산을 탈 수 있는 산악부 사람들이 부러워요. ……조난자가 나온 이 상황에서 이런 이야기를 하는 건 적절치 않지만요."

딸그락 소리를 내며 유키코 씨는 찻잔을 컵 받침 위에 내려놓더니 저를 바라보고 물었습니다.

"야시마 씨는 저와 비슷한 또래죠?"

갑작스러운 질문에 저는 조금 당황했습니다.

"저는 유키코 씨가 몇 살인지 모르는데요."

"열아홉 살이에요."

저는 그저 미소를 지을 뿐, 아무 말도 하지 않았습니다.

제 반응을 어떻게 받아들였는지는 모르겠지만, 유키코 씨는 갑자기 친근한 태도로 물었습니다.

"야시마 씨는 일 년 내내 이곳에서 살고 있죠? 지루하지 않아요? 별장 관리 말고도 하고 싶은 일이 많을 텐데."

솔직히 아주 없다고는 할 수 없었습니다.

"지붕을 한번 청소하고 싶어요. 하지만 어설프게 닦아냈다간 괜히 더 더러워질 뿐이라 쉽사리 손을 댈 수가 없네요. 주인어른께서 지금은 충분히 주셨으니 업자를 고용할 생각이랍니다."

"'별장 관리 말고'라고 했잖아요. 계속 야가키우치에만 있어도 괜찮은 거예요?"

"그 질문은 스스로에게 던져야 하는 것 아닌가요?"

유키코 씨는 입을 다물었습니다. 아무래도 정곡을 찌른 모양입니다.

저는 홍차에 잼을 넣었습니다. 수제 루바브잼입니다.

"그보다 구조대원들이 몇 시쯤 돌아오는지 물어봐주실래요?"

기분 탓인지, 유키코 씨는 얼굴을 붉히며 안도한 표정으로 무전기를 집어 들더니, 제가 모르는 기호를 섞어 통신을 시작했습니다. 얼마 지나지 않아 연락이 닿았습니다.

"산악부 사람들은 해가 저물기 전까지 찾을 생각인가 봐요."

그들의 헛된 노력을 생각하니 가슴이 아려왔습니다.

하다못해 따뜻한 식사라도 대접하고 싶었습니다. 저는 저녁 메뉴를 궁리하기 시작했습니다.

식재료는 여러 가지 준비해놓았습니다. 김은 다 떨어졌지만, 된장은 있습니다. 하루 종일 정신력과 체력을 소모한 대원들, 그것도 젊은 남자들에게 너무 고급스러운 음식을 내놓아도 그다지 기뻐하지는 않을 겁니다. 기운이 나도록 고기가 들어간 음식을 준비해야겠습니다.

그런 생각을 하던 제 머릿속에 불현듯 어떤 물건이 떠올랐습니다.

"유키코 씨. 지하 식재료 창고에 특이한 고기가 있어요. 보면 바로 알 수 있을 테니 그걸 꺼내……."

거기까지 말하다 아차 싶었습니다.

"네, 알겠어요."

저는 곧바로 몸을 돌려 지하로 향하려는 유키코 씨를 불러 세웠습니다. 되도록 침착한 목소리로 말하려 했습니다만, 스스로도 다소 당황한 기색이 섞인 것을 알 수 있었습니다.

"아, 유키코 씨. 됐어요. 그냥 주방에 있는 걸 써야겠네요."

유키코 씨는 딱히 의아해하는 기색 없이 순순히 말을 따랐습니다.

저는 내심 가슴을 쓸어내렸습니다. 확실히 지하 식재료 창고에는 특이한 고기가 있습니다. 슬슬 숙성되어 먹을 때가 됐습니다. 하지만 저는 그 고기를 먹어본 적도 없고, 요리해본 적도 없습니다. 듣자 하니, 조금 독특한 풍미를 가진 고기라고 합니다. 별미라고 해서 만들어본 적도 없는 음식을 귀한 손님께 내어놓는 것은 삼가야 할 행동입니다.

오치 씨를 찾으러 온 산악부원들은 앞으로도 당분간 이 비계관에 머무르실 겁니다. 우선 시험 삼아 만들어 먹어보고, 괜찮은 음식을 만들 수 있게 되었을 때 손님상에 내놓아도 결코 늦지는 않을 겁니다.

"유키코 씨, 그 대신 장작을 가져와주세요. 손님들이 춥지 않도록 객실에 충분한 양을 비치해야죠. 뒷문을 열면 바로 옆에 쌓여 있을 겁니다."

유키코 씨가 방에서 나가자, 책상 위에는 말 없는 무전기만이 덩그러니 남았습니다.

어스름히 해가 지는 시간.

문 두드리는 소리와 함께 돌아온 구조대원들을 보고 저는 적잖이 놀랐습니다.

오전에 비계관에서 나갈 때만 해도, 지친 기색은 역력했지만 누구 하나 어깨를 축 늘어뜨린 이는 없었습니다. 그런데 그후로 몇 시간이 흐른 지금, 여섯 명 대원들의 낯빛은 너무나도 달라져 있었습니다. 눈을 헤치고 추위에 떨며 시간을 보냈기 때문일까요, 그렇다 해도 너무 극명한 변화입니다. 만일 제가 아무것도 모른 채 그들을 맞이했다면, 오치 씨의 시체를 발견한 모양이라고 착각했을 것입니다.

덧없는 양들의 축연

이렇게 침울한 분위기 속에서도 하라사와 씨는 잊지 않고 또 신세를 지게 되었다며 고개를 숙였습니다. 저는 이 예의 바른 청년이 비계관에 어울리는 손님이라는 생각이 들기 시작했습니다. 그 때문에 이렇게 자신 없는 그의 모습을 더이상 보고 있을 수가 없었습니다. 저는 무심코 하지 않아도 좋을 말을 해버렸습니다.

"아직 못 찾으신 건가요?"

"네. 아무것도."

하라사와 씨는 모깃소리처럼 작게 중얼거릴 뿐이었습니다.

저녁 식사로는 치킨 카레와 호박 수프를 준비했습니다. 산에서 먹는 저녁은 역시 카레죠. 유키코 씨는 그렇게 말했습니다. 카레는 영국 요리니 저도 자신이 있습니다. 향신료는 장기 보관이 가능해서 충분히 갖춰져 있었습니다.

점심은 핑거 푸드 식으로 차려냈지만, 저녁은 식당에서 격식에 맞춰 내놓았습니다. 산악부원들은 다들 말이 없었지만, 원래 그런 편인지, 아니면 젊어서인지는 모르겠으나 모두 놀라우리만치 많이 드셨습니다.

식사가 끝난 뒤 응접실로 가자 하라사와 씨는 정중한 태도로 제게 말을 걸었습니다.

"야시마 씨. 잠깐 이야기 좀 할 수 있을까요?"

"아, 네."

저는 그때 목욕물을 받아놓으려던 참이었습니다. 일단 하라사와 씨에게 의자를 권한 뒤, 유키코 씨를 불러 물 온도를 봐달라고 부탁했습니다.

"무슨 일이시죠?"

하라사와 씨는 일단 앉았다가 굳이 다시 일어나서는 말했습니다.

"이틀 동안 정말 신세 많았습니다. 내일 오전에 수색을 마치기로 했습니다."

저는 숨을 삼켰습니다.

손님은 언젠가는 돌아가시는 법. 그것이 별장의 숙명입니다. 하지만 이번에는 조금 더 오래 머무실 줄 알았는데.

"어째서죠? 오치 씨를 아직 찾지 못하셨잖아요."

"그건 그렇긴 한데요."

하라사와 씨는 기운 없는 목소리로 말했습니다.

"다른 사람들 앞에서는 아무 말도 하지 않았지만, 아무래도 오치가 살아 있을 가능성은 거의 없는 것 같습니다. 요 이틀 간, 이 일대를 샅샅이 뒤졌거든요. 지팡이는 찾았고 아이젠 같은 것까지 다 발견했지만, 제일 중요한 흔적은 하나도 보이질 않더군요."

"제일 중요한 흔적이요?"

"발자국 말입니다."

그럴 리가…….

저는 당혹스러운 표정을 지었지만, 하라사와 씨는 개의치 않고 말을 이었습니다.

"남성용 신발 자국은 발견했습니다. 하지만 모두 오치의 발자국이 아니었어요. 오치의 등산화는 보면 단번에 알 수 있을 정도로 바닥이 특이하거든요. 우타가와 씨에게는 무전으로 이야기했지만, 저희가 발견한 발자국은 모두 오치의 것이 아니었습니다. 아마 등산회 사람들 발자국이겠지요.

이 부근에 마지막으로 눈이 내린 건, 오치가 추락한 다음 날 밤이었죠. 그 녀석이 살아 있다면, 무엇이든 나왔을 겁니다. 하지만 발자국을 하나도 찾을 수 없었어요. 그렇다는 건 역시 지팡이와 아이젠만 절벽 밑까지 떨어졌고, 그 녀석은 중간에 걸렸든지…… 눈 속에 파묻혔든지 둘 중 하나란 얘기니까요. 살아 있다면 며칠이 걸려도 찾아볼 생각이었습니다만, 그게 아니라면 눈이 녹은 뒤에 다시 와야겠지요."

이런 말을 해도 괜찮을지 망설이다가, 저는 조심스레 물었습니다.

"그렇다면…… 저기, 시신이라도 찾는 편이."

"저도 마음은 그러고 싶습니다."

하라사와 씨는 고뇌에 찬 표정으로 인상을 찌푸렸습니다.

"하지만 수색도 사흘째라서요. 이런 말은 하고 싶지 않지만, 수색에는 돈이 드니까요. 등산회 분들은 좋은 마음으로 도와주시고 계시지만 식사비 정도는 성의 표시를 해야 하고, 내일도 오시란 부탁도 못 하겠더군요.

이 이상 가망이 없는 수색을 계속해봤자 오치 부모님의 부담만 커질 뿐이에요. 부장으로서 그런 결단을 내릴 순 없습니다."

하라사와 씨는 이를 악물며 그렇게 말했습니다.

"야시마 씨에게도 더는 폐를 끼칠 순 없고요. 내일 산을 내려가겠습니다."

그렇게까지 말씀하시는 이상, 더 붙잡을 수 없었습니다.

모두 물 먹은 솜처럼 고단해 보였습니다. 유키코 씨도 오늘 아침 일찍 눈길을 헤치고 비계관까지 왔으니 지쳤을 테고요.

비계관의 사람들은 일찌감치 잠자리에 들었습니다.

5

새벽부터 마지막 수색을 펼치는 산악부원들을 위해, 저는 아직 동이 트기도 전부터 어둠 속에서 식당에 불을 지피고, 물을 끓이고 달걀을 삶았습니다. 하라사와 씨를 비롯한 산악부원들은 평소 단련한 체력 덕분인지 요 며칠간 피곤한 기색은 보이지 않았습니다. 하지만 분명히 그 표정에서는 더는 희망을 찾아볼 수 없었습니다.

그들이 비계관을 출발한 것은, 이미 날은 밝아오고 있었지만 아직 별들의 모습을 확인할 수 있는 시간이었습니다. 새하얀 가미카키우치 산맥이 그들을 내려다보는 가운데, 아스라한 하얀 달이 아름답게 지고 있었습니다. 존재하지 않는 시체를 찾기 위해 눈 속으로 걸음을 내딛는 여섯 산악부원들의 모습은 어딘지 모르게 순례자를 연상케 했습니다.

그후로 몇 시간 동안. 저는 비계관을 일임받은 몸으로서 부끄럽게도 그저 멍하니 시간을 보내기만 했습니다. 아침 식탁 정리는 유키코 씨가 도와주었지만, 매일 하던 청소나 환기조차 할 마음이 전혀 들지 않았습니다. 그저 한결같이 산악부원들의 수색이 성공하기만을 기도하고 있었습니다. 정신을 차려보니, 오전 중에 제가 한 일이라고는 객실에 장작을 채워

넣은 것밖에 없었습니다.

비계관 2층은 전통식으로 꾸며진 주인어른의 방을 제외하고는 거의 모든 창문이 돌출창 형태로 나 있습니다. 창가에 앉아 밖을 내다보면 창문 너머로 야가키우치의 습지와 숲이 한눈에 들어옵니다. 저는 그곳에서 산악부원들의 모습을 찾았습니다. 유키코 씨가 금방이라도 산악부 사람들이 발자국을 찾았다며 무전기를 들고 달려올 것이다. 분명히 그렇게 될 것이다. 저는 그렇게 믿고 있었습니다.

하지만 정오에 딱 맞춰 돌아온 하라사와 씨는 짤막하게 이렇게만 말했습니다.

"역시 아무것도 못 찾았어요. 저희는 돌아가겠습니다. 그동안 감사했습니다."

산악부원들 여섯 명은 한 줄로 정렬해 있었습니다. 부장인 하라사와 씨의 말이 끝나자, 나머지 사람들도 "감사했습니다"라고 복창하며 깍듯이 고개를 숙였습니다.

이렇게 된 마당에 제가 할 수 있는 일이 뭐가 있겠습니까. 그저 예의에 어긋나지 않도록 그들을 배웅할 뿐입니다.

"오치 씨를 찾지 못하신 건 정말 유감입니다만, 산에서는 무슨 일이 일어날지 아무도 모른다고 들었습니다. 분명히 무사하실 거예요."

제 말을 위로라고 생각한 것인지 하라사와 씨는 그저 고개를 살짝 끄덕였습니다. 그러고는 배낭을 짊어지고 설원 저편으로 사라졌습니다.

유키코 씨에게는 며칠 동안 이곳에 머물며 일을 도와달라고 부탁할 생각이었지만, 예상과는 달리 고작 하루 만에 모든 일이 끝났습니다.

"하루 치 일당 때문에 여기까지 와달라고 해서 미안해요. 수리할 곳도 있으니, 며칠 더 묵으며 도와주실래요?"

하지만 유키코 씨는 망설임 없이 말했습니다.

"아뇨. 저도 내려갈 거예요. 원래는 산악부 사람들과 함께 내려가려고 했어요."

유키코 씨는 근무복을 반납하고, 첫날에 입고 온 등산복으로 갈아입었습니다. 등산화에 각반, 고글에 지팡이를 든 차림. 일당이 든 얇은 봉투를 받아들고 비계관을 떠나려는 마지막 순간이었습니다. 옅은 갈색의 리브볼트가 이어진 복도에서, 다소 망설이던 유키코 씨는 이내 결의에 찬 얼굴로 이렇게 말했습니다.

"야시마 씨. 떠나기 전에 꼭 묻고 싶은 게 있어요."

"뭐죠?"

"어제 객실에 들어가 침구 정리를 했어요. 그때 알아챘죠. 흐트러진 침대가 여섯 개, 깔끔하게 정리된 침대가 다섯 개였어요. 모두 합쳐 열한 개예요."

이 복도에는 창문이 없습니다. 복도는 마주 보고 있는 저와 유키코 씨 씨 뒤에서 각각 꺾입니다. 하얗게 칠해진 벽 때문일까요, 어쩐지 하얗고 기다란 밀실에 있는 듯한 착각이 들었습니다.

"열한 개라니, 이상하다는 생각 안 드세요? 분명 제가 오기 전날에 이곳을 찾았던 구조대원 숫자잖아요."

저는 미소 지었습니다.

"그래요. 분명히 열한 분이 오셨어요. 등산회 분들이 돌아가실 줄은 몰랐기 때문에 열한 분이 묵으실 수 있도록 준비해 놓았죠. 괜한 수고라고 생각할 수도 있지만, 손님을 맞이할 때에는 만전을 기해야 한답니다."

"그건 저도 알아요. 저도 어제 등산회 사람들 것까지 침구 정리를 했으니까요. 하지만 그저께 그랬다는 건 너무 이상하잖아요."

공기가 얼어붙었습니다.

"구조대원들은 원래 이 별장에 묵을 생각이 없었어요. 지팡이를 발견하고, 아무래도 오치 씨가 이 근처에 있을 거라고 생각했기 때문에 야시마 씨에게 부탁해서 묵게 된 거라고 들었어요. 그제 오후 일이죠.

하지만 이때 등산회 사람들은 이미 산을 내려가기로 했을 거예요. 그 사람들에게는 생업이 있으니까, 애초에 새벽부터 수색에 참가했다 해가 저물면 내려가기로 이야기가 되어 있었거든요.

그런데도 등산회 사람들 것까지 침대를 준비해놓은 건 왜죠? 하룻밤 묵게 해달라고 부탁받은 뒤에 준비했다면 침대는 분명 여섯 개가 되어야 해요. 그런데 그렇지 않았죠. 마치 지팡이를 찾을 거란 사실을 처음부터 알고 있던 것처럼."

저는 유키코 씨의 얼굴을 쳐다봤습니다.

줄곧 추운 곳에 서 있었기 때문인지, 양 볼이 빨갛습니다. 작은 체구에 겹겹이 옷을 껴입어서인지 배는 뚱뚱해 보입니다. 하지만 눈매만은 매서워서, 제가 뚫어지게 쳐다보는데도 꿈쩍도 하지 않았습니다.

"그리고 아이젠 건도 이상해요. 산악부 사람들은 발견한 것만으로도 들떠서 이상하다는 생각을 하지 못한 모양이지만요.

일단 한쪽밖에 찾지 못했다는 건 이상하죠. 아이젠은 얼음벽을 올라갈 때 미끄러지는 걸 방지하기 위해 등산화 바닥에 부착하는 용구예요. 걷는 도중에 떨어질 만큼 허술하지는 않죠. 물론 좌우 한 세트고요. 한쪽만 떨어져 있다는 건 말이 안 돼요.

그리고 무엇보다, 아이젠 주변에 발자국이 없었다는 게 이상해요. 애초에 신발에 부착하는 건데, 어떻게 발자국이 남지 않은 곳에 떨어져 있을 수 있죠? 내린 눈이 발자국을 지운 거라면, 어째서 아이젠은 눈 속에 파묻히지 않았을까요?

눈이 멎은 뒤, 산 위에서 떨어졌을 수도 있겠지요. 그렇게 타이밍 좋게 떨어질 만큼 야가키타케는 완만하지 않지만요. 하지만 지극히 상식적으로 생각해보면…… 누군가가 설원 위로 힘껏 던진 게 아닐까요?"

복도에 메아리친 유키코 씨의 목소리는 그대로 비계관으로 빨려 들어갔습니다. 저는 다소곳이 양손을 모은 채 그녀의 이야기를 듣고 있었습니다. 미소 지은 채로.

"그뿐이라면 뭐 그런 일도 있을 수 있다고 넘길 수 있었는데요. 제일 이상했던 건 어제 제게 내린 지시였어요. 야시마 씨는 저에게 아홉 명이 묵을 수 있게 준비하라고 했잖아요. 만에 하나라도 등산회 사람들이 묵을 경우를 대비해서요.

거기까지 대비하면서, 왜 열 명이 묵을 수 있게 준비하란 소리는 하지 않은 건가요?

덧없는 양들의 축연

어째서 열 명이 올지도 모른다는 생각을 하지 않은 거죠? ……조난당한 오치 씨를 구조해 이곳으로 데리고 올 경우를 왜 생각하지 않은 거냐고요."

저는 잠시 눈을 크게 떴습니다. 맞습니다. 분명히 그건 제 실책이었습니다.

유키코 씨는 계속 말을 이었습니다.

"생각해봤어요. 당신은 처음부터 열 번째 사람이 오지 않을 거란 사실을 알고 있었던 게 아닐까. 오치 씨를 찾지 못할 거란 걸. 그래서 만일의 경우에 대비해 준비하라고 한 침구도 모두 아홉 채였던 거죠.

그러면 엊그제 열한 명분을 준비해놓은 이유도 이해가 돼요. 구조대가 지팡이란 단서를 찾을 걸 이미 알고 있었으니, 그들을 맞이하기 위해 한발 먼저 사람 수대로 침구 정리를 해놓았던 거죠. 그리고 오늘, 야시마 씨는 객실로 장작을 날랐고요."

이제야 눈치챈 사실입니다만, 그녀는 살짝 자세를 낮추고 있었습니다. ……방어 자세를 취하고 있는 겁니다.

"구조대원들이 오늘 밤도 장작을 사용하는 일이 생긴다면, 그건 오전 중에 새로운 단서를 찾아냈을 경우겠죠. 오치 씨가 이 근처에 생존해 있다고 확신하면, 산악부는 오늘 밤도 묵게 해달라며 부탁할 테니까요. 좀더 확실히 말하면, 그가 신고 있던 등산화 발자국을 발견했을 경우요."

유키코 씨는 조금씩 저와 거리를 벌렸습니다.

"야시마 씨, 저는 이상하다는 생각이 들어서 어젯밤엔 자지 않고 깨어 있었어요. 피곤하긴 했지만 안간힘을 써서 깨어 있었죠."

저는 말했습니다.

"봤군요."

그녀는 고개를 끄덕이는 대신 아주 살짝 턱을 치켜들었습니다.

"봤어요. 우드데크를 통해 실개천으로 내려가 물속을 걸어가는 당신 모습을. 등산화를 들고 있더군요. 비계관에서 멀찍이 떨어진 곳에 도착한 다음 개천 밖으로 나가 손에 든 신발로 발자국을 내던데요. 조난자의 신발을 신고 아무 흔적도 없는 눈 위를 걸어다니는 당신 모습을 똑똑히 봤다고요."

맞습니다. 유키코 씨의 말대로 분명히 그랬습니다. 눈이 녹아 물은 차고 산중의 밤은 쌀쌀해서 몸이 얼어붙는 것 같았습니다. 오치 씨의 등산화를 손에 들고 발자국을 남기지 않도록 발목까지 오는 실개천을 따라 비계관을 떠나, 야가키우치의 설원에 발자국을 냈습니다.

이전에도 제 발자국을 찍어놓긴 했습니다. 하지만 오치 씨의 등산화의 특징을 알고 있던 하라사와 씨는 그것이 오치 씨의 발자국이 아니라는 사실을 알아차리더군요. 그래서 어떻게든 오치 씨 본인의 등산화로 발자국을 낼 필요가 있었습니다.

하라사와 씨 일행이 그 흔적을 발견하기만 했다면, 그들은 오늘 밤도 이곳에 묵었을 텐데.

"당신이 방해했군요?"

"무슨 속셈인지는 모르겠지만, 산객들을 홀리는 건 용서할 수 없어요. 전부 제 발자국으로 지워 없애버렸어요."

안타깝습니다. 저는 그녀의 존재를 알아채지 못했습니다. 제가 비계관으로 돌아와 구조대의 아침 식사를 준비하는 동안 유키코 씨는 제 발자국을 지웠던 겁니다.

저는 앞에서 맞잡고 있던 양손을 허리 뒤로 돌렸습니다.

유키코 씨는 의연했습니다. 그렇게 보이려 애썼습니다. 하지만 저는 그 눈동자 속에 어린 공포를 놓치지 않았습니다.

"야시마 씨, 당신은 오치 씨의 등산화를 가지고 있었어요. 물론 아이젠을 눈밭에 던져놓은 것도 당신이고요. 그리고 당신은 구조대가 조난자를 찾지 못하리란 걸 알고 있었어요. 조난자가 어디에 있는지 알고 있었으니까요. 조난자를, 오치 씨를 대체 어떻게 한 거죠?"

제가 손을 허리 뒤로 돌린 모습을 보았는지, 유키코 씨도 오른손을 허리 뒤로 돌렸습니다. 외침에 가까운 그녀의 목소리만이 울려 퍼질 뿐 비계관은 조용합니다. 챙, 맑은 소리가 제 귓가에 들렸습니다. 그래요, 꼭 나이프를 칼집에서 빼는 듯한 소리요.

가엾은 유키코 씨. 그런 걸로는 사람의 입을 다물게 할 수 없답니다. 벽돌처럼 이렇게 묵직한 덩어리. 건드리면 손을 벨 것 같은 이런 것이야말로 사람의 입을 막는 데 적합하지요.

저는 예전에 일하던 마에후리 가문에서 가사 외에도 특별한 임무를 맡고 있었습니다. 탐탁지 않은 인물의 입을 다물게 하는 일. 그것이 제가 맡은 또 하나의 일이었습니다. 유키코 씨 역시 지금 당장이라도 입을 다물게 할 수 있었습니다. 하지만 저는 조금만 더 이야기를 들어보기로 했습니다. 하고 싶은 말은 얼마든지 하게 내버려둔다. 그것이 제 방식입니다.

그리고 유키코 씨는 이제 이 비계관의 고용인이 아닙니다. 요컨대 손님입니다. 실례되지 않게 행동해야 합니다.

"……어제 야시마 씨가 말했죠. 지하 창고에 특이한 고기가 있다고. 보면 바로 알 수 있을 거라고. 저녁 식사에 그 고기를 사용하려 했잖아요."

머릿속 상상을 견디지 못하겠다는 듯, 유키코 씨는 쥐어짜

덧없는 양들의 축연

듯 비명을 질렀습니다.

"그건 대체 무슨 고기였나요!"

저는 손님의 마음을 가라앉히기 위해 미소를 지으며 대답했습니다.

"맞아요, 슬슬 먹을 때가 됐죠. 관심 있으면 드셔보실래요?"

6

도쿄 메구로에 사시는 무역상, 다쓰노 님의 별장. 그 이름은 비계관이라 합니다.

별장 1층에는 레코드실이 있습니다. 다쓰노 님의 자제분께서 음악을 감상하기 위해 만드신 방입니다만, 조용한 걸 좋아하시는 다쓰노 님께서는 이 방에 방음 설비를 완비해놓으셨습니다. 이 방에서는 아무 소리도 흘러나가지 않고, 또한 아무 소리도 들어오지 않습니다.

그리고 커튼을 치면 한 줄기의 빛도 들지 않습니다. 저는 어두운 레코드실로 들어갔습니다.

어둠 속을 향해 속삭입니다.

"오치 씨. 오치 씨. 일어나셨어요?"

그림자가 움직이더니 낮고 습한 목소리가 들렸습니다.

"아, 야시마 씨. 제가 너무 오래 잠들어 있었죠?"

"약기운 때문인가 봐요. 푹 주무셨다니 다행이에요."

저는 주전자에 담긴 더운 물을 찻잔에 따라 오치 씨에게 건넸습니다. 그것을 받아 든 오치 씨는 무척 맛있게 마셨습니다.

"아…… 따뜻하다."

"뭐라도 드시겠어요? 오트밀과 흰죽 중에 어떤 걸 가져올까요?"

"죽밖에 없나요?"

오치 씨는 그렇게 말하며 쓴웃음을 지었습니다. 어제까지는 식욕이 없어 보였기 때문에 죽을 권했는데, 마음에 들지 않으셨나 봅니다.

"드실 수 있으면 기운 나는 음식을 가져오도록 하죠. 귀한 고기를 들여왔거든요."

"귀한 고기? 그게 뭐죠?"

"곰 발바닥이랍니다. 곰 사냥꾼에게 구입했어요. 봄이 오면 갖다달라고 부탁해놨거든요. 별미라고 하던데요."

저는 실내에 빛이 들어오도록 커튼을 걷었습니다. 어둠에 익숙해져 있던 오치 씨는 얼굴을 찌푸리며 손으로 눈을 가렸습니다. 너무 춥지 않도록 창문은 살짝만 열었습니다.

덧없는 양들의 축연

"그래도 제가 조리법을 익힌 후에야 손님께 대접할 수 있겠지만요."

"에이, 당장은 못 먹는 거군요."

"특유의 냄새가 나는 모양이라 당장은 무리일 거예요. 원하신다면 며칠 내에 연구해보도록 하죠."

곰 발바닥은 지하 식재료 창고에 보관해두었습니다. 계절이 계절이니만큼 상할 걱정은 없습니다.

비계관의 객실은 2층에 있지만, 저 혼자 다리가 부러진 오치 씨를 2층으로 옮기는 것은 무리였습니다. 손님께는 죄송스러웠지만, 간이침대를 가져와 레코드실을 임시 객실로 사용했습니다. 부상자를 돕기 위해서였으니 주인어른께서도 용서해주실 겁니다.

오치 씨의 동상은 많이 좋아져 있었습니다. 상처 부위가 간지러운 모양이라 마구 긁지 않도록 붕대로 감아놓았습니다. 저는 상처를 살피며 말했습니다.

"조금 전까지 이상한 손님이 계셨답니다."

"이상한 손님?"

오치 씨는 의외라는 듯 그렇게 물었습니다.

"이 눈 속에 손님이요?"

"네."

몸의 상처는 벌써 사라지고 있었습니다. 쇄골 위에 난 상처는 조금 더 두고 봐야겠지만요. 예상외로 회복이 빨랐습니다.

"그 손님이 재미있는 말씀을 하시더군요."

"어떤 말인데요?"

"제가 오치 씨를 죽였다고 생각하시나 봐요."

그 일을 떠올리자 저도 모르게 웃음이 흘러나왔습니다. 유키코 씨도 참, 어떻게 그런 생각을 할 수 있는 걸까요.

하지만 오치 씨는 의아한 표정으로 물었습니다.

"누가, 왜 그런 소리를 한 거죠?"

"일손이 모자라서 사람을 썼답니다."

손가락에 다시 붕대를 맸습니다. 근질근질한지 오치 씨의 손가락은 움찔거렸습니다.

"몰라도 될 일을 알아버렸기 때문에 입을 막았습니다. 상당히 고민이 많았던 것 같으니 분명 지금쯤 기뻐하고 있을 거예요."

유키코 씨의 이야기는 거의 들어맞았습니다. 침구 개수, 아이젠, 장작까지 모두 다. 무엇보다 가짜 발자국을 남기는 장면을 들켜버렸으니 제게 빠져나갈 구멍은 없었습니다. 제 행동이 밖으로 새어 나가는 것을 막기 위해 저는 그녀의 입을 막을 수밖에 없었습니다.

"몰라도 될 일?"

오치 씨는 그렇게 중얼거렸습니다.

회복이 빠르다고는 해도 아직 다리와 가슴에 입은 상처는 다 낫지 않았습니다. 오치 씨는 간이침대 위에서 몸을 돌려 눕지도 못합니다. 꼼짝도 못하지요.

"그리고 오치 씨. 당신도 영원히 입을 다물어주셔야겠어요."

커튼을 걷은 창문 너머로 아름다운 야가키우치의 절경이 보입니다. 이제 곧 봄이 옵니다. 눈이 녹고 마님을 잃은 슬픔이 치유되면, 분명 다쓰노 님께서도 여름에는 이곳을 찾아주시겠죠.

"실은 조금 전까지 구조대원들이 이곳에 묵고 계셨답니다. 산업대 산악부 분들과, 도와주러 오신 지역 산악회 분들이요."

"네?"

어안이 벙벙한 것인지, 오치 씨는 얼빠진 목소리를 흘렸습니다.

"그래서 지금은요?"

"돌아가셨습니다. 앞으로 며칠 더 묵으실 줄 알았는데, 훼방꾼이 나타났거든요."

양손을 허리 뒤로 돌립니다. 든든한 무게감이 저를 안심시켜주었습니다. 지금 당장이라도 오치 씨의 입을 봉해버릴 수 있지만, 아무것도 말해드리지 않는 건 너무 가엾습니다. 하고 싶은 말은 하게 해줘야지요.

"대, 대체 왜? 왜 제가 여기 있다고 가르쳐주지 않은 거죠?"

아, 그 이유는 오로지 하나입니다. 저는 황홀한 표정으로 고백했습니다.

"이 비계관은 너무나도 훌륭한 건물이랍니다. 스코티시 바로크 양식을 표방한, 실로 가치 있는 컨트리 하우스지요. 저는 이 건물과 이곳을 둘러싼 야가키우치의 자연을 사랑합니다. 그래서 지난 일 년 동안 이곳을 정성스레 관리했어요. 누구에게든 자랑할 수 있는 완벽한 상태를 유지해왔다고 자부하고 있답니다. 완전한 상태의 훌륭한 건물에 손님을 초대하고 싶어 하는 건 인지상정이죠!"

오치 씨라는 손님을 맞이한 저는 가슴이 두근거렸습니다.

홀로 보낸 일 년이란 시간, 제가 마음 둘 곳이라곤 이 비계관밖에 없었습니다.

꽃을 가꾸는 사람은 다른 사람도 그 꽃을 사랑해주기를 바랍니다.

자신의 수집품을 자랑하고 싶어 하지 않는 수집가는 존재하지 않습니다.

집을 훌륭하게 관리한 별장지기가 손님의 방문을 간절히 원한다. 그게 지나친 욕심일까요?

⋯⋯하지만 오치 씨는 이렇게 말했습니다. 내일이라도 당장 자신을 구조하러 올 거라고. 그들이 오면 돌아가겠다고. 오치 씨가 그냥 가게 둘 수는 없었지만, 구조대의 방문은 기쁜 일이었습니다.

손님이 늘어나니까요.

"하지만 저는 구조대에게 오치 씨에 대해 말씀드리지 않았습니다. 이대로 오치 씨가 완쾌되어 산을 내려가 이 비계관에서 요양하고 계셨다는 사실을 떠벌리면 제가 무척 곤란해지거든요."

그렇게 말하자, 제 고백에 분노한 기색을 보이던 오치 씨의 안색이 즉시 달라졌습니다. 좁은 간이침대 위에서 제대로 움직이지도 못하는 몸으로 꿈틀댑니다.

"구조대원께서 그러시더군요. 산에서 조난당하면 구조 비용이 꽤 많이 든다면서요? 이대로 집으로 돌아가도 괴로운 일이 기다리고 있을 뿐이랍니다. 그럴 바에야⋯⋯."

"아니, 말하지 않을게요. 아무 말도 하지 않겠습니다. 산에서 내려가도 제가 잘 둘러댈게요. 그러니까, 그러니까."

오치 씨는 혀가 꼬인 듯 말을 더듬었습니다.

하얀 빛으로 가득 찬 창문을 등지고 저는 간이침대의 오치 씨를 내려다봤습니다.

"······전 구두 약속은 믿지 않는답니다. 그러니······."

입을 막는 방법은 이게 제일입니다. 히말라야에 가고 싶다던 유키코 씨의 입도 쉽사리 다물게 할 수 있었습니다.

저는 만지면 손을 벨 것처럼 빳빳한, 벽돌 같은 덩어리를 들이댔습니다. 오치 씨가 눈을 부릅뜨며 침을 꿀꺽 삼키는 걸 확인한 뒤, 저는 일찍이 매일 지어 보였던 미소와 함께 말했습니다.

"입막음비랍니다. 이 산장에서 있던 일은 부디 불문에 부쳐주세요."

덧없는 양들의 축연

○ 다마노이스즈의 명예

1

　나의 나약함은 결국 태생적인 것이었다. 이제 와서야 그런 생각이 든다.

　마지막 순간까지 나는 한 번도 저항하려 하지 않았다. 아무 일도 하지 않는 것이 올바른 것이다, 그저 복종하는 것이 제일 좋은 방법이다. 이런 식으로 나는 온갖 이유를 늘어놓으며 스스로를 정당화했다.

　그녀는…… 다마노 이스즈는 그런 나를 도우려 했던 걸까. 이스즈에게 명예란 과연 무엇이었을까.

　나는 오구리 가문의 외동딸이었다. 친척 모두가 이번에야말로 남자아이가 태어나기를 기대했다고 한다. 하지만 막상 태어난 나는 여자였다.

나와 마찬가지로 외동딸로 태어나 데릴사위를 들인 어머니는 사랑이 아니라, 아마도 동정심으로 나를 대했다. 처음부터 어머니는 당신과 같은 인생을 살아야만 하는 나를 가엾이 여겼으리라.

무언의 압력이 어머니에게 둘째를 낳으라고 강요하고 있었다. 이번에야말로, 이번에야말로 남자아이를. 어머니가 가까스로 그 강압을 견딜 수 있었던 것은, 할머님이 그에 가담하지 않았기 때문이다. 후계자 문제에서만은 할머님도 어머니를 책망하지 않았다. 할머님에게는 어머니 말고도 아들만 셋이 있었다. 전쟁과 병과 사고로 모두 죽었다고 한다. 아무래도 할머님은 결과적으로 집안에 남자의 씨가 마른 것이 모두 당신 탓이라 여기시는 듯했다. 그래서 남자아이를 낳지 못한다고 어머니를 탓하지는 않으셨다.

하지만 그 점을 제외하고는 할머님은 언제나 엄한 분이셨다. 내가 태어나기 전에 세상을 떠나신 할아버님, 그 위광을 이어받으신 할머님은 오구리 가문의 왕으로 군림하셨다.

오구리 가문은 스루가 인근 바다에 접한 고다이지란 지역에 뿌리내리고 살아가는 일족이다. 내 방에서는 고다이지의 거리와 바다가 한눈에 내려다보인다. 오구리 가문은 고다이 지에서도 가장 전통 있는 가문이었다. 일찍이는 그야말로 왕처럼 군림하며 고귀한 손님을 몇 번이나 초대한 적도 있었다고 한다. 할머님께서 손을 써두셨기 때문에 떠도는 소문이 내 귀에 들어오는 일은 거의 없다. 그래도 예전에 비해 가세가 많이 기울었다는 사실은 알고 있었다. 지금도 오구리 가문은 다양한 보물을 소유하고, 광대한 소유지에서 걷은 임대료로 산해진미를 마음껏 즐길 수 있다. 지금도 이러한데 예전에는 얼마나 더 대단했을까.

그 시절을 알기 때문에 할머님은 그토록 가혹하게 행동하셨는지도 모른다.

할머님은 집에 계실 때도 검은 기모노를 단정하게 차려입으시고, 절도 있는 움직임으로 집 안을 둘러보셨다. 외출하시는 일은 거의 없다. 할머님은 자주 내게 이렇게 말씀하셨다.

"스미카. 네 어미가 이대로 아들을 낳지 못하면 이 오구리 가문은 네가 지켜야 한다. 옛말에 백조는 매일 목욕을 하지 않아도 하얗다고 했다. 태생적인 본능은 바뀌지 않는다는 뜻이지. 네겐 영민한 재능이 있단다. 행동거지를 조심하고 잘 배워서 반드시 이 오구리 가문을 다시 일으켜야 한다."

사실 나는 공부가 싫지 않았다. 독서를 할 때에는 흥분에 가득 찼고, 신비한 수학의 세계에도 매료되었다. 하지만 무엇보다 학교에 다니는 것이 즐거웠다. 같은 또래의, 허물없이 지낼 수 있는 친구들과 교류할 수 있었기 때문이다.

하지만 할머님은 절대로 내 교우 관계를 인정해주지 않으셨다. 집으로 친구를 데려온 적은 없지만, 할머님은 언제나 모든 것을 알고 계셨다.

"옛말에 '정직한 사람을 벗하고, 성실한 사람을 벗하고, 많이 듣고 많이 배운 사람을 벗하면 도움이 된다'라고 했다. 그런데 네 친구는 그중 한 가지도 충족시키지 못하는구나. '그 사람을 알려면 먼저 그 벗을 보라'란 말을 모르진 않겠지? 앞으로는 그런 자와 함께 다니지 말거라."

그리고 할머님은 오구리 가문의 권세를 총동원해 나와 친구를 멀어지게 했다. 몇 번이나 같은 일이 반복되었다. 제일 친했던 친구는 고다이지를 떠나기까지 했다. 그렇게 나는 고고해졌다. 내 바람과는 상관없이.

철이 들며 나는 어머니를 알게 되었다. 어머니는 마치 혼이 빠져나간 인형 같았다. 눈동자에 생기가 없고 행동거지에도 패기가 없이, 매사에 그저 고분고분 순종할 뿐이었다. 할머님의 입버릇처럼 고사를 인용하자면 여자에게는 삼종지도三從之道만 있을 뿐 제 인생은 없다고 했던가. 결혼해서는 남편을 따

　　　　　　　　　　　　　　덧없는 양들의 축연

라야 하겠지만, 어머니는 남편을 따르지 않았다. 어머니를 복종시키고 그녀의 영혼을 빼앗은 것은 바로 할머님이었다.

나 또한 강하지는 않았다. 떠나간 친구를 생각하며, 따스하게 품어줄 어머니를 생각하며 가끔 베갯잇을 적시는 나약한 계집아이일 뿐이다. 그러면 언젠가는 내게서도 영혼이 빠져나가게 되는 걸까.

언제부터인가 나는 그런 공포를 안고 살아가게 되었다.

그것은 내가 열다섯이 되던 날의 일이었다.

친지들이 모두 모인 축하 자리. 그 자리에는 오구리 가문의 토지를 빌려 쓰는 사람들이 보낸 축하 선물이 산더미처럼 쌓여 있었다. 친지들의 미사여구에 나는 마음이 편치 않았다. 받은 물건은 어느 하나 변변한 것이 없었다. 족자도 시계도 카스텔라도, 평상시에 집에 두는 물건보다 격이 떨어졌다. 일부는 고용인들에게 나눠주겠지만, 나머지는 모두 저택 뒤 소각로에서 태워버릴 것이다.

숨 막히는 생일잔치가 끝나고 방으로 돌아가려는 나를 할머님이 불러 세우셨다.

"스미카, 잠깐 기다려라. 네게 줄 것이 있다."

나는 할머님에게 문방사우며 희귀한 서책 등 많은 선물을 받았다. 선물을 받고 기쁘지 않은 건 아니었지만, 할머님이 그것들을 통해 내게 무엇을 바라시는지 생각하면 그저 암담할 따름이었다. 그러나 내게 허락된 것은 오직 한마디뿐이었다.

"네. 감사합니다, 할머님."

하지만 할머님이 손뼉을 쳐서 문을 열게 한 순간, 나는 화들짝 놀랐다. 그곳에 물건이 아니라 사람의 모습이 보였기 때문이다. 여자아이였다. 정좌를 한 채, 이마가 바닥에 닿을 정도로 깍듯하게 머리를 조아리고 있었다. 할머님은 이렇게 말씀하셨다.

"너도 이제 슬슬 사람을 부리는 법을 배워야 한다. 이 아이를 네게 붙여주마."

그리고 여자아이를 향해 명령하셨다.

"자, 인사를 올리거라."

여자아이는 네, 하고 작게 대답한 뒤 고개를 들었다. 야무진 눈썹과 꼭 다문 입매. 나이는 내 또래인 것 같았다. 아, 예쁜 아이다. 그런 생각을 했다.

"다마노 이스즈라 합니다. 오늘부터 이 집에서 일하게 되었습니다. 모쪼록 잘 부탁드립니다."

그 부드러운 목소리는 정중했지만 아첨하는 기색이라고는

덧없는 양들의 축연

전혀 없었다. 긴장한 기색도 없을뿐더러 허세를 부리지도 않고, 신중하면서도 당당한 느낌만이 전해졌다. 이때 이미 나는 이 아이와는 이런 자리가 아니라 어디 다른 곳에서 만났더라면 좋았을걸, 하고 아쉬워하는 마음을 품었다. 그랬더라면 친구가 될 수 있었을 텐데.

"이스즈는 신원이 확실하고 재주도 빼어난 아이다. 네가 데리고 다녀도 부끄럽지 않을 게다. 방을 주어 이 집에 살게 했으니 언제든 용건이 있으면 부르도록 하거라."

할머님이 바깥사람을 칭찬하는 경우는 거의 없었다. 고용인들을 좋게 말한다는 건 상상조차 할 수 없는 일이었다. 하지만 할머님은 이스즈를 인정하고 계신다. 이 아이라면 함께 있어도 괜찮다. 그런 생각에 저도 모르게 얼굴에 웃음이 감돌았다.

그러나 할머님은 그런 나를 빤히 노려보며 말씀하셨다.

"스미카. 옛말에 '아랫사람은 가까이 하면 교만해지고 멀리 하면 불손해진다'라고 했다. 교만하게 만들지 않도록 조심하거라."

본인이 바로 앞에 있고 다른 사람들도 같이 있는데도 할머님은 그렇게 말씀하셨다. 나는 무심코 이스즈의 얼굴을 바라봤지만, 그녀는 낯빛 하나 바꾸지 않은 채 그저 조용히 앉아 있을 뿐이었다. 속내를 전혀 읽을 수 없었다.

"과연 멋진 선물이네요."

"그렇지, 스미카도 이제 그럴 때가 됐지."

친지들은 할머님을 따라 한마디씩 던졌다. 할머님이 그런 말을 귓등으로도 듣지 않으실 분이라는 걸 그들 역시 모르지 않을 텐데도.

한편으로 나는 당혹스러움을 감추지 못했다. 나는 이 아이를 어떻게 해야 하는 것일까. 할머님을 흡족하게 해드리려면 어떻게 해야 할까. 생각하다 지쳐 대답하는 것조차 잊고 있던 날 도와준 사람이 있었다. 어머니였다.

어머니는 피곤과 두려움이 섞인, 하지만 다정한 목소리로 이렇게 말씀하셨다.

"스미카, 잘됐구나. 하지만 너무 심술궂게 부리면 안 된단다. 자기가 하기 싫은 일은 남에게도 시키지 말라는 말도 있잖니."

"교코. 쓸데없이 참견하지 마라."

물론 말이 끝나기가 무섭게 할머님의 불호령이 떨어졌다. 나는 평소처럼 경직된 태도로 그 상황을 넘겼다.

이스즈의 행동거지에는 전혀 군더더기가 없어서 보고 있노

덧없는 양들의 축연

라면 아름다움이 느껴질 정도였다. 다도나 꽃꽂이를 배운 적이 있는 것이리라.

그녀는 연회장을 떠나는 내 뒤를 따라왔다. 나를 모시게 될 아이라고 소개받긴 했지만, 만나자마자 바로 내 방에 들이고 싶지는 않았다.

내 방은 별채에 있었고, 본채와 별채를 잇는 유일한 통로는 복도였다. 그 복도 앞에서 나는 걸음을 멈췄다. 방은 차고 넘칠 정도로 많다. 적당한 방을 골라 장지문을 열고 나는 이스즈에게 앉으라고 권했다.

달빛이 방 안을 비추고 있었다. 밤이지만 이스즈의 얼굴을 볼 수 있을 정도로 밝아서 굳이 불을 켤 필요는 없을 것 같다고 생각했다. 거의 사용할 일이 없는 방이라 방석이 어디에 있는지조차 몰랐다. 나와 이스즈는 푸른 다다미 위에 정좌하고 앉아 서로를 마주 봤다.

"정식으로 인사하죠."

나는 먼저 입을 열었다.

"반가워요, 다마노 이스즈 씨. 오구리 스미카예요."

나는 억지로 미소를 지어 보였다. 하지만 이스즈는 눈썹 하나 까딱하지 않은 채 가면처럼 무표정한 얼굴을 유지하고 있었다. 바닥에 손을 짚고는 그녀는 이마가 닿을 정도로 머리를 조아렸다.

"다마노 이스즈라 합니다. 모쪼록 잘 부탁드립니다."

태도는 정중하고 공손하다.

그렇지만 거부당하고 있다는 느낌이 들었다. 이스즈는 예의가 바른 것이 아니라 마음을 열지 못하는 것이다. 이제껏 타인과 깊은 관계를 맺어본 적 없는 나였지만, 그 정도는 알 수 있었다. 그 사실에 놀란 내 가슴속에 약간의 불쾌감과 엄청난 당혹감이 밀려들었다. ……하지만 한편으로는 이스즈의 거부 반응이 기껍기도 했다.

철들기 전의 천진난만한 시절이라면 몰라도 나이가 들면서 나를 대하는 주변 사람들의 태도는 틀에 박힌 듯 일정했다. 떠받들며 멀리하거나, 아첨 떨며 굽실거리거나. 언제나 그런 식이라서 어떻게 대하고 처신해야 할지 도통 알 수가 없었다.

이스즈는 그들과는 달랐다. 그녀의 무뚝뚝함에서는 더욱 인간적인 무언가가 느껴지는 것 같았다.

정신을 차려보니 나도 모르는 사이에 손가락을 꼼지락거리고 있었다. 경망스러운 행동이다. 나는 손을 꼭 쥐었다.

"저기……."

나는 무심코 말끝을 흐리고 말았다.

"이스즈 씨는 나이가 어떻게 되나요? 난 올해 열다섯 살인데."

그렇게 말한 뒤, 이스즈가 당연히 그것을 알고 있을 거란 사실을 알아챘다. 오늘 내 생일에 소개받았으니까 말이다. 물론 이스즈는 안다는 말은 하지 않았다.

"열다섯 살입니다."

그저 그렇게만 대답했을 뿐이다.

이스즈는 친구가 아니다. 그건 알고 있었다. 할머님은 그런 걸 결코 허락하실 분이 아니다. 하지만 그래도 같은 또래의 소녀를 곁에 두게 되었다는 사실에 나는 내심 기뻐했다. 그렇지만 할머님은 사람을 부리는 법을 배우라고 하셨다. 대체 내게 뭘 하라고 명하신 걸까. 그런 생각이 입 밖으로 튀어나왔다.

"이스즈 씨는…… 여기서 무슨 일을 할 거죠?"

그러자 이스즈는 다시 손을 바닥에 대며 대답했다.

"아가씨가 원하시는 일을."

절제된 투명한 목소리. 가슴이 덜컹했다. 눈앞에 있는 같은 나이의 소녀가 제 마음속 깊은 곳을 꿰뚫어 본 것 같은 느낌이 들었기 때문이다.

원하시는 대로. 할머님의 바람은 아주 잘 알고 있다. 내가 오구리 가문을 잇기에 걸맞은 사람으로 성장하는 것. ……그렇다면 나는. 제 입장 때문에 그 당찬 눈동자를 내리깔고 있는 이 아이에게 무슨 일을 시켜야 하는 걸까.

달이 휘영청 밝은 밤이었다. 선명하게 기억난다. 안뜰에서 자라는 소나무의 굽은 그림자가 장지문에 어둑하니 비치고 있었다. 창문으로 들어오는 서늘한 바람이 목덜미를 스치고 지나갔다. 나는 내 마음을 알 수 없었다.

너무나도 오랫동안 아무 말도 하지 않는 나를 의아하게 여겼는지, 이스즈는 조심스레 고개를 들었다. 그 까만 눈동자가 정면으로 날 바라본 순간, 나는 아무 말도 할 수 없을 것만 같은 기분이었다. 의아한 듯 날 바라보는 이스즈가 '왜 그러십니까? 주저하지 마시고 마음 가는 대로 말씀하세요'라고 책망하고 있는 것 같아서, 얼굴이 화끈 달아오르는 느낌이 들었다.

괴롭고, 부끄러운 순간이었다.

그 순간을 그림자 하나가 깨뜨렸다. 희미한 발소리와 함께 장지문 너머로 그림자가 나타나더니, 갑작스레 문을 열었다.

"스미카, 여기 있었구나."

아버지였다. 그는 보는 사람이 안쓰러워질 정도로 야윈 모습으로 달을 등지고 서 있었다.

나는 지금까지 빈틈없이 완벽하게 행동하던 이스즈가 아주 잠깐 보인 망설임을 놓치지 않았다. 들어온 사람이 누구인지 모르는 것이다. 하긴 당연한 일이다. 조금 전 연회석에서도 아버지는 친지들 사이에 끼어 앉아 있었다. 하지만 할머님은 데릴사위인 아버지에게 말 그대로 눈길조차 주지 않으셨다. 이 집안에서는 할머님이 신경 쓰시지 않는다는 이유만으로 그 인물의 존재가 흐려지고는 했다.

이스즈는 금세 공손히 고개를 숙였다. 나는 아버지를 올려다보았다.

"아버님."

아버지는 힘없이 미소 지었다.

"무슨 일이니, 스미카. 이런 어두운 곳에서."

그렇게 말하며 아버지는 불을 켰다. 달빛은 쏠려 나가고, 어둠에 익숙해져 있던 나와 이스즈는 똑같이 인상을 찌푸리며 손으로 눈을 가렸다. 나는 눈부신 빛을 견디며 물었다.

"오늘부터 절 도와줄 사람이잖아요. 서로 인사하고 있었어요."

"아, 그랬니. 잘했구나. 그런데 왜 방석도 안 깔고 있어? 다리 저리지 않아?"

그렇게 말하며 아버지는 이스즈의 옆에 주저앉았다.

"다마노 이스즈라고 했지?"

"네."

아버지는 어딘지 모르게 소원을 빌듯 말했다.

"장모님은 엄한 분이라 자네도 고생이 많을 게야. 하지만 이 집에서 진정으로 스미카의 편이 되어줄 사람은 자네뿐이야. 부디 스미카와 사이좋게 지내다오."

그리고 고개를 꾸벅 숙였다. 그런 아버지의 모습에 이스즈는 약간 당황한 것 같았다.

"고개를 드세요. 분부하신 일은 명심, 또 명심하겠습니다."

"그래. 고맙구나."

"네."

이스즈는 날 마주 보며 자세를 바로잡았다.

"아가씨께서도 허락해주신다면 그리 하겠습니다."

나는 생각지도 못하게 아버지에게 도움을 받았다는 사실을 깨달았다. 조금 전까지의 긴장감은 사라지고, 자연스레 이스즈를 바라볼 수 있었다. 저절로 입가에 미소가 번졌다.

"물론이에요. 이스즈 씨, 우리 잘 지내봐요. ……그리고 아가씨란 호칭은 좀 거북해요. 너무 거리감이 느껴지잖아요."

이스즈는 살짝 고개를 갸웃거렸지만, 이내 장난스러운 눈동자로 이렇게 대답했다.

"네, 스미카 님."

2

그후로 몇 년 동안, 나는 진정 행복했다.

중학교를 졸업한 나는 고등학교에 진학했다. 하지만 할머님은 내심 그 일을 달가워하지 않으셨던 모양이다. 당신께서는 그토록 자주 한문 고전을 인용하시면서도, 역시 마음 한구석에는 계집아이가 무슨 공부냐는 생각을 가지고 계셨던 것이리라. 오구리 가문 부흥을 위해서 어쩔 수 없이 내린 결단이었는지, 이스즈도 함께 입학시켜달라는 내 부탁에는 안색을 바꾸며 화를 내셨다.

"고용인 주제에 학교에 가서 뭘 어쩌겠다는 게야. 다른 사람들은 몰라도, 내 눈에 흙이 들어가기 전까진 그런 주제넘은 짓은 허락할 수 없다."

유감이었지만, 나도 이스즈도 할머님이 허락해주실 거란 생각은 하지 않았다. 한번 말이라도 꺼내본 것이다. 그런 말이라도 할 수 있게 된 것 역시 모두 이스즈 덕분이었다.

이리하여 내가 낮에 학교에 간 동안, 이스즈는 집에서 허드렛일을 돕게 되었다. 집에 가면 이스즈가 기다리고 있다. 그 생각만으로도 나는 외롭지 않았다. 조금이지만 나는 변하고 있었다. 주변을 신경 쓰지 않고 웃을 수 있게 되었고, 같은 반 친구들과의 대화도 즐겁게 느껴졌다.

하지만 무엇보다 이스즈가 소중했다. 그녀와 함께 있을 때, 나는 지금까지의 별 볼 일 없는 인생에서는 존재하지 않았던 평안을 얻을 수 있었다.

이스즈는 영리한 아이였다. 오구리 가문을 모시는 충성스러운 고용인이었고, 내게도 완벽하게 복종하며 시종일관 순종적인 태도를 보였다. 할머님은 그런 이스즈에게 크게 만족하셨고, 이스즈를 제대로 부리고 있는 날 칭찬하셨다.

그리고 단둘이 있을 때면 이스즈는 마주 앉아 내 이야기를 들어주었다. 학교 이야기. 할머님께 혼났던 이야기. 가엾은 어머니 이야기. 이스즈는 내가 기뻐할 땐 자기 일처럼 기뻐했고, 슬퍼할 때에는 함께 슬퍼해주었다.

그리고 무엇보다 이스즈는 내게 새로운 세계를 보여줬다.

어느 날. 별채에 있는 내 방에서 나와 이스즈는 책을 읽고 있었다. 나는 책상에 앉아 있었다. 이스즈에게도 독서대를 빌려줬지만, 그 애는 그것을 사용하지 않고 그냥 의자에 앉아 편히 책을 읽고 있었다. 이럴 때에는 서로 아무 말도 하지 않았다. 가끔 이스즈가 마실 것을 준비할 때를 제외하고는, 바람 소리와 풀벌레 소리만이 방 안을 채웠다. 하지만 그날, 이스즈가 불현듯 물었다.

"스미카 님. 무슨 책을 읽고 계신가요?"

나는 손안의 책을 보여주었다. 이스즈는 기막혀하는 것 같기도 하고 감탄하는 것 같기도 한 이상한 표정을 지었다.

"『장자』. 학교에서 배우시나 보죠?"

"응. 하지만 그래서 읽는 건 아니야. 재밌어."

나는 읽던 『장자』를 책상 위에 내려놓은 뒤, 이스즈를 향해 물었다.

"이스즈는 무슨 책을 읽고 있었어?"

"소설책입니다. 이게……."

이스즈는 그렇게 말하다가 갑자기 입을 다물더니, 이제는 익숙해진 장난스러운 눈빛으로 자신의 책을 내밀었다.

"딱 하룻밤만 바꿔 읽지 않으실래요? 분명 재미있을 거예요."

군침 도는 제안이었지만, 나는 망설일 수밖에 없었다.

"그렇지만……."

나는 말끝을 흐리며 대답했다.

"할머님이 고르신 책 말고 다른 책을 읽으면 혼나는데. 게다가 소설책이라니."

이스즈는 내 말이 무슨 뜻인지 모르겠다는 표정을 지었다.

"비밀로 하면 되잖아요."

"……그것도 그러네."

그리고 우리는 책을 교환했다. 이스즈의 제안은 내 마음을 잔뜩 사로잡았다.

이스즈가 빌려준 책은 에드거 앨런 포의 작품이었다. 그날 밤 이 책이 무슨 내용일지 당혹스러워하던 나는, 이내 신중하게 책장을 넘기다 결국에는 열중하고 말았다. 신비 속에 합리성을 내포하고 있고 엄숙과 해학이 쉼없이 번갈아 등장하는 그 내용에 나는 농락당하고 도취되었다. 정체 모를 공포와 형언할 수 없는 아름다움을 경외하면서도 한편으로는 냉철하게 관찰하게 되는 그 감각은 지금까지 경험하지 못한 것이었다. 처음에는 하룻밤이었던 기간은 사흘로 늘어났다. 나는 그동안 셀 수 없을 만큼 한숨을 쉬었다. 책을 돌려주자, 이스즈는 이렇게 물었다.

"어떠셨나요?"

나는 여러 가지로 생각한 끝에 한 마디로 대답했다.

"놀랐어."

이스즈는 그 한 마디만으로 무척 만족한 것 같았다. 그러고 보니 이제껏 한 번도 보여주지 않았던 환한 미소를 지으며 "네" 하고 고개를 끄덕였다. 왠지 그것이 기뻐서 나도 덩달아

덧없는 양들의 축연

미소를 지었다.

예의상 나도 『장자』의 감상을 물었다.

"이스즈는 그 책 어땠어?"

"재미있었습니다. 「철부지급」 이야기를 읽을 때엔 박장대소했답니다."

나는 고개를 갸웃거렸다.

"장주는 화가 나 정색을 하며 말했다. 어제 이리로 오는데 도중에 누가 불러 뒤를 돌아보니, 수레바퀴가 지난 자리에 붕어가 있었소.' ……그 이야기는 시의적절한 대처의 중요성에 대해 가르치는 우화였을 텐데. 어디가 재미있다는 거니?"

이스즈는 시원스러운 표정으로 이렇게 대답했다.

"돈을 꿔달라고 했다 거절당하자, 기분이 상해 일부러 알아듣기 힘든 비유로 구구절절 상대를 비난하잖아요. 그런 장자의 모습이 우스꽝스러워서 재미있었답니다."

나는 저도 모르게 좌우를 살폈다. 할머님이 어딘가에서 듣고 계실까 봐 가슴이 덜컹 내려앉았기 때문이다. 애초에 아무도 없었고, 방 안에는 나와 이스즈 둘뿐이었지만. 그 사실을 확인한 뒤, 나는 큰 소리로 웃음을 터뜨렸다. 정말 이스즈에겐 못 당하겠다. 이스즈에게 걸리면 『장자』도 우스운 이야기로 변모하는 것이다.

그후로 나는 수많은 책을 읽었다.

봄날 밤, 할머님의 눈을 피해 안뜰로 나가 가로등 불빛과 달빛을 빌려 읽었다.

무더운 여름밤, 이스즈가 부치는 부채 바람을 맞으며 읽었다.

귀뚜라미가 우는 가을, 하나하나 곱씹듯 끝없이 긴 이야기를 읽었다.

화로 하나를 둘이서 에워싸고 앉은 겨울, 뻣뻣해지는 손가락을 문지르며 읽었다.

나는 마치 이스즈의 손에 이끌린 어린아이 같았다. 이스즈는 내게 보르헤스를, 고골을, 체스터턴을 가르쳐주었다. 마구잡이로 골라주는 것인지, 아니면 나름대로 취향이 있는 것인지, 그조차 알 수 없었다. 그저 이스즈가 권해준 책을 읽을 때마다 나는 놀라움을 금치 못했을 뿐이다.

또한 이스즈는 이런 말을 하기도 했다.

"스미카 님은 동양 고전을 좋아하시나 보네요. 이야기책도 좀 읽어보시면요?"

"할머님이 좋아하시질 않아서……."

"『요재지이』나 『홍루몽』, 『우지슈이 이야기』나 『우게쓰 이야기』 정도라면 큰 마님도 허락해주시지 않을까요?"*

그럴지도 모른다는 생각에, 나는 그 책들을 구해 읽었다. "『우지슈이』를 읽은 뒤엔 아쿠타가와를 읽는 게 정석이랍니다"라고 해서 아쿠타가와 작품도 읽었다. "『우게쓰 이야기』는 중국의 영향을 받은 것이 많아요. 『전등신화』**도 읽어보세요"란 말에 그것도 읽었다. 그렇게 읽어나가다, "이건 중국 소설 중에서도 명작이라 일컬어지는 작품 중 하나랍니다"라는 이스즈의 말을 넙죽 받아들여 읽게 된 책이 바로 『금병매』였다. 다음 날, 나는 새빨개진 얼굴로 아무 말 없이 쿵쿵거리며 이스즈를 쫓아가 주먹으로 콩콩 때렸다. 이스즈는 웃으면서 "죄송해요, 죄송해요. 이 책을 드릴 테니 용서해주세요"라며 책 한 권을 내밀었다. 그렇게 읽게 된 책이 바타유의 『고혹의 밤』이었다.*** 나는 완전히 토라져서 사흘 동안 이스즈와 말을 하지 않았다. 아무래도 이스즈는 사드 후작의 작품도 준비해두었던 모양이지만, 내 반응을 보고 반성했는지 그것은 건

*『요재지이』는 중국의 기담집, 『홍루몽』은 중국 4대 명저 중 하나로 꼽히는 장편소설, 『우지슈이 이야기』와 『우게쓰 이야기』는 일본의 설화 및 기담 모음집이다.
** 중국 명대에 쓰인 괴담집.
***『금병매』는 중국 명대에 쓰인 장편소설로, '음서'라는 이유로 여러 번 금서로 지정되었다. 『고혹의 밤』은 조르주 바타유의 장편소설로, 원제는 'C신부'이며 노골적인 성적 묘사 때문에 논란을 불러일으킨 작품 중 하나이다.

네지 않았다.

　나는 이스즈의 주인이었지만, 이스즈는 내 제일가는 스승이었다. 그리고 무엇보다, 우리는 아마도 친구였다. 하지만 나는 이스즈에 대해 아는 것이 하나도 없었다. 그 사실이 무척 불만스러웠고 열등감을 느끼기까지 했다.

　분명히 비가 보슬보슬 내리던 6월의 어느 날이었을 것이다. 필요한 것이 없는지 물으러 온 이스즈에게 나는 태연한 척 물었다.

　"아니, 마실 건 괜찮아. 그런데 이스즈는 고향이 어디니?"

　"저 말입니까?"

　문턱 앞에 공손하게 앉아 있던 이스즈는 고개를 들더니 눈을 깜박거렸다. 나는 이스즈에 대해 정말 아는 것이 하나도 없었기 때문에, 혹시 물어선 안 될 것을 물은 게 아닌가 하는 불안에 휩싸였다.

　"물론 이야기하고 싶지 않으면 안 해도 돼……."

　"아뇨. 그게 아니라 너무 갑작스레 물으셔서 놀란 것뿐입니다. 이곳 고다이지의 마쓰바라에서 태어났습니다."

　"아, 마쓰바라구나. 거긴 나도 자주 가."

　마쓰바라는 고다이지 내에서도 고지대에 위치한, 고급 저택들이 늘어선 동네였다. 할머님을 따라 몇 번인가 방문한 적이 있다. 이스즈도 그중 한 저택에서 고용인의 자식으로 태어난 것일까.

그 밖에도 묻고 싶은 것은 많았다. 나는 이스즈에게 이리오라고 손짓했다. 이스즈는 꾸벅 고개를 숙이고 문턱을 넘어 들어온 뒤, 몸을 살짝 기울인 채로 문을 닫았다.

"넌 책을 무척 좋아하고, 신기한 책들도 많이 읽은 것 같아. 나는 잘 모르지만, 혹시 특별히 좋아하는 책이라도 있니?"

"저 같은 것은 책을 좋아한다고 말할 수 있는 축에도 못 낀답니다. 하지만 하나만 들라면, 역시 포가 제일 좋아요."

"그렇구나. 그럴 것 같다고 생각은 했어."

"네. 그 산 채로 땅에 묻히는 듯한 숨 막히는 느낌이 무척무섭고 매력적으로 다가오거든요. 일본에서는 주로 화장을 하니까 생매장은 생각도 할 수 없지만요."

나는 그저 미소 지을 수밖에 없었다.

"그런 책은 다 어디서 읽었어?"

"집에 있던 걸 읽었습니다."

"집이라면 너희 집 말이니?"

"네."

불현듯 떠오른 사실이 있었다. 열다섯 살 생일날부터 이스즈는 줄곧 내 곁에 있었다. 명절날 다른 고용인들은 고향으로 돌아갔지만, 이스즈만은 계속 이 집에 머물렀다.

"그리고 보니 이스즈는 아직 집에 한 번도 돌아간 적이 없지? 어떤 집이야?"

나는 이스즈에 대해 아무것도 몰랐다. 이스즈를 좋아했기 때문에 알고 싶다고 생각했다.

"타버렸습니다."

그래서 이스즈가 그렇게 말한 순간, 나는 한 대 얻어맞은 것처럼 화들짝 놀랐다.

조심성도 없이 멍청한 질문을 했다. 그 사실을 깨닫고는 부끄러워서 혼란에 빠진 나는 또다시 어리석은 짓을 저질렀다.

"가족들은?"

"말씀드렸지만, 타버렸습니다."

그후 내가 무슨 말을 했는지는 기억나지 않는다. 아마 용서를 구했으리라 짐작은 하지만, 그 말을 과연 제대로 했는지는 모르겠다. 무엇이 제일 슬펐느냐면, 지금 이 순간까지 나 자신이 이스즈에 대해 알려 하지 않았던 것이 제일 슬펐다. 그런 주제에 친구가 생겼다며 기뻐했던 것이 슬펐다. 정신을 차려보니 나는 흐느껴 울며 그 애의 무릎을 베고 있었다. 이스즈는 어색한 손길로 내 머리를 쓰다듬어주었다. 그러면서 몇 번이나 같은 말을 반복했다.

"괜찮아요, 괜찮아요. 스미카 님, 울지 마세요. 스미카 님이 이렇게 슬퍼하시면 저는 어찌해야 할지 모르겠어요. 괜찮아요. 괜찮으니까……."

겨우 고개를 든 나를 향해 이스즈는 손이 많이 가는 말썽쟁이 아이를 타이르듯 자애로운 미소를 지어 보였다.

"스미카 님과 보내는 하루하루가 너무 행복해서, 옛일은 벌써 다 잊어버렸답니다."

자, 앉으세요. 이스즈의 말에 나는 울먹이며 그 애에게서 떨어졌다. 이스즈는 날 안심시키는 듯 미소 짓고 있었지만, 이내 진지한 표정을 지었다. 그리고 처음 이곳에 온 날처럼 두 손으로 바닥을 짚은 채 공손한 태도로 말했다.

"그런 연유로 저는 혈혈단신 천애고아랍니다. 하지만 운 좋게도 오구리 가문에 들어와 스미카 님을 모실 수 있게 되었습니다. 정말 복받은 일이라고 생각하고 있습니다.

저는 앞으로도 스미카 님을 충실히 모실 겁니다. 그러니 스미카 님, 부디…… 부디 이 이스즈를 오래도록 거두어주세요."

나는 멈추지 않고 흘러내리는 눈물을 닦았다. 일부러 말할 것도 없는 소리였다. 미사여구는 일절 사용하지 않고, 나는 그저 내 진심을 이스즈에게 전했다.

"물론이야. 앞으로도 계속 언제까지나 내 곁에 있어. 난 널 떠나보내지 않을 테니, 너도 날 떠나지 마. 부탁이야, 이스즈."

바깥에서는 계속 비가 주룩주룩 내리고 있었다.

세월은 꿈처럼 흘러, 나도 인생의 한 기로를 맞이하게 되었다.

고등학교를 졸업할 때까지 부모님이 남동생을 낳는 일은 없었다. 할머님은 내게 졸업하자마자 바로 데릴사위를 들여 오구리 가문을 탄탄히 하라고 했다.

나는 대학에 진학할 생각이었다. 배우는 것이 좋기도 했고, 고다이지밖에 모르는 나 자신에게 불안을 느끼기도 했기 때문이다. 그리고 또 한 가지, 할머님에게는 결코 밝힐 수 없는 이유도 있었다.

할머님은 날 앉혀놓고는 선 채로 호통을 치셨다.

"무슨 말을 하나 했더니, 말도 안 되는 소리는 집어치우거라. 너에겐 이미 충분히 시간을 주었다. 그런데 대학이라니, 가당키나 한 소리냐. 벌써 잊었느냐, 넌 이 오구리 가문을 지키고 부흥시키기 위해 존재하는 사람이다. 그런 네가 학자가 되어서 어쩌겠다는 거야."

함께 있던 어머니가 기어들어가는 목소리로 내 편을 들어주었다.

"스미카는 학자가 되겠다는 게 아니라……."

"시끄럽다. 난 지금 스미카와 이야기하는 중이다."

할머님의 호통에 어머니는 주눅이 들어 날 힐끔 쳐다보더니, 그대로 고개를 숙였다.

예전에는 나도 어머니와 마찬가지였다. 할머님 앞에 서는 순간 압도당해, 두려움으로 손끝까지 마비되어 아무 말도 할 수 없었다.

하지만 지금 나는 두 가지를 가지고 있었다. 하나는 약간의 용기. 이스즈와 교류하면서 웃음을 되찾았고, 소소하지만 사람들 속으로 들어감으로써 손에 넣게 된 마음의 힘도 있었다. 나는 할머님을 우러러보며, 그 날카로운 눈빛을 필사적으로 견뎠다.

또 하나는 일찍이 내게 없었던 것이다. 바로 교활함이었다. 할머님 앞에서는 우직한 모습을 보이던 이스즈는 내 앞에서는 친구가 되어주었다. 그동안 그녀의 빈틈없는 행동거지를 보고 배운 나는 이렇게 말했다.

"할머님이 노하신 것도 충분히 이해는 갑니다. 하지만 저는 오구리 가문의 후계자로서 제게 부족한 부분이 있다고 생각합니다."

할머님은 인상을 찌푸리며 말씀하셨다.

"……말해보거라."

반론 따위는 한 번도 허락하지 않았던 할머님이 귀를 기울여주신 것이다. 심장이 쿵쾅쿵쾅 뛰는 것을 느꼈다. 입이 바싹바싹 말랐다. 도망치고 싶은 마음을 참으며, 나는 그 두려움이 밖으로 새어 나가지 않도록 필사적으로 침착한 척했다.

"네. 저는 고다이지에서 컸습니다만, 아직도 덕이 높은 사람과 교류해본 적이 없습니다. 이대로 데릴사위를 들인다 해도, 고다이지 토박이가 아닌 바깥사람들이 제 견식을 우습게 보는 것이 아닐지 마음이 불안합니다."

실제로 최근 들어 오구리 가문의 땅을 빌리는 사람들 중 외지인의 비율이 높아지고 있었다. 고다이지의 명사 오구리 가문이라는 간판만으로는 외부에 통하지 않게 되었던 것이다. 할머님이 조바심을 내시는 이유 중 하나도 바로 그것이었다. 나는 할머님의 아픈 곳을 찌른 것이다.

"대학 진학을 원하는 것은 학문의 길을 가기 위해서가 아닙니다. 빼어난 사람들 속에 들어감으로써 저에게 도움이 되는, '지란지교를 나눌 수 있는 벗'을 얻을 수 있다 여기는 까닭입니다."

할머님은 내 말을 대번에 부정하지는 않았다. 이마의 주름을 보니 불쾌하게 여기신다는 것은 알 수 있었지만, 일단 고려는 하고 계신 듯했다. 나는 마른침을 삼키며 할머님의 말씀을 기다렸다.

"그래……."

드디어 할머님이 입을 여셨다.

"네 말도 일리가 있구나. 그런 자라도 일단 당주가 있긴 있으니, 나도 네 혼사를 서두를 생각은 없다."

'그런 자'란 바로 내 아버지를 일컫는 것이다. 아버지는 내 장래를 결정하는 이 자리에 부름조차 받지 못했다. 그것이 할머님이 아버지를 대하는 방식이었다.

"옛말에 '옥은 다듬지 않으면 그릇이 되지 못한다'라고 했다. 고다이지의 범부필부들만 상대해서는 앞으로의 일이 불안하기야 하겠지."

할머님이 이만큼이나 남의 의견을 받아들인 적은 없었다. 나는 저도 모르게 무릎을 앞으로 내밀었다.

"그럼 할머님."

"하나."

할머님은 매섭게 노려보며 말씀하셨다.

"근묵자흑이란 말을 알고 있겠지. 뛰어난 자들과 어울리면 너도 많은 것을 배워 돌아올지 모르겠구나. 하지만 내 눈이 닿지 않는 곳에서 상스러운 자들과 어울렸다간 모두 도로 아미타불이야."

"그렇다면."

나는 기회를 놓치지 않고 입을 열었다. 이때를 기다리고 있던 것이다.

"감시역을 붙이시면 됩니다. 저도 혼자 이곳을 떠나는 것보다 누구 하나라도 데려가는 편이 안심이 되니까요."

할머님은 다시 생각에 잠기셨지만, 이번 침묵은 그리 길지 않았다.

"……좋다. 누가 이스즈를 불러오거라."

나는 그 자리에서 팔짝 뛰고 싶을 정도로 기뻤지만, 아무렇지도 않은 척 내색하지 않았다. 나는 교활함이라는 것을 배웠으니까.

이렇게 나는 고다이지를 떠날 수 있었다.

할머님은 이스즈에게 열흘에 한 번 내 상태를 기록한 보고서를 올리라고 단단히 일러두셨다. 문필에 뛰어난 이스즈에게 그 일은 별다른 부담이 되지 않았다. 고다이지를 떠나던 날, 할머님은 날 위해 연회를 여셨다. 평소처럼 많은 선물이 들어왔고 대부분이 버려졌지만, 딱 하나 괜찮은 선물이 있었

덧없는 양들의 축연

다. 책을 읽을 때 유용하게 쓰이는 탁상등이었다.

흡사 꿈을 꾸는 것처럼 얼떨떨했다. 이제껏 어머니를, 나를 옭아매고 있던 할머님의 멍에가 이토록 쉽게 풀어질 줄이야. 이 세상에서 내가 유일하게 신뢰하는 이스즈와 단둘이 살 수 있다니. 물론 대학을 졸업할 때까지의 한정된 시간이긴 하지만, 나는 자유를 손에 넣은 것이다.

그리고 무엇보다 나는 내가 할머님을 설득할 수 있다는 사실을 깨달았다. 할머님은 결코 거역할 수 없는 절대자가 아니었던 것이다. 한 번 저항이 성공한 지금, 두 번째, 세 번째 저항도 결코 불가능한 일만은 아니었다. 나는 제 능력으로 운명을 개척했다는 고양감에 취했다.

진심으로 행복했다.

결국 나는 여전히 할머님을 잘 알지 못했다.

3

내가 고다이지를 떠나 보낸 기간은 채 두 달이 되지 않았다.

그 짧은 시간 동안 나는 더없는 행복을 예감했다. 대학에서 '바벨의 모임'에 가입한 것이다.

취미 클럽인 '바벨의 모임'은 독서를 사랑하는 이들의 모임이었다. 나는 그곳에서 진정한 지성과 교양, 그리고 품격을 겸비한 사람들과 만날 수 있었다. 할머님 앞에서 이야기했던 지란지교가 머지않아 실제로 이루어질 것 같았다.

그리고 이스즈는 어느 것 하나 뒤지지 않는 '바벨의 모임' 회원들 사이에서조차 그 빛을 잃지 않았다.

교내 온실에서 모임이 열린 어느 날. 다른 볼일이 있던 나는 이스즈를 데리고 모임에 참석했다. 이스즈는 하얀 원탁에 앉은 내 뒤에서 대기하고 있었다. 그 모습을 보고 부회장이 말을 걸었다.

"어머. 오구리 양, 뒤에 계신 분은 누구신가요?"

나는 가슴을 펴고 내 자랑스러운 친구 다마노 이스즈를 소개했다.

이스즈는 그날 '바벨의 모임'의 시중을 들었다. 그녀는 평소대로 일을 처리했다. 요컨대, 쓸데없이 나서지 않고 신중하게 행동하면서도, 누군가가 무언가를 원할 때면 이미 그것을 준비해놓았다. 차 온도는 적절했고, 찻잔을 옮길 때에도 표면에 잔물결 하나 보이지 않았다. 평소의 이스즈였다.

덧없는 양들의 축연

그뿐만이 아니었다. 원탁 반대편이 잠시 시끌벅적해졌다. 선배 두 사람이 어떤 이름이 생각나지 않는다며 머리를 싸매고 있던 것이다. 그러자 이스즈는 미끄러지듯 유연하게 움직여 그 선배들에게 이렇게 속삭였다.

"외람되지만 말씀하시는 인물은 아마 오리타케 마고시치* 인 것 같습니다."

순식간에 두 사람의 얼굴이 환해졌다.

"아, 맞아!"

"맞아. 왜 그 이름이 생각나지 않았지?"

그 광경을 지켜보던 부회장은 날 향해 싱긋 웃었다.

"저 이스즈란 아이, 참 멋지네요. 아마도 오구리 양에겐 머빈 번터** 같은 존재인가 보군요?"

미소로 화답했지만, 나는 그건 아니라고 생각했다. 세이어스의 작품을 읽긴 했지만, 이스즈는 번터라기보다는…….

그 자리에서는 아무 말도 하지 않았다. 시간은 충분하다. 꼭 지금이 아니라도 '바벨의 모임' 회원들이 이스즈를 알게 될 기회는 얼마든지 있다고 생각했던 것이다.

---

* 판타지 소설 '인외마경' 시리즈에 등정하는 탐험가.
** 도러시 세이어스의 미스터리 소설 '피터 윔지 경' 시리즈에 등장하는 집사.

집으로 돌아온 나는 이스즈를 향해 웃으며 말했다.

"오늘은 내 체면을 세워줘서 고마워. 부회장도 네 칭찬을 하더라. 기왕 이렇게 되었으니, 여름까지는 꼭 요리 실력을 키워야겠어."

나는 이스즈가 고용인으로서 완벽하다고 생각했지만, 둘이 살게 된 뒤로 깨달은 결점이 하나 있었다. 바로 요리 실력이었다. 무척 뜻밖이었다. 이스즈는 밥을 지을 줄도 몰랐던 것이다. 이스즈가 밥을 안치면, 항상 생쌀 그대로거나 죽이 되었다. 그걸 가지고 놀리면 이스즈는 항상 얼굴을 붉히며 고개를 홱 돌렸다.

"하지만 해본 적이 없는 걸요."

"이스즈. '처음에는 약한 불, 중간에는 센 불, 아기가 울어도 뚜껑은 열지 말 것'이라고 하잖아."

나는 학교에서 친구에게 들은 밥 짓는 요령을 가르쳐 주었다. 이스즈는 고개를 끄덕이며 들었지만, 이내 키득키득 웃음을 터뜨렸다.

"일꾼인 제가 스미카 님께 밥 짓는 법을 배우다니, 입장이 역전됐네요."

그러고 보면 맞는 말이었다. 나는 이스즈에게 많은 것을 배웠다. 이루 다 갚을 수 없을 정도로. 그런데 내가 이스즈에게

덧없는 양들의 축연

처음 가르친 것이 하필이면 밥 짓는 법이라니. 우리는 깔깔거리며 웃었다.

이스즈는 너무 웃어서 나온 눈물을 닦으며 말했다.

"알겠습니다. 명심할게요."

"그래. 그럼 말해봐."

이스즈는 씁쓸한 표정을 지었다.

"처음에는……"

"약한 불. 그럼 칠보시*를 읊어봐."

"콩대를 태워서 콩을 삶으니, 가마솥 안에 있는 콩이 눈물을 흘리네. 본래 한 뿌리에서 태어났건만 어찌하여 이리 급히 삶아대는가.'"

"훌륭해. 그럼 '처음에는 약한 불' 시작."

이스즈는 홱 몸을 돌려 도망쳤다.

"스미카 님은 심술쟁이!"

그날 이후로 부엌에서는 노랫소리가 들리기 시작했다.

어딘가에서 들어본 가락이다 했더니, 아무래도 일고** 기숙

---

* 조조의 아들 조식이 지은 시. 일곱 걸음을 걷는 동안 지어서 '칠보시'라는 제목이 붙었다.

** 구 제1고등학교. 현재의 도쿄대 교양학부, 지바대학 의학부와 약학부의 전신이 된 구제고등학교(대학에 진학하기 위한 예비 교육기관)이다.

사 노래인 것 같았다. 그 음악에 맞춰 이스즈는 "처음에는 약한 불, 중간에는 센 불" 하고 흥얼거렸다. 잊어버리지 않도록 노래로 만들어 부르는 모양이었다.

이스즈는 낭랑한 목소리와 출중한 노래 실력을 가지고 있었다. 독서나 공부를 하다가 이스즈가 부르는 저 노래가 들리면 슬슬 식사 시간이 오겠구나 생각하게 됐다. 하지만 그 노래는 그다지 효과가 없는 것 같았다. 이스즈의 요리 실력은 좀처럼 늘지 않아서, 나는 때때로 이스즈를 데리고 거리로 나갔다. 맛있는 음식을 함께 먹기 위해서였다.

어느 날, 나는 양식당에서 이렇게 말했다.

"여름까지는 좀 더 실력을 키우도록 해."

그러자 이스즈는 포크로 크로켓을 찌른 채 눈을 내리깔았다.

"……노력은 해보겠습니다."

'바벨의 모임'에서는 매년 여름에 독서 모임을 개최한다. 각자 가장 명작이라고 생각하는 책을 지참하고 다테누마란 피서지에서 소설과 시에 푹 빠져 며칠간 휴가를 즐기는 것이다. 나는 클럽에 가입한 직후부터 그 독서 모임을 무척이나 기다렸다.

독서 모임에는 시중을 들 사람을 데려가도 상관없다.

이스즈를 데리고 갈 수 있는 것이다.

하지만 여름이 오기 전에 파국이 찾아왔다.

5월 말, 아침부터 맑게 갠 어느 날이었다. 이스즈가 끓인 차를 마시며, 나는 신문을 읽고 있었다. 별다른 생각 없이 신문을 읽어 내려가던 나는 어떤 기사를 발견하고 눈을 뗄 수 없었다.

"이스즈, 이스즈!"

비명 소리를 들은 이스즈가 뛰어 들어왔다.

"스미카 님, 무슨 일이시죠?"

"이거 봐. 고다이지야."

그 기사는 한 살인 사건에 대해 보도하고 있었다.

고다이지 마쓰바라의 고급 주택에 무장 강도가 들어와 노부부를 결박하고 금품을 빼앗다, 때마침 귀가한 손자 두 명을 찔러 죽이고 도망쳤다고 한다. 흉악한 범인은 곧바로 체포되었다. 오십 세의 하치야 다이로쿠는 자신의 범행을 시인했다.

이스즈도 놀랐는지 숨을 삼켰다.

"스미카 님, 하치야라면."

"맞아."

제발 착오였으면. 나는 그렇게 빌었다.

오구리 가문에 데릴사위로 들어온 아버지의 결혼 전 성은 하치야였다. 내 기억으로 하치야 다이로쿠는 아버지의 형님의 이름이다. 즉 이 살인자는 내 큰아버지인 것이다.

큰아버지가 사람을 죽였다. 나는 막연한 불안을 느꼈다. 무슨 일이 일어날지 짐작도 가지 않았고, 마치 악몽 속을 헤매는 듯한 기분이었다. 평소였다면 이럴 때 이스즈가 정신적인 지주가 되어준다. 흔들리지 않도록 날 지탱해주곤 한다. 하지만 이번만큼은 이스즈도 말없이 고개를 저을 뿐이었다.

하치야 다이로쿠의 살인은 내 인생에 곧바로 그림자를 드리웠다. 그날 낮에는 이미 할머님이 보내신 전보가 도착했다.

돌아오거라.

간결하고 단호한 명령. 어쩔 줄 몰라 하던 나는 넋 나간 사람처럼 그 명령에 따랐다.

차와 기차를 갈아타고 겨우 고다이지에 도착했을 무렵에는 벌써 해가 저물어 있었다.

역으로 마중 나온 사람조차 없어서, 나와 이스즈는 지나가는 차를 잡아야만 했다. 저택으로 이어진 길고 긴 언덕길. 검은 담. 징이 박힌 문. 문기둥에 걸린 등불의 일렁이는 불빛. 익숙한 제 집이었지만, 이때는 전율밖에 느껴지지 않았다. 징검돌도 노송나무도 초승달이 뜬 밤하늘도, 모두가 불길하게만 다가왔다.

집에 돌아온 나는 어째서인지 안방이 아닌 응접실로 안내되었다. 처음 있는 일이었다. 나와 이스즈를 안내한 고용인은 어딘지 모르게 안절부절못했다. 마치 무언가를 두려워하는 것만 같았다. 여기까지 먼 길을 왔건만, 차 한잔 대접받지 못하고 상석을 비워놓은 채 계속 할머님을 기다렸다.

삼십 분쯤 지났을까. 그제야 나타나신 할머님은 날 힐끔 보시더니 흥, 하고 코웃음을 치셨다.

온몸의 털이 곤두서는 것 같았다. 할머님이 나를 보고 인상을 찌푸리시는 일은 자주 있었다. 도리어 이 세상의 모든 것을 마음에 안 들어 하시나 하는 생각이 들 정도로, 할머님은 언제나 불쾌한 표정을 짓고 계셨다.

하지만 똑똑히 알 수 있었다. 지금, 할머님은 나를 멸시하고 계시는 것이다. 평소와는 다르다. 그 사실이 느껴졌다.

자리에 앉자 할머님은 낮은 목소리로 말씀하셨다.

"스미카."

"네."

"난 네게 이 가문을 잇게 할 생각이었다. 좋은 사윗감만 맞이한다면 집안이 안녕하고 앞으로도 번창할 것이라 생각했지. 그 때문에 네 소원대로 대학까지 보내줬고. 하지만 다 부질없는 짓이었어."

나는 아무 짓도 하지 않았다. 할머님의 심기를 불편하게 해드릴 만한 일은 전혀 하지 않았는데. 그렇게 생각했지만, 감히 입 밖으로 낼 수는 없었다. 인상을 찌푸리며 이를 드러낸 할머님의 모습은 마치 귀신 같았다. 이미 극복했다고 생각했던 공포가 온몸을 관통했다. 손끝까지 마비되는 그 공포가.

할머님은 나를 힐끗 노려보셨다.

"밥벌레 같은 네 친척이 사람을 죽인 건 이미 알고 있겠지. 결국 하치야의 핏줄에는 살인자의 피가 섞여 있다는 게야. 스미카. 넌 그 핏줄을 이은 아이다. 우리 집안에 너 같은 것은 필요 없어!"

할머님은 자개로 장식된 책상을 쾅 내리치셨다. 나는 어린아이처럼 움츠러들었다.

"그 녀석은 절연하여 내쫓았다."

"네……?"

절연이라는 낯선 단어에 나는 당혹스러움을 감추지 못했다. 하지만 그 말이 뜻하는 바는 명확했다.

아버지가 쫓겨났다. 그 사건이 일어난 지 얼마 되지도 않았는데 이렇게나 빨리.

그럼 나는.

"너 역시 이 집에 둘 수는 없지만, 아쉽게도 널 대신할 사람이 없다. 한동안은 머물게 해주마. 하지만 오구리가의 사람으로 남들 앞에 나서게는 못한다."

그리고 할머님은 이스즈를 부르셨다. 이스즈는 응접실 한편 맨바닥에 정좌한 채 대기하고 있었다. 그 애는 할머님 앞에서는 언제나 그런 공손한 태도를 취했다.

"오늘부로 더이상 스미카의 시중은 들지 않아도 된다. 내일부터는 부엌일을 하게 될 테니, 그렇게 알고 있거라."

큰아버지가 사람을 죽인 것보다, 아버지가 내쫓긴 것보다, 이 한마디가 나를 더 좌절시켰다. 할머님은 내게서 이스즈를 빼앗으려 하는 것이다. 나의 이스즈를!

나는 공포를 잊었다. 갑자기 치밀어 오른 분노에 눈앞이 어지러워졌다. 한 걸음만 삐끗했어도 나는 할머님께 달려들었을 것이다. 그리고 그녀의 가냘픈 목을 단번에 꺾어버렸으리라.

하지만 다음 순간 온몸에서 힘이 빠져나갔다. 장작을 가져오라는 명령에 대답하듯, 이스즈가 태연하게 대답했기 때문이다.

"네. 알겠습니다. 큰 마님."

할머님 앞이라는 사실조차 잊은 채, 나는 떨면서 이스즈 쪽을 보았다. 하지만 이스즈는 가만히 눈을 내리깔고 있어서, 표정을 읽을 수가 없었다.

"할머님!"

모든 것을 잊고 나는 할머님께 소리쳤다. 하고 싶은 말은 수없이 많았다. 큰아버지가 사람을 죽인 건 사실이다. 하지만 그것은 어디까지나 큰아버지가 저지른 짓이지, 아버지가 저지른 짓도 아닐뿐더러 내가 저지른 짓도 아니다. 살인자의 핏줄이라니, 어떻게 그런 생각을 하실 수 있는 걸까.

나는 고다이지를 떠나 훌륭한 선배들에 둘러싸인 나날을 보내고 있었다. '바벨의 모임'에서 개최하는 여름 독서 모임을 무척이나 기다리고 있었다. 하지만 그것도 상관없다. 바깥에 나가지 말라면 나가지 않겠다. 이 집에서 나가라고 하면 나가겠어. 하지만 내게서 이스즈만은 빼앗지 마세요!

할머님은 분하다는 듯 중얼거리실 뿐이었다.

"더러운 피가 흐르는 줄 알았다면 너 같은 것에게 기대하지 않았을 텐데."

아. 그렇구나.

할머님에게 나는 아직은 미숙하지만 장차 완벽해질 사람이었다. 하지만 지금 내게서 흠집을 발견했다. 그래서 할머님은 날 버리려 하시는 것이다.

할머님은 더이상 내게 눈길조차 주지 않으신 채, 이스즈를 향해 간략하게 명령했다.

"저것을 방으로 데려가거라."

"네."

옷자락 스치는 소리와 함께 이스즈는 뒤에서 내 어깨에 손을 올렸다.

"자, 일어나세요. 방으로 가셔야죠. ……아가씨."

내 마음은 혼탁한데도, 밤하늘은 맑디맑기만 했다.

별이 비친 안뜰 연못에, 불 꺼진 등롱이 길게 그림자를 드리우고 있었다. 후들거리는 발밑을 바라보며, 나는 두 달 만에 내 방으로 향했다. 이스즈에게 질질 끌려서.

어느 방 앞에서 나는 걸음을 멈췄다. 이곳은 내 열다섯 살 생일날 이스즈와 둘이서 처음으로 이야기를 나눈 방이었다.

그날부터 줄곧 이스즈는 내 곁에 있어주었다.

그래, 이스즈는 언제나 내 편이었다. 흔들리던 마음이 차츰 가라앉았다. 할머님이 무슨 말을 하셔도 나와 이스즈의 유대는 흔들리지 않는다. 그 사실을 깨달은 순간, 자신이 부끄러워졌다. 할머님 앞에서 이스즈가 순종적인 태도를 보이는 것은 늘 있는 일이었는데.

나는 고개를 들고 앞장서 걸어가는 이스즈를 불러 세웠다.

"이스즈. 잠깐만. 이 방 기억나?"

이스즈는 걸음을 멈추더니 살짝 고개를 돌려 뒤를 돌아봤다. 별빛을 받아 희미하게 드러나는 그 표정.

때때로 보여주던, 화들짝 놀랄 정도로 장난스러운 웃음이 아니었다. 일이니까 어쩔 수 없다며 얌전 빼는 표정도 아니었다. 이스즈의 얼굴에 나타난 그 감정이 무엇인지 나는 알 수 있었다.

그것은 한없는 무관심이었다. 히익, 비명이 목을 타고 올라왔다.

"네."

이스즈는 방을 힐끗 곁눈질하더니 그렇게 대답했다.

설마 하는 생각에 나는 떨리는 목소리로 말했다.

"이스즈. 앞으로 어떡하지? 당분간 밖에 나가지 못할 것 같아. 하지만 넌 와줄 거지?"

이스즈의 목소리는 내 목소리와는 반대로 지극히 침착했다.

"전 내일부터 부엌일을 돕게 되었습니다. 큰 마님이 분부를 내리시면 찾아뵙겠습니다."

"이스즈, 왜 그래? 여긴 할머님도 안 계시잖아. 장난은 그만

해. 나 무섭단 말이야. 평소처럼 웃어줘."

"명령이십니까?"

대화가 끊기자, 주변은 귀가 먹먹해질 정도로 정적에 휩싸였다. 마치 이 넓디넓은 집 안에 나와 이스즈 둘밖에 없는 것처럼.

이스즈에게 웃으라고 했으면서, 막상 웃은 것은 나였다. 숨쉬기조차 괴로웠지만, 나는 억지로 이스즈를 향해 웃으려 했다. 그러면 모든 것이 장난으로 바뀔 것 같았으니까.

"갑자기 왜 그래? 이상하게. 오늘 너 정말 이상해."

"그런가요?"

지금까지 살짝 고개만 돌리고 있던 이스즈가 정면으로 날 돌아봤다. 두 사람의 거리가 생각보다 가까워져서 나는 무심코 뒷걸음질 쳤다.

"장난치는 게 아닙니다. 듣자하니 주인어른께서 집에서 쫓겨나신 모양이더군요. 그러면 더이상 명령을 지킬 필요도 없겠지요."

"아버님? 아버님이 너한테 뭐라고 하셨어?"

이스즈는 고개를 돌려 안뜰을 바라보았다. 그리고 평소에는 사용하지 않는 방문으로 시선을 돌리며 말했다.

"아가씨, 잊으셨나요? 아가씨도 함께 계셨잖아요. 이 방에서 주인어른이 제게 분부하시지 않았습니까."

아버지와 나, 이스즈.

아, 처음 만난 날의 이야기를 하고 있는 것이다. 내 열다섯 살 생일. 추억이 되살아난다. 아버지는 분명히 이스즈에게 이렇게 말했다.

"아가씨 편이 되어드리라고. 아가씨와 사이좋게 지내달라고요."

그렇다면 이스즈는 그 말에 따르고 있던 건가.

그저 그 말에 따르고 있던 것뿐이란 말인가.

아버지가 그렇게 분부했으니까. 사이좋게 지내달라고 했기 때문에, 이스즈는 내게 미소 지었고 이야기를 들어주었고 책을 추천해주었던 건가.

이스즈는 말을 이었다.

"주인어른이 쫓겨나시고 큰 마님께서 더이상 아가씨 시중을 들지 말라고 말씀하셨으니, 지금까지와 같은 태도로 대할 순 없습니다."

"이스즈."

"저는 오구리 가문 이외에는 갈 곳이 없는 몸입니다. 우직하게 분부를 따르고 빈틈없이 제몫을 다하는 것이 제 명예를 지키는 길입니다. 아뇨, 그렇게 하지 않으면 살아갈 수 없습니다."

할머님의 총애를 잃고 실각한 내게는 다정하게 대할 가치도 없다고 말하는 건가. 같이 침몰할 수는 없다. 이스즈는 그렇게 생각하는 것일까.

어떻게. 어떻게 이럴 수가.

이스즈, 나의 이스즈. 나만의 시종. 내 유일한 친구.

목구멍 안에서 소리가 엉겨붙는다. 나는 필사적으로 말을 쥐어짰다. 이스즈에게 전하고 싶었다.

"나, 난. 네가 내 지브스*라고 생각했는데."

어둠 때문에 잘못 본 것일까. 아주 조금이지만 이스즈의 표정이 바뀐 것 같았다.

"착각하시면 곤란합니다. 전 어디까지나 오구리 가문의 이즈리얼 가우**입니다."

그렇게 말하더니 이스즈는 발길을 돌렸다. 두 번 다시 돌아보는 일은 없었다.

---

* P. G. 우드하우스의 '지브스 시리즈'에 등장하는 집사. 유능하고 충성스러운 집사의 대표격인 캐릭터이다.
** G. K. 체스터턴의 단편소설 「이즈리얼 가우의 명예」에 등장하는 집사.

4

그후의 나날들을 어떻게 표현하면 좋을까.

지옥은 괴로운 곳이라 한다. 고통스러운 곳이라 한다. 그렇다면 내가 있던 곳은 지옥이 아니었을 것이다. 고다이지가 한눈에 내려다보이는 오구리 가문의 저택, 그 구석방을 차지한 나는 그곳에서 그저 시간을 보냈다. 주어졌어야 할 시간은 사라졌고, 다른 많은 것들도 그와 함께 사라졌다. 나는 날마다 먹고, 자고, 흐느껴 울며 시간을 보냈다. 그것을 고통이라 부르는 건 알맞지 않은 것 같다. 그것은 무위無爲다. 언제 끝날지도 모르는 무위였다.

내 방 근처에는 욕실과 변소가 만들어졌다. 할머님의 배려였다. 날 위한 배려는 아니었다. 내가 저택 안을 돌아다니다 남의 눈에 띄지 않도록 배려한 것이다. 매일 중년의 고용인이 식사를 가져왔다. 사전에 언질을 받았는지, 말을 걸어도 제대로 대답하지 않았다. 식사의 질도 떨어졌다. 국 하나에 나물 반찬 세 가지라도 나오면 진수성찬이었다. 심심한 장국 하나와 밥 한 공기, 그리고 매실장아찌만 나오는 날도 많았다.

하루하루가 믿기지 않을 정도로 빠르게 흘러갔다. 그 운명의 날로부터 세 달쯤 지난 어느 여름날, 본채에서 시끌벅적한

덧없는 양들의 축연

소리가 들려왔다. 오본*이라 하기에는 늦고, 가을 축제라 하기에는 이르다. 그리고 그날은 내 식탁에도 빨간색과 하얀색의 어묵이 올랐다. 부질없는 짓이라고 생각하면서도, 나는 식사를 가져온 고용인에게 물었다.

"오늘이 무슨 날이야?"

혹시라도 자신에게 불똥이 튈까 봐 잠시 망설이긴 했지만, 고용인은 넌지시 한마디 일러주었다.

"마님께서 재혼하셨습니다."

그렇구나.

가족 중에 살인자가 있다는 이유로 아버지는 집안에서 쫓겨났다. 그 대신 다른 남자를 데릴사위로 들인 것이다. 분명 할머님이 꾸미신 일이다. 할머님은 '더러운 피를 이은' 나의 대용품을 원하고 계신다. 어머니에게 다시 아이를 낳게 할 생각인 것이다. 분명 새로 들어온 남자는 좋은 가문 출신이리라.

가여운 어머니, 불쌍한 아버지. 하지만 누구보다 안됐다고 여겨진 건 이 집안에 새로 들어오는 남자였다. 할머님이 계시는 한, 얼굴도 모르는 그 남자의 위치는 포개어놓은 달걀처럼 위태위태할 것이다.

---

* 양력 8월 15일, 일본의 추석.

또다시 계절이 흘러갔다. 내 방에는 화로가 있다. 이스즈와 자주 그 화로를 둘러싸고 이야기를 나누었다. 하지만 지금은 숯 한 조각조차 주는 사람이 없었다. 나는 이불을 뒤집어쓰고 뼛속까지 스며드는 추위를 이겨냈다. 어디선가 들려오는 피리 소리와 고다이지 시내에서 날아오르는 연을 보고 어느샌가 새해를 맞이했다는 사실을 알 수 있었다.

몇 번이나 읽었던 서가의 책들은 더이상 늘어나지도, 줄어들지도 않았다. 내게 식사를 나르는 고용인은 몇 번인가 바뀌었다. 그중 몇몇과는 다소 대화를 나누기도 했다. 어느 날, 나는 고용인에게 떼를 써서 폐지 뭉치를 얻었다. 종이를 보는 게 몇 달만일까. 기뻐서 뺨이 씰룩거렸다. 이 종이에 뭐라도 써야겠다고 생각했다. 한시나 가능하다면 소설 같은 것을 쓸 작정이었다.

일찍이 할머님이 선물하신 먹과 벼루가 이렇게 도움이 될 줄은 몰랐다. 나는 먹을 갈아 붓을 들었다. 닳아서 해진 마음을 갈아 종이와 마주한다. 그날 밤, 나는 하룻밤 내내 책상 앞에 앉아 있었다.

다음 날 아침, 나는 자신이 쓴 글을 보고 소리 없이 숨죽여 울었다. 하룻밤을 꼬박 새워가며 내가 써 내려간 것은 단 하나의 이름뿐이었다.

이스즈

이스즈

이스즈

이스즈

이스즈

봄이 찾아온 뒤에도 이스즈는 단 한 번도 내 방을 찾지 않았다.

처음에는 원망했다. 그런 다음에는 걱정했다. 내가 이런 취급을 받는데, 과연 이스즈는 무사할까? 할머님이 못살게 구는 건 아닐까? 하지만 끝내 그런 마음조차 사라졌다. 어떤 형태라도 좋다. 냉담하게 굴어도 좋다. 이스즈를 만나고 싶었다.

고용인이 식사를 날라 왔다. 다마노 이스즈를 아는가? 지금 어떻게 지내고 있나? 대답을 듣는 것이 두려워서 나는 그런 간단한 것조차 좀처럼 묻지 못했다. 아침 식사로 죽 한 그릇이 전부였던 어느 여름날. 나는 겨우 용기를 쥐어짜 물어볼 수 있었다.

그날 식사 당번은 교활해 보이는 여자였다.

"이스즈. 글쎄요, 본 것 같기도 하고, 못 본 것 같기도 하고."

"나와 비슷한 또래 여자아이야. 부엌일을 돕고 있을 텐데."

"그렇게 말씀하셔도. 아가씨와 말을 섞은 걸 큰 마님께서 아시면 경을 치실 겁니다."

나는 책상에서 용 문양이 새겨진 문진을 꺼냈다. 여자는 내 손에서 그것을 낚아채더니, 히죽히죽 웃으며 말했다.

"압니다. 천치 이스즈 말씀이시죠. 무슨 말을 해도 네, 네, 대답만 하고. 누가 무슨 말을 해도 다 들어주니 편하긴 하지만요. 그런 주제에 아무것도 모른답니다. '처음에는 약한 불, 중간에는 센 불' 같은 말은 잘하지만 실력은 형편없어요. 감자 껍질 벗기는 것부터 시작해서 설거지까지 한 소리 듣지 않고서 해내는 일이 없다니까요. 뭐, 지금은 음식물 쓰레기를 모아서 태우는 일만 하고 있답니다."

문득 그 노랫소리가 귓가에 들려왔다. 일고의 기숙사 노래를 개사한 것. 지금은 도원향처럼 느껴지는 그 집에서 이스즈가 자주 부르던 노래가. 지금도 이스즈는 그 노래를 부르며 부엌에서 홀로 지내고 있을까.

내 시중을 들었다는 이유로 할머님의 노여움을 산 것일까. 그토록 출중한 재주를 가지고 있었는데, 지금은 이런 여자에게까지 천시받고 있다니.

여자는 내게서 가져간 문진을 유심히 살펴보더니, 다시 한

번 입꼬리를 올리며 말했다.

"좋은 소식을 하나 더 가르쳐드릴 수 있는데. 아가씨와 전혀 상관없는 이야기도 아니랍니다."

이스즈에 관한 소식 이외에는 아무래도 상관없었다.

하지만 이제 와서 귀한 물건들이 무슨 소용이 있겠는가. 나는 세공된 고급 빗을 주었다. 기분이 좋아진 여자는 주절주절 떠들기 시작했다.

"마님이 도련님을 낳으셨어요. 큰 마님께서 얼마나 기뻐하시던지, 그런 모습은 처음 뵈었답니다. 도련님 이름은 다이하쿠라고 하지요."

각오는 하고 있었다. 언젠가 이날이 올 것은 예상하고 있었다. 재혼한 지 일 년도 채 되지 않았는데 아이를 낳을 줄은 미처 몰랐지만.

이것으로 나는 오구리 가문에서 완전히 쓸모없는 인간이 된 것이다.

새로운 후계자가 태어나면 그날로 아버지처럼 쫓겨날 거라 생각했다.

하지만 생각과는 달리 할머님은 아무 말씀도 하지 않으셨다. 나는 그 이유가 무엇일지 생각했다. 어쩌면 할머님은 이미 나를 잊어버리신 게 아닐까.

일찍이 할머님이 거들떠보지도 않았던 아버지는 집안에서 철저히 무시당했다. 명목상으로는 오구리 가문의 당주였던 아버지조차 그런 취급을 받았는데, 할머님의 비호가 없어진 지금 나를 신경 쓰는 사람은 이미 아무도 없을 것이다.

다이하쿠라는 남자아이가 태어났다는 소식을 들은 후로, 내 처지는 더욱더 비참해져갔다. 차가 따뜻할 때 내주는 일은 더이상 없었고, 밥 한 공기도 제대로 나오지 않는 일이 많아졌다. '바벨의 모임', 햇살로 가득 찬 온실에서 담소를 나누던 내가 단무지 조각에 흰죽이나 넘기는 처지가 될 줄이야.

하지만 그런 건 그저 처우가 나빠졌다고 넘길 수 있었다. 나를 더 놀라게 한 것은 어느샌가 복도에 창살이 설치된 일이었다. 유폐된 동안 나는 한 번도 본채로 나가려 하지 않았다. 안뜰로 나간 적조차 없었다. 더이상 할머님의 노여움을 샀다간 어떻게 될지 모른다는 두려움 때문이었다.

하지만 내가 근신하든 하지 않든 할머님께는 아무래도 좋은 일이었나 보다. 차가운 창살은 나를 별채에 가두어놓았다. 도망치려고 생각한 적조차 없는데, 도주로를 차단한 것이다.

아니. 정말 도망치려 했다면 길은 얼마든지 있었다. 복도가 막혔다면 안뜰로 내려가 맨발로 도망치면 된다. 그런 건 할

　　　　　　　　　　　　　덧없는 양들의 축연

머님도 잘 알고 계실 것이다. 그런데도 창살을 설치하신 것은 내게 무언가를 암시하기 위해서가 아닐까. 여기서 내보낼 생각은 없다는 것을 전하기 위해서가 아닐까.

그렇다면 할머님은 나를 잊으신 게 아닌 것이다…….

이내 안뜰에서는 웃음소리가 들려오게 되었다. 행복이 묻어나는 목소리. 그것은 어린아이를 어르는 목소리였다.

"아이고, 아가. 할머니, 할머니라고 해보렴."

"착하지. 우리 다이하쿠는 어쩜 이렇게 착할까."

"그래, 할미다. 할미야…….."

할머님이 아이를 데리고 안뜰을 거닐고 계신다.

도저히 믿을 수 없는 일이었다. 어머니가 아닌지 눈을 의심할 정도였다. 하지만 분명히 그 광경을 내 눈으로 목격했다. 짚신을 신고 솜이불로 감싼 갓난아이를 안은 할머님의 모습. 인자한 표정으로 입을 헤 벌리고 내 동생을 어르는 할머님의 모습을.

그 광경을 목격한 순간, 나는 숨어버렸다. 문을 닫고 숨어서 할머님을 못 본 척했다.

잠 못 드는 밤이 늘어갔다.

사육. 그 단어가 머릿속을 맴돌아서 도저히 잠을 잘 수가 없었다.

할머님은 내가 죽을 때까지 사육하실 작정이다. 난 여기서 나갈 수 없다. 이스즈를 만날 수도 없다.

내 동생 다이하쿠가 존재하는 한. 할머님이 살아 계신 한.

하지만 그때까지도 나는 할머님에 대해 제대로 알지 못했다.

메마른 바람이 부는 늦가을, 생각지도 못한 상대가 내 방을 찾아왔다.

꿈에서까지 보았던 그 얼굴. 문지방 너머에서 정중하게 앉아 있는 사람은 바로 다마노 이스즈였다.

매일 오는 식사 당번인 줄 알았다가 허를 찔렸다. 나는 너무 놀란 나머지 정신이 아득해졌다. 지난 일 년 동안 이스즈는 그야말로 온몸이 피곤으로 찌든 것 같았다. 하지만 그보다 더 변모한 건 바로 내 모습이었다. 뼈밖에 남지 않은 앙상한 손가락과 움푹 팬 초췌한 뺨을 보이는 것이 부끄러워서 나는 무심코 소매로 얼굴을 가렸다.

"이스즈…… 어떻게 여길."

이스즈는 고개를 들지 않았다. 안으로 들어오려고도 하지 않은 채, 술병과 잔이 든 상을 내게 밀어놓았다.

"큰 마님께서 보내셨습니다."

다시 한번 만날 수 있다면, 이 말도 저 말도 모두 해야겠다고 생각했다. 하지만 막상 이스즈를 보니 아무 말도 할 수 없었다. 너무나도 갑작스러웠고, 예상 밖이었고, 기뻤기 때문이다.

내가 주저하는 사이에 이스즈는 고개를 숙인 채 더듬더듬 말을 이었다.

"다이하쿠 도련님의 장래를 걱정하신 큰 마님께서 후환을 없애기 위해 아가씨에게 독주를 갖다드리라고 분부하셨습니다."

"독."

나는 이스즈에게 하려고 했던 말을 모두 잊었다. 설마 독이라니.

그제야 나는 할머님의 진의를 깨달았다. 날 추방하지 않고 가두어두신 이유를. 다이하쿠라는 아이에게서 후계자 자리를 빼앗을 수도 있는 나란 존재는 둘도 없는 걸림돌이다. 그런 나를 당신의 눈이 닿지 않는 곳으로 도망치게 놔둘 수는 없다는 뜻이다.

다이하쿠를 위해 내게 죽으라 하시는 것이다.

……그 뜻은 알았다. 아주 잘 알았다. 이 집안에 아무 미련도 없다고 이제 와서 아무리 말해봤자 할머님은 들으려 하시지 않을 것이다. 독주라니, 그야말로 고전을 좋아하는 할머님

다운 발상이 아닌가!

하지만 할머님께는 사람의 마음이란 것이 없단 말인가.

어째서 이스즈지? 왜 이 임무를 이스즈에게 맡기신 거야?

이스즈와 만나면 마지막 응어리도 모두 눈 녹듯 사라져 미련 없이 독주를 마실 거라 생각하신 건가?

할머님의 분부를 거역할 수 없는 이스즈에게 독주를 들려 보내다니.

악마.

"큰 마님의 뜻을 헤아려주십시오."

이스즈는 마지막까지 고개를 들지 않았다. 내게는 문을 닫는 이스즈를 불러 세울 재주도 없었다.

분노였을까. 설움이었을까. 여윈 내 목이 작게 꿈틀거렸다. 이스즈, 도와줘.

그 말이 입 밖으로 나왔는지 아닌지는 알 수 없었다. 그러니까 내가 들은 목소리는 아마도 내 나약한 마음이 들려준 환청이었을 것이다. 나는 문 너머에서 이스즈의 목소리가 들리기를 간절히 바라고 있었으니.

"네."

그 한 마디가 절실했다.

나는 독주를 마시지 않았다. 술병도 잔도 모두 안뜰로 던져 버렸다. 이튿날 아침에는 모두 흔적도 없이 사라져 있었다. 누군가가 치운 것이리라.

그 대가는 식사로 돌아왔다. 더는 나빠질 수 없다고 생각했건만, 식사의 양 자체가 엄청나게 줄어든 것이다.

하루에 한 번, 불전에 공양하는 정도의 식사가 나왔다. 딱 한 번, 소금 한 병이 곁들여 나온 적이 있었다.

죽이려면 죽여라, 그렇게 생각했다. 말려 죽일 생각이라면, 쌀 한 톨도 물 한 방울도 주지 않으면 된다. 하지만 그 쥐꼬리만 한 음식으로 나는 목숨을 연명했다.

매서운 겨울 추위가 몸속으로 스며들었다. 음식이 줄어들어 괴로웠다. 하지만 그보다 더 힘들었던 것은 욕탕이었다. 목욕물이 준비되긴 했지만, 미지근한 물이었기 때문에 몸을 담그면 담글수록 온몸이 얼어붙는 것만 같았다.

나는 이를 악물었다. 몸이 상하면 그냥 그대로 죽자고 생각했다.

하지만 나는 죽지 않았다. 유령처럼 야위었지만, 해를 넘기고 겨울을 넘겼다.

여태까지 살아남은 나는 강한 인간일까?

다마노 이스즈의 명예   259

아니, 아니라는 걸 안다.

나는 나약한 인간이다.

저항할 기회는 얼마든지 있었다.

이 별채에서 도망칠 수도 있었다.

전보를 받고 나서 고다이지로 돌아오지 않을 수도 있었다.

할머님과 싸워 오구리 가문의 당주 자리를 빼앗을 수도 있었다.

나는 이스즈 덕분에 용기를 얻었고, 할머님을 설득해 고다이지를 떠날 수 있었다. 그런데도 결국 그 용기를 계속 지니고 있지는 못했다. 아무것도 하지 않는 것이 올바른 일이다, 복종하는 것이 제일이다. 온갖 이유를 주워섬겼다. 나는 그렇게 살지도 죽지도 못한 채 그저 나약해져갈 뿐이다.

그것을 결코 강하다고 말할 수는 없으리라.

봄이 왔다. 더이상 문이 열리진 않았지만, 꾀꼬리 울음소리로 봄이 왔다는 사실을 알았다.

안뜰에서 할머님의 목소리가 들렸다. 즐거운 목소리다.

"다이하쿠야, 어디 있니. 이리 오렴."

"여기니? 여기 숨었구나?"

"어디 보자, 이 할미가 찾았다. 요 개구쟁이 녀석, 이런 데

숨다니.”

나는 여기 있다. 난 나쁜 짓 같은 건 하지 않았다.

장마철. 끊임없이 내리는 빗소리는 내게 남겨진 목숨을 갉아먹는 것 같았다.

습기 때문에 병에 담긴 소금이 굳어간다. 이제 얼마 남지도 않았다.

언제부터인가 자리에 누워 있는 시간이 길어졌다. 머릿속에 안개가 낀 듯, 아무것도 할 마음이 들지 않았다. 나는 그저 때때로 쉰 목소리로 노래를 불렀다. 그 즐거운 선율은 금이 간 내 마음에 괴롭게 울려 퍼졌지만, 그래도 노래했다.

내가 가르쳐준 말을 이스즈가 노래로 바꾸어 부른 그 선율을. 마치 그 노래가 마법의 노래인 양, 그 애와 나를 이어주는 연결 고리인 양. 노래를 부르면 그 꿈같은 나날이 돌아오기라도 한다는 듯.

하지만 희미한 노랫소리는 빗소리에 섞여 사라졌다.

그리고 여름.

타는 듯한 무더위 속에서 내 마지막 생명불이 꺼져가고 있었다. 팔도 제대로 들 수 없었고, 눈꺼풀도 무거웠다. 뜻대로 고개를 돌릴 수조차 없었다.

나는 말라붙은 입술을 움직였다.

마지막 순간에도 내가 부르는 이름은 단 하나뿐이었다. 내 삶에서 유일하게 마음을 나누었던 사람의 이름.

"이스즈……."

입술이 차가워진다. 입안으로 물기가 스며들었다.

임종 직전, 입을 축여주는 게 바로 이런 것인가. 그런 생각을 하던 내 귓가에 목소리가 들렸다.

"스미카 님, 여기 있습니다. 다마노 이스즈가 여기 있습니다."

또다시 환청인가. 하지만 그래도 기뻐.

나는 미소 지은 뒤, 그대로 정신을 잃었다.

5

나는 사흘 밤낮이나 생사의 경계를 넘나들었다고 한다.

의사가 불려 오고 온갖 조치가 취해졌다. 극도로 쇠약해진 상태였기 때문에 심장이 한 번 멈추기도 했다고 들었다.

눈을 떴을 때, 처음 본 것은 어머니의 얼굴이었다. 이곳이 저승이라고는 생각하지 않았다. 그저 이것이 현실은 아닐 거

덧없는 양들의 축연

라고만 생각했다.

"아아, 다행이다! 미안해, 미안해, 스미카. 기적이야, 하늘이시여, 감사합니다!"

어머니가 내게 매달려 그렇게 울부짖었기 때문이다. 할머님께 영혼을 빼앗기고 희로애락을 잃은 어머니는 큰 소리를 내는 법도 없었고 나를 껴안은 적도 없었다. 그러니까 이것은 현실이 아닐 거라 생각했다.

그렇게 생각한 이유는 또 하나 있었다. 어머니 옆에서 아버지가 연신 고개를 끄덕이고 있었기 때문이다. 아버지는 분명 집안에서 쫓겨난 사람이다. 그러니까 이것은 현실이 아니다…….

내가 간신히 병상에서 일어나 죽이라도 넘길 수 있게 된 것은 눈을 뜨고 사흘 뒤였다. 이 년 동안 죽은 질릴 정도로 먹었다고 생각했는데, 이때 먹은 흰죽은 감격스러울 정도로 맛있었다.

어머니는 내 건강을 살피며 그 동안의 이야기를 들려주었다.

"할머님이 돌아가셨단다."

그럴 거라 예상은 했다. 그렇지 않으면 내가 구조되는 일 따위는 불가능했을 테니까.

그렇게 정정하셨는데, 갑자기 졸도하셔서 그대로 세상을 뜨셨다고 한다. 장례식은 이미 치렀고 화장도 다 끝냈다고.

아마 지금쯤 지옥에 있겠지.

"할머님이 쓰러지시다니, 무슨 일이 있었던 건가요?"

그렇게 묻자 어머니는 말끝을 흐렸다.

"조금 더 기운을 차리면 이야기해줄게."

"어머니, 제발요. 알고 싶어요."

어머니는 잠시 망설였지만, 이내 작게 한숨을 쉬며 눈가를 훔쳤다.

"다이하쿠 말이야. 가엾게도, 그 아이가 죽었단다."

"네?"

다이하쿠는 내 동생이자 어머니의 아들이었다. 분명히 다이하쿠의 존재로 내 목숨은 위태로워졌다. 하지만 얼굴도 모른다 해도 그 아이는 내 동생이다.

그 아이가 죽다니.

"사고였어. 어쩔 수 없는 상황이었지. 그렇지만 그 일을 아신 할머님은 고함을 지르시던 끝에 정신을 잃고…… 그대로 돌아가셨어.

미안하다, 스미카. 할머님을 거역할 용기가 없어서 널 죽게 만들 뻔했어. 나약한 어미를 용서하렴……."

나는 훌쩍훌쩍 흐느껴 우는 어머니를 멍하니 바라보았다. 어머니는 분명히 나약한 사람이었다. 그 때문에 내가 죽을 뻔한 것도 사실이다. 하지만 어머니를 탓할 수는 없다. 나 자신의 나약함 역시 나를 그렇게 만든 데 일조했다는 사실을 알고 있었기 때문이다.

나는 이어서 질문을 던졌다.

"새아버지는 어떻게 되셨나요?"

그러자 어머니는 인상을 찌푸렸다. 생각하는 것만으로도 오한이 드는지 당신의 몸을 껴안았다. 그리고 평생 들어본 적 없는 증오에 찬 목소리로 내뱉듯 말했다.

"그딴 남자는 할머님이 돌아가신 바로 다음 날에 맨몸으로 내쫓았어!"

그 말을 듣고, 나는 아버지가 이곳에 있는 이유도 대충 짐작할 수 있었다.

그날 밤. 병석에 누운 내게 아버지가 탕약을 가지고 찾아왔다.

"좀 어떠니?"

"많이 좋아졌어요."

솜이불에서 몸을 일으키며 그렇게 대답했는데, 목소리가

쉬어 있었다. 아버지는 안쓰러운 듯 미간을 찌푸렸다. 그리고 베개 옆에 반듯이 앉아 내게 머리를 숙였다.

"미안하다. 이 아비는 네가 이런 꼴을 당하는 줄도 몰랐다. 예전처럼 사는 줄로만 알았지."

"만일 아셨다면…… 절 구해주셨을까요."

나는 무심코 그렇게 중얼거렸다. 너무 작은 소리였기 때문에 아버지는 제대로 듣지 못하신 것 같았다.

"뭐라고 했니?"

"아니, 아무것도 아니에요. 아버님도 고생 많으셨다고 들었습니다."

아버지는 그 말을 액면 그대로 받아들였다.

"내 고생 같은 건 아무것도 아니지. 너와 교코야말로 정말 고생 많았다. 네가 정신을 차린 걸 보고 안심했는지 교코도 자리에 누워버렸단다."

"어머님께서요? 많이 안 좋으신가요?"

"의사 말로는 극도의 신경쇠약이라고 하더구나. 지금은 저 옆방에서 쉬고 있어."

그도 그러겠지.

나는 할머님과 동생을 잃었다. 그다지 슬프지는 않다. 하지만 어머니는 부모와 자식을 잃었다. 애초에 어머니는 이런 큰

덧없는 양들의 축연

충격을 견딜 수 있는 사람이 아니다. 얼마 동안은 자리에서 일어나지도 못할 것이다.

그렇다면 그만큼 내가 빠르게 회복해야만 한다.

내 침묵을 어떻게 받아들였는지, 아버지는 나를 달래려는 듯 말했다.

"그래도 교코가 그러더구나. 다이하쿠가 그렇게 된 건 정말 슬프지만, 네가 살아 돌아와서 정말 기쁘다고. 다이하쿠는 어린 나이에 갔지만, 그건 필시 널 구하기 위한 하늘의 뜻이라고 하더라."

그 말을 듣고 어떻게 생각해야 할지 알 수 없었다. 나는 다이하쿠의 희생으로 목숨을 부지한 것이 아니다. 오히려 다이하쿠 때문에 죽을 뻔했다. 채 철도 들지 않은 어린 나이에 세상을 떠난 동생이 가엾다는 생각은 들었다. 하지만 어머니처럼 생각할 수는 없었다.

아마 어머니도 진정으로 그렇게 생각하고 있지는 않을 것이다. 그렇게 생각함으로써 어머니가 조금이라도 고통을 덜 수 있다면, 나는 아무 말도 하지 않겠다.

"……할머님에 대해서는 뭐라고 하시던가요?"

그렇게 묻자, 아버지는 고개를 저었다.

"아니. 아무 말도 않더구나."

오히려 그 사실이 조금 의외였다.

탕약은 너무 뜨거워서 입을 대고 싶지 않았다. 누가 약을 이렇게 뜨겁게 달인 거지. 나는 부연 탕약을 그저 가만히 쳐다보았다.

"스미카. 뭐 필요한 게 있으면 말해보렴."

아버지가 그렇게 말했다.

물론 내가 바라는 것은 단 하나뿐이었다.

"이스즈를 여기로……."

하지만 나는 말을 삼켰다.

알고 있다.

설령 이스즈를 이곳에 부른다 해도, 내가 진정으로 바라는 것은 이제 손에 넣을 수 없다. 우리를 덮친 가혹한 운명은 지나갔지만, 세월이 흐른 만큼 우리 둘 다 나이를 먹어버렸다. 그 집에서 보낸 나날도, 식사 준비를 하던 이스즈의 노랫소리도, '바벨의 모임'의 독서 모임에 함께 참석하는 꿈도…… 모두 돌아오지 않는다.

만나지 않는 편이 좋을지도 모른다. 유폐된 이후로 처음, 나는 그런 생각을 했다.

하지만 아버지는 내 바람을 알아챘다.

"다마노는 이제 없단다."

"……네?"

나는 저도 모르게 손안의 탕약을 떨어뜨릴 뻔했다.

"그 아이뿐 아니라 지금 이 집에 고용인은 아무도 없어."

나는 제 목이 약해져 있다는 사실도 잊고 외쳤다.

"무슨 말씀이시죠?"

갑작스레 언성을 높이는 날 보고 놀란 아버지는 달래듯 손을 저었다.

"진정하렴. 약 쏟겠다. 나도 여기 있던 게 아니라 자세한 사정은 모르겠다만."

잠시 생각에 잠겨 있던 아버지는 이내 이야기를 시작했다.

"원래 네가 조금 더 회복한 후에 이야기할 생각이었는데. 너도 일단 전후 사정은 알아두는 것이 좋을 듯싶구나. 발단은 다이하쿠의 생일잔치였다. 오구리 가문 장남의 첫돌이니 때를 기다렸다는 듯 수많은 사람들이 선물을 보냈지."

그 광경은 나도 기억하고 있다. 할머님께 아첨하기 위해 온갖 궁리 끝에 선물을 보내는 사람들. 하지만.

"너도 알다시피 이 집안에는 훌륭한 물건들이 많이 있지 않니. 그날도 최상급 물건들을 제외하고는 나머지는 모두 버렸단다. 하지만 그 버리는 물건들 중에 다이하쿠의 마음에 든 물건이 있었던 모양이야.

교코의 아들이긴 하지만, 나는 그 아이에 대해 아무것도 몰라. 너와 마찬가지지. 그래도 스스로 걸을 수 있게 된 후로, 저택 곳곳을 돌아다녔다는 이야기는 들었다."

올봄에 안뜰에서 들려왔던 할머님의 목소리를 떠올렸다. 이리 오렴, 요 개구쟁이 녀석, 이런 데 숨다니.

"다이하쿠는 선물을 찾을 생각이었는지, 아니면 숨바꼭질을 할 생각이었는지 안뜰로 나와 좁은 곳에 숨어들어갔다고 해……. 불행하게도 그곳은 소각로였고. 잔치 뒷정리를 하기 위해 고용인들도 바쁘게 움직이고 있었지. 몇몇 고용인들이 저택과 소각로를 왕복했고, 그중 누군가가 뚜껑을 닫았고…… 누군가가 불을 붙인 거야. 아이는 백골로 발견되었다고 들었다."

나는 눈을 감았다.

다이하쿠가 죽든지 내가 죽든지 둘 중 하나였다. 그것은 알고 있었다. 하지만 이렇게 산 채로 불태워진 아이의 무참한 최후를 들으니 역시 너무나 가였었다. 이 집안에 태어나지 않았다면 아마 사이좋은 오누이였을지도 모르는데.

"……가였게도."

"정말 불행한 사고였지."

아버지는 고개를 끄덕였다.

덧없는 양들의 축연

"하지만 장모님은 그 일이 단순히 불행한 사고라고 생각하지 않으셨던 모양이다. 고용인들의 부주의함을 탓하시며, 장인어른의 군도를 가지고 나와 고용인들에게 달려드셨다고 하더구나. 교코가 도망치게 하지 않았다면 사망자가 나왔을지도 몰라.

소동이 잠잠해졌을 즈음에는, 장모님은 거품을 물고 쓰러져 계셨다고 하더라. 그리고 그대로 돌아가셨지."

그렇다면 그 일은. 실신한 내 입술에 물을 축여주며, 여기 있다며 힘을 북돋아주던 그 목소리는. 이스즈는.

역시 환상이었을까. 내 덧없는 바람이 보여준 환각이었던 건가. 하지만 환상이라고 하기에는 그 기쁨은 너무나 생생했다. 지금까지도 가슴속이 따뜻하다.

"장모님의 처사는 역시 정상은 아니셨어. 그야 당연히 상심이 크시기야 하겠지만, 그 안에서 아이가 자고 있을 줄 누가 알았겠어. 너무 갑자기 가신 것도 그렇고, 어쩌면 어딘가 편찮으셨던 건지도 모르지."

아버지는 그렇게 말했다.

하지만 나는 다른 생각을 하고 있었다.

결국 할머님이 급사하신 원인은 무엇이었을까. 사인은 급

환으로 처리되었고, 장례식도 벌써 끝났다. 시체는 화장했다고 하니 진짜 사인이 무엇이었는지는 이제 영원히 알 도리가 없다. 그저 언젠가 내가 마당으로 내던졌던 독약을 누군가 주워 챙겼던 게 아닐까 하는 생각이 들 뿐이다.

다이하쿠는 선물을 찾아, 혹은 숨바꼭질을 할 생각으로 소각로에 들어간 것 같다고 한다. 하지만 만일 그 소각로에 음식물 쓰레기가 버려져 있었다면 이 무더위에 분명 부패했을 것이다. 그러면 악취가 만만치 않았을 텐데, 아무리 철모르는 아이라 해도 그런 곳에 기어들어갔을까. 요컨대, 다이하쿠가 소각로에 들어갔을 때에는 아직 거기에 음식물 쓰레기를 버리지 않았던 게 아닐까.

그리고 또 하나. 불이 붙었을 때, 과연 아버지의 말처럼 그 아이는 잠들어 있었을까.

어쩌면 열리지 않는 뚜껑 안에서 아기가 울고 있던 것은 아닐까.

"그후로 고용인들은 한 명도 돌아오지 않았단다. 다마노도 마찬가지고."

그 말에 나는 정신을 차렸다. 아버지는 다정한 목소리로 말했다.

"넌 그 아이를 무척이나 마음에 들어 했었지. 네가 바란다면 그 아이를 찾아보마."

"……네."

"그 아이가 네 말을 잘 따랐나 보구나."

여름밤은 어딘지 모르게 웅성거림으로 가득 차 있었다. 나는 미소 지으며 대답했다.

"네, 아버님. 무척 잘 따랐죠. 이스즈는 제 말이라면 뭐든지 따랐답니다."

어둠 속에서 여러 모습이 떠오른다. 새침한 이스즈. 웃는 이스즈. 이렇게 무더운 밤이니 분명 이스즈는 포를 읽고 있겠지.

"꼭 찾아주세요. 그 아이가 제 소원을 이루어주지 않은 적은 단 한 번도 없었답니다."

이스즈 본인이 그렇게 말했다.

그것이 다마노 이스즈의 명예라고.

초승달이 장지문을 비추고 있다. 어둠 속에서 빛나는 하얀 이불 위로 몸을 일으키고, 나는 탕약을 후후 불었다.

탕약은 이제 완전히 미지근해졌다. 그래도 후후 부는 숨소리는 어느 틈엔가 박자를 이루고 선율로 탈바꿈했다. 굳어 있던 뺨으로 어색하게.

　나는 웃고 있었다. 귓가에 노랫소리가 들려왔다.

　'처음에는 약한 불, 중간에는 센 불, 아기가 울어도 뚜껑은
열지 말 것.'

○

덧없는 양들의 만찬

1

온실은 황폐했다.

손질되지 않은 꽃들은 조화로움을 잃었다. 어떤 식물은 시들었고, 어떤 식물은 아무렇게나 줄기를 뻗고 있었다. 한때는 꼼꼼하게 제거되었을 잡초가 제 세상을 만난 듯 무성하게 자라 있었다. 항상 담소의 장으로 이용되며 향기로운 홍차와 쿠키가 놓여 있던 원탁도 지금은 먼지로 뒤덮였다.

그 원탁에 한 권의 책이 놓여 있다.

가죽 장정이고 표지에 제목은 적혀 있지 않다. 두꺼운 책은 옅은 갈색으로 변색되어 있었다. 한눈에도 튼튼해 보이는 자물쇠가 달려 있긴 했지만, 언젠가 자신을 찾아줄 사람을 유혹

하듯 그 자물쇠는 열려 있었다.

어느 맑게 갠 봄날 오후. 불안한 표정의 여학생 하나가 길을 잃고 이 온실에 들어왔다. 황량한 분위기에 놀라긴 했지만 원래 호기심이 많은 성격인 듯, 그녀는 한 걸음 한 걸음 천천히 온실 안으로 들어왔다.

유리는 얼룩으로 부옇게 흐려졌고, 바닥에도 발자국이 남지 않을 정도로 두텁게 먼지가 쌓여 있었다. 좌우를 살피며 걸음을 옮기던 그녀는 문득 원탁 위의 책을 발견했다. 표정이 약간 환해진다. 그녀는 원탁으로 다가가 책을 집어 들었다. 묵직한 느낌이 손을 타고 전해진다. 책이 더러운 것을 보고 살짝 망설이긴 했지만, 이윽고 종이가 상하지 않도록 조심스레 페이지를 넘겼다.

인쇄된 활자가 아니라 펜으로 정성껏 써 내려간 글자가 나타난다. 그것은 책이 아니라 한 권의 일기였다. 첫 장에 흘려 쓴 글씨로 이렇게 적혀 있었다.

바벨의 모임은 이렇게 소멸했다.

이야기는 다음 장부터 시작됐다.

5월 1일

나는 더이상 바벨의 모임 회원이 아니다.

아빠가 손에 넣은 돈에 비하면 푼돈이나 마찬가지인 금액. 그 돈을 내지 못했다는 이유만으로 나는 제명되었다.

아빠가 도와주지 않을 걸 알았으니 다른 데서도 얼마든지 돈을 융통할 수 있었는데. 회장은 단 하루도 기다려주지 않았다. 이 모임의 오랜 역사 속에서 유일하게, 그깟 회비를 내지 못해서 제명된 사람. 바로 나, 오데라 마리에다.

손이 부들부들 떨릴 뿐, 눈물조차 나오지 않았다.

이런 치욕스러운 일을 당하다니.

5월 2일

아빠는 기분이 좋았다. 너무 좋은 나머지 내가 화났다는 사실조차 모르는 것 같았다. 물어보지도 않았는데 멋대로 떠들어댔다.

"역시 일류인 사람은 먹는 음식도 일류여야 하거든. 줄곧 그렇게 생각했는데, 마침 중개업자가 최고의 요리사를 소개해줬어. 기량은 물론이고 교양까지 겸비하고 있는데다, 외모까지 빼어나다니 정말 물건은 물건이야. 나이도 아직 스무 살밖에 안 먹었다는데. 마리에, 너 추냥厨娘이 뭔지 아냐?"

들어본 적도 없는 단어였다. 솔직하게 모른다고 대답하자, 아빠는 만족스럽다는 표정을 지었다.

"뭐야, 어려운 책만 읽는 주제에 그런 것도 모르냐. 한심한 녀석. 세상에 몇 없는 특별한 요리사로, 최고의 인재야. 그야 말로 우리 가문에 어울리는 사람이지. 중개업자 녀석, 건방지게 오데라 씨가 제대로 거둘 수 있을지 모르겠다는 소리를 지 껄이기에 뺨을 한 대 후려갈겨줬다니까."

확실히 지금 우리 집에서 요리사를 맡고 있는 마부치 아저 씨는 요리사가 아니다. 할아버지 대부터 있던 사람으로, 원래 는 온천 여관에서 일했다. 섬세하고 손이 많이 가는 요리는 만들지 못하지만, 항상 아빠와 엄마의 건강을 신경 쓰면서 식 사를 만들기 위해 매일 노력했다.

"당장 해고야, 해고. 당연하지. 새 요리사가 도착할 때까지 는 있게 할 테지만."

그럼 마부치 아저씨는 어떻게 되는 거냐고 물었더니, 아빠 는 더욱 반색하며 그렇게 말했다. 최근 아빠는 남에게서 일을 빼앗을 때 제일 즐거워 보인다.

차분하게 이야기할 기회가 없었다. 내일은 꼭 말해야지.

5월 4일

아빠는 회비를 잊어버린 게 아니라, 역시 일부러 보내지 않았던 모양이다. 그 일에 대해 따지자 퉁명스레 내뱉었다.

"어디 가서 딸이 대학생이라고 하면 세련되어 보이고 사회적 체면도 서지. 그래서 아무 말도 안 했다. 하지만 그 뭐냐. 네 취미에까지 돈을 낭비할 순 없어. 부자는 돈 쓰는 방법도 알아야 하는 법이야."

아, 정말로 우리 아빠는 왜 이렇게 근시안적일까. 내가 단순히 책이 좋다는 이유만으로 바벨의 모임에 들어갔다고 생각하는 걸까? 틈날 때마다 이야기했는데도.

온몸에서 힘이 빠져나가듯 허탈함을 느끼며, 나는 다시 한번 설명했다. 바벨의 모임에는 쟁쟁한 명가의 자제들이 참가하고 있다는 사실을. 회원들의 이름을 댈 때마다 아빠의 표정은 점점 굳어져갔다. 나는 마지막 일격을 가했다.

"이제 곧 무쓰나 양에게 초대를 받을 수 있었는데."

원망스레 그렇게 말하자, 예상대로 아빠는 고개를 들이밀며 물었다.

"무쓰나라면, 그 제약 회사 말이냐?"

"맞아요. 하지만 그쪽보단 단잔 가문에 더 관심을 가지지 않았어요?"

"단잔까지 있단 말이야?"

아빠는 비명을 지르듯 큰 소리로 외치더니 화를 내기 시작했다.

"그런 소리를 먼저 했어야지! 그걸 알았더라면 회비가 다 뭐냐, 그 열 배는 냈을 거다!"

그리고 방 안을 빙글빙글 돌기 시작했다. 손닿지 않는 곳에 매달린 사냥감을 노리는 짐승처럼.

"아직 늦지 않았겠지. 그 회장이라는 계집애한테 위약금으로 다섯 배, 아니, 세 배 정도 쥐여주면 제명을 철회해줄 거다."

나는 고개를 저었다.

"바벨의 모임은 돈 자랑 하는 곳이 아니에요. 이미 정해진 일에 돈다발을 들이민다고 해서 결정을 번복하지는 않을 거라고요."

"네가 이러니까 아직 세상물정 모른다는 소리를 듣는 거다."

아빠는 자신만만하게 단언했다.

"쌓으면 돼. 현금을 눈앞에 쌓아놓으면 어떤 인간이든 흔들리게 마련이야. 돈 걱정 없는 녀석일수록 더 돈에 환장하는 법이지. 빨리 움직여. 내일이라도 당장 돈 싸 들고 찾아가라."

아빠는 금고에서 돈다발을 꺼내 건네주었다.

"잘 들어, 이건 투자니까. 반드시 그에 합당한 성과를 내지 않으면 이 애비도 가만있지 않을 거다?"

투자라는 건 아빠보다 내가 더 잘 알고 있었다. 그래서 일찌감치 부탁했는데. 이제 와서 나한테 보여준 적도 없는 큰돈을 주다니.

"조금씩 쥐여줘라. 남으면 꼭 돌려줘야 한다?"

아빠는 지겨울 정도로 그렇게 못을 박았다.

5월 7일

회장은 날 상대도 하지 않았다.

역시 예상했던 대로다. 아빠에게 돈다발을 돌려주기가 아까웠다.

5월 10일

새로운 요리사가 왔다.

아침에 편지가 왔다. 그것을 읽은 아빠의 표정이 이상했기에, 옆에서 내용을 읽어봤다. 깔끔한 하얀 편지지에 단정하고 반듯한 글씨가 적혀 있었다. 나보다 훨씬 뛰어난 글씨체였다.

'이번에 새로 모시게 되어 무척 기쁩니다. 마을 근처에 와 있습니다만, 집안 분들께 체면이 서도록 마중 나올 사람을 보내주시면 감사하겠습니다…….' 대충 이런 내용이 무척 정중하고 완곡하게 적혀 있었다.

집에서 일하는 사람은 꽤 있었지만, 처음 고용할 때에 마중까지 나간 적은 한 번도 없었다. 약간 놀랐다. 그리고 걱정도 되었다. 아빠는 아랫사람이 자기에게 지시하거나 거스르는 걸 제일 싫어하는 사람이라, 그런 일을 당하면 금세 흥분하기 때문이다. 모처럼 찾은 요리사를 쫓아내는 게 아닌가 걱정했는데 웬걸, 아빠는 웃음을 터뜨렸다.

"역시 일류는 뭐가 달라도 다르군. 하긴, 다른 고용인들과 똑같이 대할 순 없지. 최고의 인재니까."

그리고 구로이 씨에게 차를 보내라고 지시했다. 새로운 요리사는 아마도 택시를 불러달라고 요청한 것이리라. 직접 차까지 보내는 건 과하다는 생각이 들었지만, 아빠가 흡족해하는 것 같아서 아무 말도 하지 않았다.

한 시간쯤 지나 구로이 씨가 돌아왔다. 차는 뒷문이 아니라 정문에 댔다.

새로운 요리사는 화사한 붉은 윗옷에 녹색 스커트 차림이었다. 살짝 새침한 구석은 있었지만 미인이었다. 태도는 당당했지만 거슬리는 구석은 없었고, 자신감이 자연스레 배어 나오는 느낌이 들었다. 내가 생각한 요리사의 이미지와는 상당히 동떨어진 사람이었다.

제자인지 조수인지, 그녀는 한 소녀를 데리고 왔다. 소녀는 용이 조각된 금으로 만든 상자를 무거운지 양손으로 힘겹게 들고 있었다. 구로이 씨가 들어주려 하자 고개를 절레절레 젓는 모습이 사랑스러웠다.

요리사는 아빠와 엄마 앞에 무릎을 꿇었다.

"오늘부터 이 댁에서 일할 추냥 나쓰라고 합니다. 잘 부탁드립니다."

낭랑한 목소리로 인사를 마친 그녀는 오래 머무르지 않고 바로 물러갔다. 추냥이 일반적인 요리사와 어디가 다른지 물어보고 싶었지만, 너무나도 자연스러운 행동거지에 그만 기회를 놓쳤다. 뭐, 일하는 걸 보면 금방 알게 되겠지만.

아빠와 엄마의 이야기를 들어보니 아무래도 이 집에 살면서 일하기로 한 모양이다. 나쓰라. 같은 집에서 살게 된 것이 조금 기뻤다.

5월 11일

아무래도 추냥이란 연회 요리 전문가인 모양이다. 아침 식사로 계란프라이를 만들어달라고 했다가 거절당했다며 엄마는 머리끝까지 화가 났다. 아마 몰랐을 테지만, 아빠는 진작 알고 있었다는 듯 "그런 요리사니까 더욱 가치가 있는 거지"라고 했다. 무슨 뜻인지는 잘 모르겠다. 아무튼 마부치 아저씨가 해고되지 않아서 다행이다.

나쓰가 데리고 온 소녀와 복도에서 만났다. 눈이 마주치자 벽에 붙어 고개를 숙인 채 꿈쩍도 하지 않았다. 내가 지나가길 기다리는 듯했지만, 나는 아이에게 말을 걸었다. 소녀는 조그맣긴 해도 어린애 특유의 또랑또랑한 목소리로 "네"하고 대답했다.

"넌 어제 온 요리사의 제자지?"

"네. 아야라고 합니다."

존댓말도 어딘지 모르게 어색했다.

"아야라고 하는구나, 잘 지내자."

그 순간 어제 보았던 무거운 상자가 떠올라서, 나는 그 안에 무엇이 들어 있는지 물어봤다. 아야는 뻣뻣하게 굳어서 고개도 들지 않은 채 대답했다.

"조리 도구입니다. 부엌칼이나 도마, 국자 같은 게 들어 있어요."

평소 사용하는 도구에도 신경을 쓰는구나. 내심 감탄했지만 나중에 생각해보니 좀 이상했다.

덧없는 양들의 축연

도마에도 좋은 도마와 나쁜 도마가 있는 것일까?

5월 13일

조금 열이 나는 것 같아서 방에서 아이리시의 단편집을 읽었다.

식욕은 없었지만 「손톱」을 읽고 토끼고기 스튜가 먹고 싶어졌다. 하지만 마부치 아저씨는 토끼 같은 걸 요리해본 적은 없을 것이다.

나쓰가 만들어주면 좋을 텐데. 아야는 못 만들려나?

(추가)

결국 마부치 아저씨가 달걀죽을 만들어주었다. 역시 이게 제일이다.

쉬었더니 밤에는 좋아졌다.

5월 14일

나쓰의 솜씨를 보기 위해 아빠가 삼촌들을 불러 연회를 열었다.

아빠보다도 오히려 엄마가 빨리 요리를 만들게 하고 싶었던 것 같다. 나쓰가 정말로 솜씨 좋은 요리사인지 의심하는

모양이다. 나는 마부치 아저씨의 야채 스튜도 싫지 않았지만,
나쓰가 만든 음식을 먹어보고 싶은 마음도 분명히 있었다.

아침에 아빠는 나쓰에게 만찬 준비를 하라고 지시했다.

"알겠습니다."

나쓰는 정중하게 대답한 뒤 막힘없이 말을 이었다.

"갑작스러운 연회라 당장 산해진미를 준비하기는 어려울
것 같습니다. 메인 요리로 잘게 저민 양 머릿고기를 내놓으려
하는데 어떠신지요?"

아빠는 얼굴을 찌푸렸다.

"양 머리라면 그 양의 머리 말이야? 그게 맛있나?"

"훌륭하답니다."

"좋아. 양고기는 특유의 누린내가 있으니 각별히 신경 쓰
도록."

나쓰는 고개를 숙였다.

"마음에 드시도록 최선을 다하겠습니다."

아, 부처님에게 설법하는 꼴이군. 아빠는 딴에 훌륭한 조언
을 했답시고 의기양양한 표정을 지었지만, 그런 말을 듣는 나
쓰가 가엾을 정도다.

학교에서 돌아오는 길, 집으로 이어지는 완만한 언덕길을 올
라가는데 커다란 리어카를 끌고 가는 아야의 모습이 보였다.

덧없는 양들의 축연

그 애는 나무 상자가 가득 쌓인 리어카를 끌고 헉헉대며 언덕길을 오르고 있었다. 본인은 똑바로 끌고 간다고 생각하겠지만, 리어카는 조금씩 왼쪽으로 기울어져 갔다. 짐을 잘못 쌓아서 그렇다.

그것도 그렇고 짐이 너무 많다. 아마 식재료일 텐데, 일하는 사람들까지 배 터지게 먹고도 남을 양이다. 매일 연회를 열어도 이 주는 문제없을 것이다.

집에서는 아빠와 나쓰가 이야기를 나누고 있었다.

나쓰는 손님이 보는 앞에서 요리를 만들고 싶다고 했다.

"솜씨를 선보이는 것도 제 소임 중 하나입니다."

아빠는 처음에는 별로 상관없다는 표정을 지었다. 하지만 나쓰가 "전에 모시던 집안에서는 아주 기뻐하셨습니다"라고 말하자 아빠는 노골적으로 언짢은 표정을 지으며 말했다.

"예전 주인은 예전 주인이고, 지금 네 주인이 누구인지 잊지 마. 요리는 주방에서 해. 완성되면 식탁으로 가져오고."

"알겠습니다."

나쓰는 눈 하나 깜짝 안 하고 물러났다. 난 알 수 있었다. 아빠는 자신과 '다른 부자들'을 비교하는 일이 싫은 것이다.

이내 준비된 만찬은 굉장했다.

양고기는 부드럽고 깊은 맛이 났다. 사실 나도 양고기는 그다지 좋아하지 않았다. 하지만 살짝 복숭아 빛이 도는 얇게 저민 양고기는 보기에도 먹음직스러웠고, 마늘 소스도 일품이었다. 그릇은 전부터 집에서 사용하던 물건이었는데, 담긴 음식이 달라졌을 뿐이건만 몰라볼 정도로 번쩍번쩍 빛이 났다. 그릇에 꽃이 핀 것 같았다.

그리고 아빠와 삼촌들은 그다지 신경 쓰지 않았던 것 같지만, 그 부드러운 파절임이란! 이루 말할 수 없이 고급스러운 맛이었다. 마부치 아저씨에겐 미안하지만, 확실히 나쓰가 만든 요리는 굉장했다.

한 가지 아쉬운 점은 만찬을 함께한 사람들이 아빠와 삼촌들이었다는 것이다. 아빠는 자기가 미리 조언을 했기 때문에 양고기가 맛있게 조리되었다고 계속해서 뻐기고 있지, 삼촌들은 배를 채우기만 된다는 듯 꾸역꾸역 집어넣고 있지. 정말이지 꼴불견이 따로 없어서 음식이 아까웠다. 만일 이 만찬에.

이 만찬에 바벨의 모임 사람들을 초대했다면, 더욱 멋진 자리가 되었을 텐데.

5월 15일

즐거운 연회가 끝났다.

아침에 재료비 내역을 보고, 엄마가 소스라치게 놀라 외쳤다.

"이게 뭐야? 어떻게 이런 금액이 나올 수 있어?"

나 역시 내역을 보고 놀랐다. '양 머리 열두 개.' 양을 가까이에서 본 적은 없지만, 양이라는 동물은 그렇게 작지 않다. 한 아름은 될 것이다. 아마 머리 하나로도 6인분은 나올 텐데, 열두 개라니. 감동을 안겨준 파절임이 궁금해 찾아보니, '대파 십 킬로그램'이라 적혀 있었다. 대파 한 대가 몇 그램이지? 십 킬로그램이라니. 식탁에 오른 초절임은 젓가락으로 두세 번 집으면 없어질 정도의 양에 불과했는데 말이다. 다른 재료들의 비용도 모두 이런 식이었다.

나는 기가 막혔고 엄마는 붉으락푸르락했다.

"이런 어처구니없는 금액을 내라는 거야?"

웬일로 아빠가 중재역을 자처했다.

"당신, 초장부터 쩨쩨하게 이러지 마. 엄선한 재료를 사용했으니 이 정도 나오는 건 당연하지."

"이 정도 나올 양이 아니었다니까. 저 여자, 분명히 뻥튀기해서 우리에게 돈을 뜯어내려는 속셈이야."

"정육점과 야채 가게와 짜고? 바보 같은 소리 마. 그리고 진짜 부자는 이럴 때 호탕하게 내야 하는 법이야."

그런 이야기를 들으며 나는 어제 보았던 아야를 떠올렸다.

그 리어카에 실려 있던 식재료를 설마 어제 연회에 다 써버린 건가? 설마. 아무리 삼촌들이 게걸스럽게 먹었다 해도, 그렇게 많이 먹지는 않는데.

밤에는 나쓰가 왔다.

그녀는 첫날에 보았던 붉은 윗옷에 녹색 스커트 차림으로 무릎을 꿇고 정중하게 말했다.

"어제 요리가 마음에 드신 것 같아 다행입니다. 관례대로 보수를 받으러 왔습니다."

아빠는 혼란스럽다는 얼굴로 말했다.

"월급을 주고 있잖나?"

"네."

나쓰는 지극히 태연한 표정으로 답했다.

"그건 감사히 받고 있습니다만, 그와는 별도로 보수를 받는 것이 관례입니다."

관례라고 해버리니 아빠도 뭐라 반박할 수 없었다. 얼마 전까지만 해도 사람을 부려본 적이 없어서 '일반적'인 것이 무엇인지 모르기 때문이다. 그래도 고용인들에게 일을 시키고 별도로 요금을 지불하는 일을 곧바로 납득할 수는 없었던 모양이다. 입을 뻐끔거리며 말끝을 흐리는 아빠를 향해 나쓰는 허리에 두른 주머니에서 종이 한 장을 꺼냈다.

"전에는 이 정도 금액을 받았습니다."

나는 그 종이에 쓰인 내용을 보지 못했다. 하지만 아빠의 벌어진 입이 닫힐 줄 모르는 걸 보면, 상당한 액수임이 틀림없다. 그 자리에 엄마가 없어서 다행이었다. 있었다면 또 한바탕 소란이 일어났을 것이다.

아빠는 천장을 바라보기도 하고 고개를 푹 숙이기도 하고 한숨을 쉬기도 하고 헛기침을 하기도 하더니, 어색하게 웃으며 말했다.

"그렇군. 잘 알았네. 내 방으로 받으러 오게."

웃음을 참느라 죽는 줄 알았다. 허세를 부리는 아빠의 모습을 보니 참으로 통쾌했다.

5월 20일

종일 비가 퍼부었다. 우울하다. 기분 전환 겸 로알드 달의 단편집을 읽었다. 그중에서도 「돼지」가 마음에 든다. 나도 이런 이야기는 싫어하지 않지만, 무쓰나가 특히 좋아할 것 같다. 대화의 물꼬를 틀 수 있었을 텐데. 작년 독서 모임에서 무쓰나와 던세이니의 「두 개의 양념병」에 대해 이야기를 나눴다.

바벨의 모임에서 하는 독서 모임. 올해도 모두 상쾌한 바람이 부는 다테누마의 별장으로 피서를 가겠지.

어째서 나는 가지 못하는 것일까.

정말 회비 때문일까.

5월 27일

잃어버린 줄 알았던 로켓을 화장대 밑에서 찾았다.

할아버지가 미국에서 사다 주신 선물이다. 받았을 때는 그다지 마음에 들지 않았는데, 이렇게 잃어버렸다 찾으니까 스스로도 놀랄 정도로 기쁘다.

이 저택도 오데라 가문의 재산도, 모두 할아버지 혼자 일궈낸 것이다. 오데라가 주목하기만 해도 그 회사의 주가가 상승한다는 소문이 돌 정도로, 할아버지는 유명한 투자가였다고 한다. 그런데도 당신은 사치 한번 부리지 못하고 허무하게 가셨다.

"그분은 벌기도 잘 버셨지만, 그 이상으로 시장에 돈이 도는 데 일조한 양반이야. 그분 투자를 받아서 큰 회사가 얼마나 많은데." 그런 이야기를 들었다. 그에 비해 현 당주, 즉 아빠의 평판은 좋아봤자 투기꾼이고, 나쁘게 말하면 흡혈귀다. 덩치를 불리고 빨아먹을 대로 빨아먹은 다음에는 헌신짝처럼 버린다. 요령이 나빠서 빨아먹는 데 열중하느라 저까지 여위어버리기도 하는 얼빠진 흡혈귀. 아니, 식시귀食屍鬼라 해야 하나.

나는 할아버지를 무척 좋아했다. 할아버지가 살아 계신 동
안은 너무 어렸기 때문에, 할아버지의 사업에 대해서는 아무
것도 몰랐지만. "할아버지가 뭐냐, 할아버님이라고 해라." 아
빠는 그렇게 말하며 화를 내지만, 할아버지는 할아버지다. 고
상한 척하는 것도 정도껏이지.

할아버지는 재산을 물려받은 아빠가 허영심 때문에 재산
을 낭비할까 걱정하셨다. 역시 부모는 자식에 대해 뭐든지 다
아는 걸까. 할아버지의 걱정은 정확하게 들어맞았다. 평소에
는 돈 한 푼에 벌벌 떨면서, 허세를 부리는 지출에는 돈을 아
끼지 않는다. 나쓰 일도 그렇지만, 최근에는 응접실에 장식할
그림에 혈안이 되어 있다.

이런 졸부집에 찾아오는 사람들은 어차피 그림 같은 것엔
관심도 없을 텐데.

6월 2일

어제 술자리가 있었다.

아빠에게 손님 수와 취향을 들은 나쓰는 고민도 없이 곧바
로 메뉴를 제안했다.

"그럼 술안주로는 거위를 낼까요? 특이하기로 유명한 거

위고기는 꼭 한번 맛보셔야 하는 음식이랍니다."

"거위라. 조류군."

"네. 새입니다."

"거위라."

아빠는 뭐라 한마디 참견하고 싶었던 모양이지만, 거위 조리법에 대해서는 잘 몰랐는지 그냥 나쓰에게 맡기겠다고만 했다. 거위라 해도 어차피 새고기니까, 로스트치킨 같은 통구이 요리가 나올 거라 생각했다.

아빠 지인 두세 명을 초대한 조촐한 술자리라 내가 낄 자리가 아니었다. 엄마는 참석한 것 같지만, 나는 방에서 책을 읽었다. 나쓰의 요리를 먹지 못한 것은 유감이었지만.

그리고 오늘 정원에서 아야를 발견했다. 무척 고단한 듯, 부엌문 앞에 주저앉아 멍하니 하늘을 올려다보며 한숨까지 쉬고 있었다. 이제 열 살이나 되었을까. 그런데도 나이 든 사람처럼 행동하는 그 아이의 모습을 보고 있으려니, 가엾다는 생각보다는 웃기다는 생각이 먼저 들었다.

아야는 이내 하얀 천으로 싼 무언가를 꺼내 먹기 시작했다. 갈색으로 익은 것이 튀김 같았다. 나는 아야가 놀라지 않도록 조금 떨어진 곳에서 말을 걸었다.

"애. 너 뭐 먹니?"

덧없는 양들의 축연

배려가 무색하게, 아야는 그야말로 펄쩍 튀어 올랐다.

"아가씨, 죄송합니다. 일하러 가겠습니다."

그리고 손안에 든 음식을 등 뒤로 감추더니 굳은 얼굴로 그렇게 말했다.

왠지 서글퍼진 나는 허리를 구부려 아야와 눈높이를 맞췄다.

"아가씨라고 부르지 마. 나도 얼마 전까지는 리어카를 끌고 짐을 날라 돈을 벌었거든."

나는 자신의 손을 내려다봤다.

"이제 군은살은 없어졌지만."

아야는 웃어도 되는지 모르겠다는 듯, 난처한 표정을 지었다.

"아무튼 뭘 먹고 있었니?"

"아, 네."

아야가 당혹스러워하며 내민 걸 보고, 나는 화들짝 놀랐다. 울퉁불퉁한 그것은 아무래도 새의 다리 같았다. 물갈퀴가 달린 발가락이 세 개. 혹시.

"그거 거위니?"

"네."

"어제 남은 음식으로 만들었어?"

아야는 고개를 저었다.

"아니요. 이게 어제 나왔던 거위 요리예요. 나쓰 언니의 주특기 요리인데 아장鵞掌이라고 합니다. 그릇에 담을 때 떨어진 걸 주웠어요."

나는 고개를 끄덕였다. 오늘은 아침부터 아빠와 얼굴을 마주할 기회가 없었는데, 거위 요리로 이 발이 나왔을 때의 소감을 듣고 싶었다.

"맛있니?"

그렇게 묻자, 아야는 처음으로 환한 표정을 지으며 말했다.

"네. 어제 손님들도 모두 기뻐하셨어요. 거위 맛의 진수는 발에 모여 있답니다. 정말 굉장한 요리예요."

"그래? 나도 한번 먹어보고 싶어."

그러자 아야는 당황해 손을 내저었다.

"안 됩니다. 이건 바닥에 떨어진 음식이에요. 아가씨께 드릴 만한 것이 못 됩니다."

그 순간 나는 자신이 이름을 밝히지 않았다는 사실을 깨달았다.

"아가씨가 아니라 마리에야."

아야는 대답하지 않았다. 내가 억지를 부리는 것인지도 모른다. 어떤 명사의 따님이 과거의 내게 똑같은 소리를 했다면 분명 곤혹스러웠겠지. 나는 화제를 바꿨다.

덧없는 양들의 축연

"넌 나쓰 밑에서 수련을 쌓고 있는 거지? 너도 추냥이 되려는 거니?"

별생각 없이 물어봤을 뿐인데, 아야는 고개를 숙이고 입술을 깨물었다. 그리고 혼잣말처럼 중얼거렸다.

"요리는 좋아합니다. 나쓰 언니도 멋있다고 생각하고요."

"그래, 예쁜 사람이지."

"하지만 전 추냥이 되고 싶진 않아요."

아야는 모기만 한 목소리로 그렇게 말했다.

무언가 사정이 있는 모양이다. 하지만 물어볼 생각은 없었다.

힘내, 아야. 응원할게.

뭐, 돕지는 않겠지만.

6월 4일

아장의 요리법이 궁금해서, 요리를 잘 아는 사람의 도움을 받아 찾아보았다. 중국 문헌에서 그 이름을 찾을 수 있었다.

"철망을 땅에 둘러친 다음, 바닥에 장작불을 피워놓고 거위를 철망 안으로 몰아넣어 불을 밟게 하면, 얼마 후에 거위가 죽는다."

이건 대충 이해가 안 가는 것도 아니긴 한데. 요리법을 하나 더 발견했다.

"통통하게 살찌운 거위를 잡을 때, 먼저 펄펄 끓는 기름에 거위의 발을 담근다. 거위가 고통으로 숨이 넘어가려 하면, 연못에 풀어줘서 마구 돌아다니게 둔다. 그리고 다시 기름에 담갔다가 다시 연못에 풀어놓는다."

등골이 오싹해졌다. 나쓰는 어떻게 요리했을까.

참고로 맛에 대해 아빠에게 물어보니, "맛있었다" 하고 대답했다. 구체적으로 어떻게 맛있었는지 알려달라고 불평하자 "어떻게 표현해야 좋을지 모를 정도로 맛있었다"라고 정정했다.

어린애도 아니고 그런 말이 어디 있담.

6월 5일

마부치 아저씨가 그만두게 되었다. 역시 나쓰 때문에 쫓겨나는 건가?

나쓰는 연회 요리밖에 만들지 않지만, 그렇다 해도 맛의 차이가 너무 심하기 때문에 아빠가 그만두게 한 모양이다. 평소 먹는 음식을 만들 사람은 따로 고용할 생각인가 보다.

위로라도 해줘야겠다. 내일 뭐라도 사 들고 찾아가야지.

덧없는 양들의 축연

2

일기에 적힌 문장에서는 감정의 흐트러짐을 찾아볼 수 있었지만, 글씨는 변함없이 아름답고 정갈했다. 그것은 오데라 마리에의 강한 자제심을 나타내는 것 같았다.

그것이 느닷없이 무너졌다. 난잡하다고 표현해도 될 정도의 글씨가 갑작스레 나타났다. 일기를 넘기는 여학생은 불길한 예감에 사로잡혔다.

그때 그녀는 자신이 아직도 서 있다는 사실을 깨달았다. 원탁과 한 쌍인, 군데군데 칠이 벗겨진 하얀 의자에는 봄인데도 불구하고 낙엽 하나가 떨어져 있었다.

여학생은 손수건을 꺼내 의자를 닦았다. 그리고 천천히 자리에 앉아 다시 페이지를 넘겼다.

6월 11일
믿을 수 없다.

6월 12일
믿을 수 없다는 말은, 도저히 있을 수 없는 상황이라 믿을 수 없다는 뜻이 아니다.

있을 법한 상황이었고, 그랬을 거란 생각이 든다.

그저 믿고 싶지 않을 뿐이다.

6월 17일

아빠는 드디어 그림을 사기로 했는지, 수상하고 비굴해 보이는 화상을 집으로 불러 이것저것 이야기를 나눴다.

"요즘 주목받는 화가인데, 꽤 괜찮은 그림을 그리는 남자가 있습니다. 저렴하게 구입하실 수 있을뿐더러 장차 가격도 오를 거라 장담할 수 있습니다. 투자라 생각하고 구입하시길 권해드립니다."

아빠는 투자를 좋아하지만, 남이 권하면 순순히 수긍하지 않는 사람이다. 아빠가 이상해 보일 정도로 화를 내며 말했다.

"어디서 그런 천박한 소릴. 가격이 오르고 내리는 건 상관없네. 좋은 작품을 가져와."

역시 화상이라 그런지 상대를 파악하는 데 선수였다. 아빠가 응접실을 찾은 손님이 누구나 '굉장하다'고 할 만한 그림을 찾고 있다는 사실을 금세 알아챈 것 같았다.

"그럼 복제화는 어떠신가요? 뭐라 해도 보는 사람에게 강렬한 인상을 줄뿐더러, 사장님의 교양을 증명할 수도 있죠. 혹시 몰라서 말씀드리는 겁니다만, 가격도 저렴합니다."

아빠는 언짢은 표정을 감추지 않았지만, 얼굴을 보니 제법 구미가 당기는 모양이었다.

"복제화라. 그런 눈속임 같은 물건은 썩 내키지 않는데."

"하지만 무명 신인의 작품은 이 방에는 어울리지 않잖습니까요. 아까 말씀하신 예산으로 거장의 작품을 살 수도 있지만, 아무래도 호수號數가 작아집니다. 이 벽에 작은 창문 같은 그림은 어울리지 않으니까요."

화상은 빈 벽을 향해 양팔을 활짝 벌렸다.

"작으면 안 되나?"

"사장님 취향에 따라 다르겠지만, 일반적으로는 그렇게 보죠."

"복제화는 어떤 걸로 준비할 수 있나?"

화상은 손을 비비며 말했다.

"으흠. 이 방에는 세잔이 좋을 것 같군요. 모네도 좋은 물건이 있고요."

하지만 화상의 속셈은 너무 노골적이었다. 유명한 화가의 이름을 거론하면 수긍할 것이라 생각하는 게 눈에 빤히 보였다. 아빠도 그 정도 눈치는 있는지, 콧방귀를 뀌며 대답했다.

"그건 너무 재미없지 않나. 무엇보다 복제화라는 것이 금세 들통나면 의미가 없지."

"뭐, 그렇죠. 그러시면."

"아니, 자네는 가만히 있게. 마리에."

아빠는 갑자기 날 돌아보며 말했다.

"너도 조금은 안목이 있겠지. 이 방에 어울리는 그림을 말해봐라."

웬일로 이 자리에 날 부른다 했더니. 요컨대 나는 아빠의 '교양'으로 취급받고 있는 것이다.

나는 생각에 잠겼다. 붉은색과 금색 벽지가 불안을 불러일으키는 이 방에 어울리는 그림이라. 어렵다. 하지만 오데라 가문에 어울리는 그림이라면, 짐작 가는 데가 없는 것도 아니었다.

"제리코의 그림도 있나요?"

"네?"

화상의 얼굴에 자연스레 미소가 번졌다.

"제리코라. 과연 눈이 높으십니다. 좋아하시나 보죠?"

"아뇨. 그냥 이 방에 어울릴 것 같아서요. 준비해주실 수 있나요?"

"네, 물론입니다요. 시간만 주시면 대령합죠."

아빠는 대화에서 소외되어 있었지만, 그래도 기분이 좋은지 끼어들었다.

덧없는 양들의 축연

"제리코가 유명한 사람인가?"

"네. 이름은 테오도르라고 해요."

설명하기 귀찮아서 그렇게만 말했다. 쓸데없는 이야기를
하기 전에 나는 이야기를 마무리했다.

"그럼 〈메두사 호의 뗏목〉을 가져다주세요."

그 말에는 화상도 당혹스러운 눈치였지만 이의를 제기하지
는 않았다. 일을 복잡하게 만들지 않는 점은 마음에 들었다.

언제 도착할지 기대된다. 분명 이 집과 잘 어울릴 것이다.

6월 20일

비. 요새 자주 내린다.

학교 안에서 바벨의 모임의 회장과 딱 마주쳤다. 회원들은
대부분 가냘픈 체형이지만, 유독 회장 혼자만 풍만하다. 겉보
기에는 포용력이 넘칠 것 같지만, 이 사람이 바로 나를 제명
시킨 장본인이다.

"안녕하세요."

"오랜만이에요."

"잘 지내는 것 같네요."

그런 일상적인 인사를 나눈 뒤, 나는 실낱같은 기대를 걸고
말했다.

"회비를 제때 내지 못한 건 정말 죄송하게 생각하고 있습니다. 하지만 부디 다시 한번 절 바벨의 모임에 받아주시면 안 될까요."

회장의 태도는 부드러웠지만, 어조는 단호했다.

"그 이야기는 이미 끝난 걸로 아는데요. 당신도 단념했었잖아요."

그래, 한 번은 단념했다. 하지만 지금 내게는 그 모임이 꼭 필요했다. 나는 회장에게 매달렸다. 그녀는 달라붙는 개를 보듯 자비심과 곤혹스러움이 뒤섞인 눈으로 날 보았다.

"그래요. 그럼 잠깐 이야기하도록 할까요. 저쪽 카페로 가죠."

회장이 데려간 교내 카페는 학생들의 휴식처로, 모임이 열리는 세련된 온실과는 비교할 수조차 없었다. 비를 피하려는 사람들로 카페는 평소보다 붐볐다. 회장은 조용히 입을 열었다.

"오데라 양. 당신은 자신이 왜 제명되었는지 모르는 것 같군요."

나는 망설였다.

표면적인 이유는 말할 것도 없이 제 날짜에 회비를 내지 못했기 때문이다. 하지만 그뿐만이 아닌 것 같았다. 그 이유만으로 영구 추방을 당한 게 아니라는 사실은 눈치채고 있었다. 싸구려 커피에는 손도 대지 않은 채, 회장은 뚫어져라 내 눈을 바라보았다. 날 시험한다는 사실은 알고 있었지만, 그로부터 시간이 꽤 흘렀음에도 불구하고 전혀 짚이는 구석이 없었다.

내가 대답하지 못하리라는 것을 꿰뚫어 본 회장은 이렇게 말했다.

"그 이유는 바벨의 모임이 당신에게 필요 없기 때문입니다."

순간, 내가 바벨의 모임에 필요 없는 사람이라는 소리를 들은 줄 알았다. 그런 말을 들었다면 분하기는 할 테지만, 알아듣기는 했을 것이다. 하지만 그게 아니라, 그 반대였다.

대체 무슨 뜻이지? 이름은 거창하지만, 바벨의 모임은 결국 단순한 독서 모임에 지나지 않는다. 학교 온실에 삼삼오오 모여 앉아 책에 대해 이야기하는 모임일 뿐이다. 필요하거나 불필요한 종류의 모임은 아닐 텐데.

그렇게 묻자, 회장은 쓸쓸하게 미소 지었다.

"맞아요. '바벨의 모임'이란 독서 모임의 이름에 불과합니다. 하지만 오랜 세월이 흐르는 사이, 이 이름은 다른 의미를 가지기 시작했어요."

"다른 의미라고요?"

"네."

그녀는 살짝 고개를 끄덕였다.

"바벨의 모임이란 환상과 현실을 혼동하는 덧없는 자들의 성역입니다. 너무나 단순한, 혹은 너무나 복잡한 현실을 견디지 못하는 이들이 우리 모임에 모여들지요. 말하자면 우리는 같은 지병을 가진 사람들이에요."

카페는 낮은 술렁거림으로 가득 차 있었다.

"평소에는 당연하다는 표정으로 학업에 힘쓰고, 집으로 돌아가면 사람들이 기대하는 역할을 빈틈없이 수행합니다. 하지만 마음 깊숙한 곳에는 치명적인 몽상가의 모습을 품고 있지요. 바벨의 모임에는 그런 사람들이 모여드는 거예요."

"도피를 위해 이야기를 읽는다는 말인가요?"

"그런 사람도 있겠지요. 하지만 도피라기보다 이야기란 막을 통해 현실과 마주하는 경우가 더 많을 겁니다. 단순한 우연을 탐정소설처럼 즐기고, 별거 아닌 사고에서 엽기성을 찾아내는 거죠."

예전의 나였다면 그 의미를 이해하지 못했으리라. 하지만 지금은 조금이나마 이해할 수 있을 것 같았다.

거기까지 말한 회장은 날 똑바로 바라보며 말을 이었다.

"하지만 오데라 양. 당신은 달랐어요."

그래, 그런 의미였다면 분명히 나는 달랐다.

"당신이 바벨의 모임에서 얻으려 했던 건 사교 행위, 얼굴 도장을 찍는 것이었죠. 당신은 무쓰나 양과 친해졌고, 단잔 양과 가까워지려 했으며, 저에게도 선물을 보냈어요. 회원들과 사교적인 관계를 맺는 건 분명 무척 이득이 되는 일일 겁니다. 당신뿐 아니라 다른 회원들에게도, 저에게도 역시 그러한 목적이 있으리라는 사실은 부정하지 않겠어요. 그건 상관없습니다."

역시 회장은 날 꿰뚫어 보고 있었다. 예상하지 못했던 일은 아니었지만, 뺨이 달아올랐다. 그리고 회장이 계속해서 말을 이었다.

"하지만 당신은 뼛속까지 현실주의자잖아요."

등골이 오싹해졌다.

"환상과 현실 사이에 굳건한 벽을 가지고 있죠. 보통 사람이라면 당연히 가지고 있는 벽입니다. 하지만 바벨의 모임의 회원들은 그 벽을 가지고 있지 않거나, 가지고 있더라도 그 벽이 다소 약하죠. 그 희미한 열등감을 모르는 당신을 우리가 어떻게 받아들일 수 있겠어요."

"저는……."

"바꿔 말하자면, 당신은 바벨의 모임에서 유일하게 강한 사람입니다. 현실과 마주하는 데에 이야기의 힘 따위를 전혀 필요로 하지 않는 당신의 빛은 우리의 어둠에 존재해서는 안 돼요. 몽상가가 한때의 꿈에 잠기는 곳에 현실주의자가 침입했을 때, 주눅 드는 쪽은 항상 몽상가니까요. 당신은 그 사실을 이해하지 못했어요."

회장은 말했다.

"그것이 바로 당신이 제명된 이유입니다."

마음 깊숙이 납득했다. 그래, 예전의 나에겐 바벨의 모임에 들어갈 자격이 없었다. 그리고 현재의 나에겐 아마도 그 자격이 존재한다.

하지만 그 사실을 전할 수 있는 방법은 어디에도 존재하지 않는 것처럼 느껴졌다.

6월 21일

마음이 가라앉았다. 어쩌면 혼란 끝에 아무 생각도 하지 못하게 됐을 뿐인지도 모른다. 그저 열흘쯤 지나자 내가 알게 된 사실을 비로소 문자로 변환할 수는 있게 되었다. 악몽을 꾼 거라고 잊어버리기 전에 기록해두려 한다.

내가 알게 된 사실을 한마디로 정리하자면, 바로 아빠와 삼촌들이 할아버지를 살해했다는 것이다.

덧없는 양들의 축연

이상하다고 생각하긴 했다. 할아버지는 연세는 드셨지만 정정하셨고, 눈과 이도 멀쩡했다. 매일 아침 체조를 거르지 않는 것이 할아버지의 자랑거리였다. 그런 할아버지가 발작으로 급사하다니. 대체 무슨 발작이 일어난 건가 싶어 의아했더랬다.

각자 부득이한 사정으로 발등에 불이 떨어진 삼 형제가 머리를 맞대고 계략을 꾸며, 부자 아버지를 독살했다. 그것이 할아버지가 돌아가신 일의 진상이었다. 서로를 믿지 않았던 형제들은 누군가가 배신하지 않도록 각자 고백서를 가지고 있었다.

해고당한 마부치 아저씨가 내게 몰래 가르쳐주었다. 할아버지가 돌아가신 날, 마부치 아저씨는 아빠의 명령으로 집을 비웠다. 마부치 아저씨 대신 누군가가 할아버지의 식사를 만들었는데, 부엌에 남아 있던 음식물 쓰레기를 연못에 던졌더니 물고기가 죽어 둥둥 떠올랐다고 한다.

믿을 수 없었다. 하지만 아마도 마음 한구석에서는 알고 있었으리라. 아빠라면 그러고도 남을 사람이라는 걸.

그래서 아빠가 술자리를 열었던 날, 나는 아빠 방에 몰래 숨어들어갔다.

조금만 더 겁이 많았으면 좋았을걸. 아빠는 존속살해 고백서를 책상 서랍에 대충 넣어두었다.

할아버지를 죽이는 데 쓴 독은 바곳 독이라고 했다.

6월 22일

무슨 일을 해도 성공하지 못했던 아빠가 전설의 투자가였던 할아버지를 죽이고 형제들과 재산을 가로챘다. 충분히 있을 법한 일이다.

하지만 내가 진짜 믿을 수 없었던 것은, 요컨대 믿고 싶지 않았던 것은 내가 그 살인을 마음 한구석에서 용서하고 있었다는 사실이다.

나는 할아버지를 무척 좋아했다. 할아버지도 날 예뻐하셨다.

하지만 그렇다고 해서 내 인생에 볕이 든 건 아니었다. 불과 삼 년 전까지 나는 비가 새는 공동주택에 살면서, 조금이라도 벌어보겠다고 리어카를 끌고 다녔다. 여름에는 뙤약볕에 새카맣게 탔고, 겨울에는 추위에 손이 터서 멀쩡한 날이 없었다. 책조차 제대로 살 수 없었다. 그런데 지금은 어떤가. 비록 아빠의 허영심을 위해서이긴 하지만, 대학까지 다니고 있다.

이 모든 것은 아빠와 삼촌들이 할아버지에게 독약을 먹인 덕분이다.

그런데 어떻게 내가 아빠를 비난할 수 있겠는가. 아빠는 할아버지를 죽여 뒤룩뒤룩 비대해졌다. 나는 그런 아빠의 단물을 빼먹으며 제 배를 채우고 있다.

내심 아빠의 살인을 용인하는 정도가 아니었다.

아마도 잘 죽였다는 생각까지 하고 있을 것이다.

(추가)

아, 하지만.

현실주의자인 나는 아빠에게 감사하고 있다. 그렇게 생각해야만 한다.

하지만 지난 열흘 동안, 나는 밤마다 할아버지를 생각했다. 미국에서 사다 주신 로켓을 품에 안은 채 뚝뚝 눈물을 흘렸다. 대학 같은 거 안 가도 상관없었는데. 리어카도 얼마든지 끌 수 있었다. 나는 할아버지가 살아 계시길 원했다. 그리고 무엇보다 아빠가 살인자가 되는 걸 원치 않았다.

회장의 말이 기억난다.

"당신은 뼛속까지 현실주의자잖아요."

아냐.

전에는 그렇다고 생각했다. 이해타산으로 바벨의 모임에

들어갔던 거고, 생글생글 웃으며 인맥을 만들려는 목적밖에 없었다. 하지만 정말 내가 뼛속까지 현실주의자였다면, '잘 죽었다'는 생각만 했을 것이다.

이렇게 슬플 리 없지 않은가.

나는 할아버지의 원수를 갚는 내 모습을 꿈꿨다. 아빠가 할아버지에게 먹인 바곳 독으로, 아빠에게 죗값을 치르게 한다. 괴로워하는 아빠를 내려다보며 전부 알고 있다고 고한다. 내가 그런 짓을 할 수 있을 리가 없지. 그런 건 단순히 이야기에 불과하다.

그 단순한 이야기가 가슴속에서 지워지지 않는다.

3

그 이후로 일기장에는 얼마간 공백이 계속됐다.

백지는 아니었다. 적힌 것은 사람의 이름, 시간, 떠오른 말들의 단편. 천 갈래로 갈라진 글쓴이의 마음을 그대로 나타낸 듯, 혼란스럽게 이어져간다. 그 물거품 같은 말들 속에서 무언가를 건져내려는 듯, 여학생은 변함없이 페이지를 넘겼다.

그녀는 이미 알고 있었다. 일기에 적힌 '세련된 온실'이 지금 그녀가 있는 곳이라는 사실을.

날이 저문다. 온실은 서서히 붉게 물들어간다.

이윽고 일기장 위에는 단절 따위는 없었다는 듯, 홀연히 문장이 모습을 나타냈다.

7월 20일

처음에는 이게 일류라며 기뻐하는 척했지만, 아빠도 슬슬 인내심의 한계에 다다른 모양이다. 나쓰 이야기가 나오면 표정이 썩 좋지 않다.

내가 생각하기에 이유는 세 가지이다.

첫째, 매입하는 식재료의 양이 설명이 되지 않는다. 일전의 연회에서는 8인분의 탕을 준비하는데 메기를 삼십 킬로그램이나 사들였다. 양배추나 가지 같은 채소는 모두 합쳐 백 킬로그램 가까이 되는 청구서가 날아왔다.

아빠는 나쓰가 식재료를 엄선하는 것이라 했다. 메기 삼십 킬로그램 중에 제일 좋은 한 마리를 골라 스프 건더기로 쓴 것이라면서, 대갓집 요리사의 귀감이라 칭찬했다. 이 말을 들은 엄마는 단번에 반박했다.

"좋은 물건을 고르겠다고 잔뜩 사들이지 않아도, 가게에서 보고 고르면 되잖아."

나도 엄마의 말이 옳다고 생각했다.

"그런 쩨쩨한 짓을 어떻게 하나."

아빠는 그렇게 말했지만, 목소리에 힘이 하나도 없었다. 엄마는 계속 나쓰가 남은 식재료를 팔아치우거나 반품해서 뒷돈을 챙기고 있다고 주장했다.

둘째, 연회가 끝난 뒤에 반드시 보수를 요구한다. 아빠 딴에는 호탕하게 내어준다고 생각하나 본데, 표정을 보면 전혀 납득할 수 없다는 얼굴이다. 음식점에 가서 종업원에게 팁을 주는 정도는 일반적으로 있을 수 있는 일이다. 하지만 집에서 고용한 요리사에게 음식을 만들게 하는 건데 왜 봉급 외에 추가로 돈을 지불해야 하는 거지. 그렇게 생각하는 게 빤히 보였다.

나쓰가 청구한 금액을 지나가듯 들은 적이 있다. 아마 잘못 들은 거겠지. 만일 내가 들은 그 금액이 맞다면, 나쓰에게 한 달에 한 번 꼴로 음식을 만들게 할 경우 내 일 년 학비보다 더 많은 비용을 지불해야만 한다. 물론 아빠가 지불하지 못할 금액은 아니었지만, 돈을 허튼 데 쓴다는 느낌은 지울 수 없을 것이다.

하지만 이 두 가지 이유는 결국 돈 문제다. 다소 부당하게 느껴지더라도, 아빠가 자신의 허영심을 채우기 위해 돈을 쓰

덧없는 양들의 축연

는 것은 늘 있는 일이었다. 그러니까 아마도 세 번째 이유가 가장 클 것이다.

어느 날, 아빠는 나쓰에게 이렇게 말했다.

"이번엔 뭘 먹어볼까. 그래, 원숭이가 어떤가?"

아빠는 심술을 부리고 있는 것이다. 하지만 나쓰는 태연하게 답했다.

"네, 원숭이도 별미입니다. 전에 모셨던 어르신께 올리자 크게 호평하시더군요."

그리고 조리법에 대해 자세히 설명했다.

"알았네. 하지만 원숭이는 됐어."

아빠는 벌레 씹은 얼굴로 이야기를 마무리 지었다.

뱀, 거미, 악어, 비슷한 일이 몇 번이나 되풀이됐다. 그때마다 나쓰는 "전에 모시던 집에서는", "일전에 어느 댁 연회에 불려 갔을 때에는" 하고 막힘없이 대답하며 아빠의 심기를 불편하게 만들었다.

아빠는 나쓰에게 '다른 어떤 분도 주문하신 적 없는 요리입니다'란 말을 듣고 싶은 것이다. 색다르고 특별한 요리를 먹고 싶어서가 아니다. 그 정도로 미식가도 아니고. 그저 이제껏 나쓰가 모셔온 사람들에게 적개심을 불태우고 있을 뿐이다.

예전에 만들어본 적이 있다는 소리를 들을 때마다 나쓰의
예전 고용주들에게 패배한 듯한 느낌이 드는 것이리라. 미식
에 대해서는 거의 알지도 못하지만, 상류층 부호라는 자부심
만은 어디 내놓아도 빠지지 않기 때문에 더더욱 비위에 거슬
리는 것이다.

오늘 아빠가 나에게 물었다.

"마리에. 먹고 싶은 음식 없냐? 아무거나 상관없다. 나쓰에
게 만들라고 시키마."

나는 아빠가 언젠가 날 의지할 것이란 사실을 알고 있었다.
예전에 그림에 대해 물어봤을 때처럼. 그래서 미리 준비해놓
았다.

"그럼 삼촌들을 불러서 성대한 연회를 여는 게 어떨까요?
그래야 나쓰도 실력을 발휘할 마음이 들죠."

"그거야 상관없지만, 네가 어떤 음식을 만들게 하느냐가
문제지."

아빠와 삼촌들, 그리고 나. 오데라 가문에 어울리는 식재
료는 하나밖에 없다. 나는 아빠에게 아미르스탄 양¥을 추천
했다.

덧없는 양들의 축연

7월 21일

아빠가 나쓰를 불렀다. 요즘은 항상 불러낸 뒤에 이것저것 물어보고 다시 돌려보내곤 했다. 그런데도 나쓰는 싫은 표정 없이 공손하게 무릎을 꿇었다.

"부르셨습니까."

아빠는 거만한 태도로 의자에 딱 버티고 앉아 있었다.

"그래. 드디어 자네가 만들 음식이 정해졌네."

"분부하십시오."

"양이야."

언제나 유창하게 대답하던 나쓰가 살짝 당혹스러운 표정을 지었다. 이것도 아니다, 저것도 아니다, 번번이 토를 단 끝에 내린 결론이 너무 흔해빠졌으니 놀라는 것도 당연했다. 하지만 그녀는 이의를 제기하지도 않고 정중하게 고개를 숙였다.

"양 말씀이십니까. 분부대로 하겠습니다."

아빠는 한껏 젠체하며 말했다.

"양이라 해도 평범한 양은 시시하고, 자네도 요리할 보람이 나지 않을 거야. 돼지는 가고시마, 소는 마쓰자카가 제일이라 하지. 양도 종류가 많잖나."

"네, 말씀대로이십니다."

"자네가 요리해야 하는 건, 바로 아미르스탄 양 요리네."

덧없는 양들의 만찬

나쓰를 고용할 때, 중개업자는 기량뿐 아니라 교양까지 보증했다. 그런 그녀니까 당연히 아미르스탄 양에 대해서도 알고 있겠지.

"아미르스탄 양 말씀이십니까."

"그래. 전에 또 이런 주문을 했던 사람이 있던가?"

그녀는 고개를 숙인 채 대답했다.

"아니요. 지금까지 모셨던 어떤 집안에서도, 불려 간 어떤 연회에서도, 아미르스탄 양을 주문하신 분은 없었습니다."

그 말을 들은 아빠는 고개를 끄덕였다. 본인은 근엄한 척하려는 것 같았지만, 입가에 번진 함박웃음은 숨길 수 없었다.

"무척 맛있을 것 같군. 하지만 지금까지 다뤄본 적 없다니 큰일이야. 아미르스탄 양에 걸맞은 조리법을 알고 있나?"

모를 거라 생각했다. 굉장한 실력을 갖춘 추냥이라는 특별한 요리사 나쓰라 해도, 아미르스탄 양의 조리법까지는 모르지 않을까 생각했던 것이다.

하지만 나쓰는 막힘없이 대답했다.

"알고 있습니다."

"흐음."

"원래 아미르스탄 양은 수컷을 요파화饒把火라 하는데, 소나무 껍질보다는 먹을 만하다고 일컬어지며 천시받는 최하급

덧없는 양들의 축연

식재료입니다. 하지만 암컷은 불선양不羨羊이라 해서, 양보다 훨씬 맛이 좋다는 뜻이죠.『계륵편』이라는 책에 찜, 구이, 조림, 절임, 이렇게 네 가지 조리법이 소개되어 있습니다. 상세하게 말씀드릴 테니, 그중에서 직접 고르시겠습니까?"

아빠는 살짝 복잡한 표정으로 대답했다.

"아, 됐네. 그건 자네가 알아서 하게. 양보다 맛있는 양이라, 재미있군. 제일 좋은 방법으로 요리해주게."

"알겠습니다."

나쓰는 고개를 숙였다. 하지만 물론 이야기는 거기서 끝나지 않았다. 아미르스탄 양을 요리하려면 당연히 몇몇 사항들을 의논해야 한다. 나쓰는 공손히 고개를 들고 말했다.

"그렇다면 죄송하지만 삼 년의 유예 기간을 주시길 부탁드립니다."

"뭣이라?"

아빠는 눈을 뒤집으며 성난 목소리로 외쳤다.

"삼 년이라고? 양으로 음식을 만드는 데 삼 년이나 걸린단 말이야?"

"요리하는 데엔 그리 시간이 걸리지 않습니다. 아미르스탄 양이 그리 희귀한 동물이 아니라고는 하나, 사냥하는 건 국법으로 금지되어 있습니다. 분부시라면 최상급의 아미르스탄 양을 구해오겠지만, 사냥터를 찾는 데 일 년, 사냥터에 익숙해지는 데 또 일 년, 사냥감을 고르는 데 또 일 년이 걸립니다."

아빠는 적잖이 동요했다.

"죽여선 안 된다고? 금조禁鳥 같은 건가?"

"안 되는 건 아닙니다. 실제로 매일 몇백, 몇천 마리나 되는 아미르스탄 양이 사냥당하고 있고요. 하지만 저 같은 일개 요리사가 입수하기란 하늘에 별 따기입니다. 직접 사냥하는 것 외에는 달리 방법이 없습니다. 또한 저는 추냥이 되기 위한 수련을 쌓긴 했지만, 사냥꾼은 아닙니다. 외람되지만 지금은 제 능력만으로는 무리입니다."

"그렇다고 삼 년이나 기다릴 순 없어."

"고사에 따르면 진귀한 생선을 먹기 위해 오십 년이나 기다린 미식가도 있다고 합니다."

"그런 얘긴 이제 질렸어."

아빠는 소리를 지르며 자리를 박차고 일어났다. 얼굴이 시뻘겋게 달아올라 있다.

"과거에 어떤 예가 있든 전 주인이 뭘 어쨌든, 지금 자네 주인은 나야. 내가 못 기다리겠다는데 왜 그렇게 말이 많아. 자네는 자기 주제도 파악 못하는 건가."

덧없는 양들의 축연

나쓰는 거스르려 하지 않고 한층 더 깊이 고개를 숙였다.

아빠는 금방이라도 나쓰를 내쫓을 기세였다. 바로 이때다. 그렇게 생각한 나는 이야기에 끼어들었다.

"생각해봤는데, 그럼 당신이 자연스럽게 녹아들 수 있고 최상급의 암컷 아미르스탄 양들이 모이는 사냥터가 있으면 그렇게 시간이 오래 걸리진 않겠네요?"

나쓰는 내게 아빠를 대하는 것처럼 공손한 태도는 취하지 않는다.

"그렇습니다."

힐끗 날 보더니 짤막하게 그렇게만 대답했다.

"마리에. 짐작 가는 곳이 있는 거냐?"

아빠는 왠지 불쾌해 보였다. 나는 모르는 척 미소 지었다.

"네. 다테누마란 곳이 있는데, 그곳이 딱인 것 같네요. 양들은 한여름 호숫가에 나타난답니다. 모두 꿈속을 헤매듯 연약한 양들이니, 그리 힘들지 않고 잡을 수 있을 거예요."

7월 22일

나쓰는 삼 주 후에 되돌아오겠다 약속하고 다테누마로 떠났다.

출발 직전에 나쓰를 만나러 갔다. 평소의 화사한 옷차림이 아니라 눈에 띄지 않는 여행자 복장을 한 나쓰는 날 보더니 선 채로 고개를 살짝 숙였다.

"힘내세요."

그렇게 말하자, 그녀는 딱히 고맙지 않다는 얼굴로 "감사합니다"라고 답했다.

나는 나쓰에 대해 명령을 받으면 뭐든지 따르는 편리한 사람이라고 생각했다. 내 관심은 오데라 가문과 다테누마에 모이는 양들에게 쏠려 있었기 때문에, 나쓰를 번거롭게 하는 데에 다소 미안한 마음도 가지고 있었다.

하지만 나쓰가 자신의 생각을 말할 줄은 꿈에도 몰랐다. 그랬기에 그녀가 서늘한 눈매로 힐끗 날 바라본 뒤, 갑자기 이야기를 꺼냈을 때에는 꽤나 놀랐다.

"아가씨께서 아미르스탄 양 요리를 추천하셨다고 들었습니다."

놀라긴 했지만, 숨길 생각은 없었기 때문에 나는 고개를 끄덕였다.

"맞아요. 아주 훌륭한 맛이라고 들었거든요."

아주 잠깐이었지만, 나쓰는 내 눈을 들여다봤다. 추냥의 통찰력은 무시무시했다. 그 눈빛이 마음 깊은 곳까지 꿰뚫어 보는 것 같았다.

덧없는 양들의 축연

"그렇다면 주제넘지만 한 말씀 올리겠습니다. 주인님의 혀를 행복하게 해드리고 그 업을 함께 짊어지는 것이 추냥의 본분이긴 하지만, 예로부터 아미르스탄 양은 혀가 아니라 머리로 즐기는 것이라 했습니다. 과한 기대는 마십시오."

"알고 있어요."

"그러시군요."

무뚝뚝한 대답이 돌아왔다. 하지만 나쓰의 표정에서, 나를 '맛을 보장할 수 없는 요리를 주문하는 바보 같은 계집애'라고 생각한다는 사실을 읽을 수 있었다. 긍지 높은 사람은 좋다. 그리고 그것을 입 밖으로 내지 않는 사람은 더욱 좋다.

아야는 데리고 가지 않았다. 나는 아야가 아미르스탄 양을 사냥하는 게 싫어서 따라가지 않은 거라 생각했다.

하지만 아니었다. 나쓰가 잘 타일러 아야를 떼어놓고 간 모양이다.

"넌 아직 추냥이 아니니까, 업을 짊어지기엔 아직 일러"라면서.

아주 조금이지만, 나쓰에게 미안했다. 하지만 이제 와서 돌이킬 수는 없었고, 그럴 생각도 없었다.

7월 26일

제리코의 복제화가 도착했다.

시간이 더 걸릴 줄 알았는데, 의외로 빨리 왔다. 그리고 완성도도 별 볼 일 없었다. 영 밋밋한 것이, 그림 한가운데에 있는 뗏목이 제일 중요한데 그 뗏목을 엮은 밧줄을 갈색 선 하나로 때웠다. 아무리 졸부가 주문한 복제화라 해도, 조금 더 성의 있게 만들었어야 하는 게 아닌가. 분통이 터졌다.

아빠는 유감스럽게도 그림의 완성도가 아니라 주제가 마음에 들지 않았던 모양이다.

"예술에 대해서는 잘 모르지만, 손님을 맞이하는 공간에 걸기에는 좀 그렇지 않나?"

"그래도 박력이 있잖아요. 아무도 기억 못 할 그림을 걸 바에야, 차라리 인상적인 그림을 거는 게 나으니까요."

제리코의 〈메두사 호의 뗏목〉은 1816년에 일어났던 사건을 소재로 삼은 그림이다. 그해, 프랑스 군함 메두사 호가 모리타니 원해에서 난파되었다. 구명보트가 있긴 했지만 수가 모자라서, 남은 149명을 급조된 뗏목에 태운 다음 보트가 뗏목을 끌고 갔다.

하지만 기상이 악화되자 보트는 뗏목과 연결된 밧줄을 끊었다. 실제로 바다에 나가본 적은 없지만, 바다를 다룬 소설에서는 때때로 믿기지 않을 정도의 무자비하고 비정한 장면이 등장한다. 메두사 호의 구명보트는 그나마 낫다. 긴급피난이라는 면죄부가 주어질 테니.

보트와 떨어진 뗏목은 그리 오래 표류하지는 않았다. 단 십이 일 동안이었다. 하지만 생존자는 열다섯 명으로 줄어들었다. 물도 식량도 없는 뗏목 위에서 그들은 약육강식의 규칙을 충실하게 따랐다.

제리코는 그 뗏목과 거칠게 날뛰는 바다를 무시무시한 박력으로 그려냈다. 그는 빈사의 병자와 사형당한 죄수의 시체를 스케치해서 〈메두사 호의 뗏목〉을 그렸다. 그가 그 취재 과정에서 아미르스탄 양을 먹었는지에 대해서 기록된 책은 아직 보지 못했다.

낳아준 부모를 죽여 재산을 빼앗고, 평범하게 살아가는 사람들의 몫을 투기로 가로채 사치를 일삼는 오데라 가문의 응접실에 이보다 더 잘 어울리는 그림이 어디 있단 말인가.

하지만 완성도가 낮아서 무척 유감이었다. 그 화상에게는 장차 어떤 형태로든 천벌이 내릴 것이다.

7월 27일

오데라 가문의 응접실에 걸맞은 그림은 〈메두사 호의 뗏목〉

이다. 같은 이유로, 오데라 가문의 만찬에 걸맞은 음식은 아미르스탄 양이다.

아미르스탄 양은 스탠리 엘린의 「특별 요리」에 소개된 음식이다. 비밀스러운 레스토랑에 드나드는 미식가들이 갈망하는 환상의 음식이지만, 엘린은 그 맛을 묘사하는 데 미사여구를 사용하지 않았다. 그저 자신의 영혼을 들여다보는 것 같다고 적었을 뿐이다.

내 영혼.

하지만 그다지 맛있을 것 같지는 않다. 역시 나쓰의 말대로 머리로 즐기는 음식인 것이다. 하지만 그렇기 때문에 더욱더 내게 어울리는 음식이라 할 수 있겠지.

불교 설화에서는 석류의 맛이 아미르스탄 양과 비슷하다고 전해진다. 부처님은 야차에게 아미르스탄 양 대신 석류를 먹으라 건네주었다고 한다.

석류도 좋아한다. 어릴 적, 집 뒷산에 있는 석류를 자주 따서 먹었다.

7월 31일

내일부터 다테누마에는 꿈꾸는 양들이 모여든다.

나쓰는 무슨 생각으로 그들을 기다리고 있을까. 그 속내는 짐작할 수 없었지만, 나는 분명 그녀가 임무를 완수할 것이라 확신했다.

환상과 현실을 혼동하지 않는다며 날 내쫓은 바벨의 모임. 나에게서 배어 나오는 혼란으로, 나의 몽상을 위해, 그들을 제물로 바칠 것이다.

아미르스탄 양은 아빠와 삼촌들에게 걸맞은 음식이며, 그것을 먹으면 나도 바벨의 모임과 오데라 가문 양쪽에 모두 걸맞은 사람으로 변신할 것이다.

다만 이제 회장을 만나지 못한다는 사실은 유감이었다. 대부분 가냘픈 회원들뿐인 바벨의 모임에서, 회장은 유독 풍만한 몸매를 자랑했으니까. 살이 통통하게 올랐다. 그래, 대충 오십오 킬로그램이라 치자. 오만오천 그램의 양고기라면, 언제나 비정상적일 정도로 많은 양을 사들이는 나쓰도 만족스러워하겠지.

나쓰는 충분히 시간을 들여 재료를 엄선할 것이다. 추냥의 눈에 어떤 양이 최상급으로 비칠지는 모르겠다.

그러니까 어쩌면, 나와 가깝게 지냈던 무쓰나 같은 사람이 선택될 수도 있지만.

그럴 경우에는 또 맛있게 먹어주는 것이 공양이라 할 수 있겠지.

4

그리고 가죽 표지의 일기장은 드디어 종반을 맞이했다.

흐트러졌던 글자들은 다시 원래대로 정갈하게 늘어서 있었다. 한 줄, 한 글자마다 무척 심혈을 기울여 써 내려갔다는 것이 느껴졌다. 그것은 이 일기의 주인이 이 일기를 읽는 누군가의 눈을 의식했다는 사실을 암시한다. 자신을 오데라 마리에라 소개한 글쓴이는 언젠가 이 일기를 읽을 누군가를 향해 이 이야기를 쓰고 있는 것이다. 여학생은 그 사실을 깨달았다.

온실 안으로 바람이 분다. 날이 저물자 상쾌하던 봄바람은 쌀쌀한 밤바람으로 바뀌었다. 여학생은 무심코 자신의 몸을 감싸안았다.

8월 9일

어쩌면 큰 착각을 하고 있었는지도 모르겠다.

오늘 아야에게 음식을 만들어달라고 부탁했다. 전부터 한 번쯤은 아야가 만든 음식을 먹고 싶다고 생각했기 때문에, 아빠와 엄마가 집을 비운 틈을 타 실행에 옮겼다. 무슨 음식을 원하느냐는 말에 아무거나 좋다고 대답한 뒤, 나는 잠시 생각

덧없는 양들의 축연

에 잠겼다.

"예전에 나쓰가 파절임을 만들어준 적이 있었거든. 무척 고급스러운 식감이라 지금도 또렷하게 기억나. 그 파절임을 만들 수 있겠니?"

아야는 살짝 시무룩한 얼굴로 대답했다.

"만들 순 있습니다. 하지만 나쓰 언니 같은 맛은 안 날 거예요."

"괜찮아. 견습 요리사에게 많은 걸 바라진 않아."

나는 그렇게 말하며 아야의 이마를 쿡 찔렀다.

역시 나쓰를 보고 배워서인지, 아야가 만들어 온 파절임은 다른 곳에서는 쉽게 맛볼 수 없는 맛이었다. 하지만 한 입만 먹어도 그 황홀함에 눈이 절로 감기는 나쓰의 파절임에 비하면, 기분 탓인지 역시 부족한 느낌이 들었다.

나는 식도락가가 아니고 입이 고급인 것도 아니다. 그래도 맛을 표현해보자면, 나쓰의 요리는 향이 말할 수 없이 뛰어나다. 그에 비해 아야의 파절임에서는 파 냄새가 났다. 익숙한 냄새였지만, 바꿔 말하면 파 냄새가 살짝 거슬렸다.

하지만 이러쿵저러쿵 불평할 정도의 일도 아니고, 무엇보다 파절임과 함께 만든 도미밥이 정말 맛있었기 때문에 식사를 마친 뒤에 아야를 불러 칭찬해주었다. 나쓰에게처럼 '보

수'를 주려고 한 건 아니었지만, 약간의 용돈도 쥐여주었다. 아야는 무척 황송해하며 무릎을 꿇고 돈을 받았는데, 머리를 조아리는 모양새가 조금 과해서 참배하는 사람처럼 보였다. 그 모습이 재미있어서 나는 웃음을 터뜨렸다.

"너무 그러지 않아도 돼. 일어나렴."

"네."

대답에도 기운이 없다. 너무 지나칠 정도로 공손하게 구니 나도 대하기가 힘들었다. 살짝 씁쓸한 기분이 들었다. 그러다 고개를 든 아야를 보고 나는 놀랐다. 얼굴이 새파랗게 질려 있었다.

"무슨 일이야? 안색이 왜 그래."

아야는 화들짝 놀라 자신의 뺨을 가리더니 부끄러운 듯 고개를 숙였다.

"죄송합니다."

"어디 아프니?"

"아뇨, 괜찮습니다."

자세히 보니 이마에 땀방울이 맺혀 있었다. 더위 때문인 것 같지는 않았다. 나는 살짝 강한 어조로 말했다.

"나쓰가 없는 동안 널 챙겨줄 사람은 아무도 없잖아. 사양 말고 아픈 데가 있으면 말해."

덧없는 양들의 축연

그렇게 말했는데도 아야는 한동안 머뭇거리더니, 배에 손을 대며 대답했다.

"정말 괜찮습니다. 파만 먹었더니 배가 좀 아픈 것뿐이에요."

"파만? 저녁밥은 먹었어?"

"네. 파로 먹었습니다."

그 말을 들은 나는 그때 일을 떠올렸다. 나쓰가 파절임을 만들었을 때 청구했던 내역서. 분명히 '대파 십 킬로그램'이었다.

내가 같은 음식을 만들어달라고 해서, 아야도 그 엄청난 양의 파를 사 온 건가? 그렇게 물었더니, 아야는 살짝 고개를 끄덕였다.

"아가씨께서 드실 양만 만들면 되니까 일 킬로그램 정도만 샀습니다."

대파가 일 킬로그램이면 몇십 대는 될 것이다. 식탁에 오른 양은 저번과 마찬가지로 두어 번 젓가락질하면 사라질 정도밖에 되지 않았는데.

화를 내야 할지 기막혀해야 할지 가늠이 가지 않았다.

"나쓰가 만들었던 음식을 만들어달랬더니 식재료를 쓸데없이 많이 사는 것까지 따라 했니? 게다가 그 남은 파를 다

먹고 배탈까지 나고, 너 바보구나."

그러자 아야는 영문을 모르겠다는 표정을 지었다.

"그렇지만."

"그렇지만 뭐?"

"아닙니다."

"말해봐."

내성적인 아이의 입을 열게 하는 것은 무척 힘든 일이다. 몇 번이나 더 캐물은 뒤에야, 아야는 겨우 입을 열었다.

"그럼 말씀드리겠습니다. 그 요리는 그 정도 양의 파를 사용하지 않으면 만들 수 없습니다."

"무슨 소리야? 네가 만든 음식은 얼마 되지도 않았잖아. 대파 한 대만 가지고도 만들 수 있었을 텐데."

"아뇨, 그런 게……."

아야는 고개를 젓다가 갑자기 아, 소리를 내며 손으로 입을 막았다.

"아, 그렇구나. 이 댁에서는 요리하는 모습을 보신 적 없어서 모르셨던 거군요."

"무슨 소리야?"

아야는 내 안색을 살피며 조심스레 입을 열었다.

"그 요리는 먼저 파를 모두 데칩니다. 그리고 그 가운데서 잘 익은 몇 대만 골라 뿌리를 잘라내고, 껍질도 몇 장 벗겨낸 뒤에 안쪽 좋은 부분만 골라 식초에 절입니다. 파 한 대에서 건질 수 있는 부분은 아주 조금이기 때문에 그렇게 많은 양의 파가 필요한 겁니다."

이 아이는, 그리고 나쓰는 그렇게 손이 많이 가는 방법으로 음식을 만들어왔던 건가. 추냥의 기술에 새삼 감탄했다. 그래서 그렇게 산더미처럼 파를 사들인 거구나.

하지만, 그 순간 나는 깨달았다. 상식적으로는 이해되지 않을 정도로 많은 양을 사들인 건, 파만이 아니라는 사실을.

"그럼 양도 그런 거니? 저번에 양 머릿고기 요리를 만들었잖아. 그것도 쓸데없이 많이 사들인 게 아니었단 말이야?"

"네. 그 요리에는 양의 볼살을 씁니다. 볼의 바깥쪽도 안쪽도 아닌 제일 좋은 부위만을 사용하기 때문에 양 머리가 그렇게 많이 필요한 겁니다."

"메기는? 그것도 그래?"

"수염 안쪽의 흰 살만 씁니다."

"다른 부위는 어떻게 하는데? 볼살을 잘라내고 남은 머리는?"

불현듯 깨달았다. 아야는 그래서 배탈이 난 것이다.

"너희 둘이 먹었구나?"

하지만 아야는 아니라고 대답했다. 무슨 이유에서인지 금방이라도 울음을 터뜨릴 것 같은 힘없는 목소리로.

"아닙니다. 아가씨, 죄송해요. 버립니다. 양도, 메기도, 채소도 전부요. 제일 맛있는 부분을 제외한 나머지는 필요 없거든요. 나쓰 언니는 이런 부위는 귀인이 드시는 게 아니라며 주저 없이 버려버립니다."

죄책감에 시달리듯, 아야는 고개를 푹 숙였다.

"하지만 전 괴로워요. 사슴은 꼬리가 맛있다며 몇 마리나 사들인 뒤에 꼬리만 잘라내고 나머지는 버립니다. 하지만 다른 부위도 맛있는걸요. 오늘도 전 파를 버리지 못했어요. 제가 남은 파를 먹은 걸 나쓰 언니가 알면, 분명 혼이 날 겁니다."

그리고 기어들어가는 소리로 속삭였다. 나는 가까스로 그 말을 들을 수 있었다.

"전 요리가 좋지만, 추냥은 되고 싶지 않습니다."

아야의 고민은 지극히 정상적이다.

하지만 나는 다른 생각을 하고 있었다.

8월 10일

당연히 나는 아미르스탄 양에 대해 생각하고 있었다.

추냥은 분명히 특별한 요리사다. 나쓰를 소개한 중개업자는 아빠가 추냥을 제대로 부릴 수 있을지 걱정했다고 한다. 이제야 그 이유를 알 수 있었다.

추냥은 주인과 손님 앞에서 재료를 손질한다. 그리고 제일 맛있는 부분만을 잘라낸 다음 나머지는 버린다. 아직 얼마든지 먹을 수 있는데도 말이다. 그 행위로 주인을 즐겁게 해준다. 주인님은 이토록 돈을 물 쓰듯 할 수 있는 인물이라고 암시하는 것이다. 과연, 그래서 연회 음식만 만드는 거구나. 추냥은 사치를 체현하는 존재다. 지금에 와서야 그 굉장함을 알아차리고, 나는 소름이 돋는 것을 느꼈다.

나쓰의 말에 기분이 상한 아빠는 연회석에서 솜씨를 선보이는 일을 허락하지 않았다. 그래서 나는 지금까지 나쓰의 진가를 알지 못했다. 그것은 아빠에게도 불행한 일이었지만, 더 가엾은 건 그런 취급을 받은 나쓰다. 그녀는 추냥으로서 주방에서 아야만 앞에 두고 그 기술을 선보였던 것일까.

나는 추냥이 식재료를 대량으로 사들이는 건, 그중에서 제일 좋은 물건 하나를 찾기 위해서라고 생각했다. 아빠가 최상품을 고르려고 사들이는 거라고 한 말에 영향을 받았나 보다. 내 생각이 모자랐다. 예전에 아장이 나왔을 때 알아챘어야 했는데. 식탁에 오른 거위의 발을 제외한 몸통은 어떻게 되었는지.

만일 지느러미가 제일 맛있는 생선이 있다면, 나쓰는 분명 수십 마리를 사들여 지느러미만 요리해 내놓을 것이다. 그렇다면 아미르스탄 양은 어디가 제일 맛있는 부위일까?

나는 나쓰가 다테누마의 양들 중 한 마리를 골라 사냥할 거라 생각했다. 하지만 추냥의 요리법을 듣고, 그것이 잘못된 생각이라는 사실을 깨달았다.

내 몽상에 제물로 바쳐진 꿈꾸는 덧없는 양들.

양들은 모조리 사냥당해 아마 한 마리도 남지 않을 것이다.

8월 12일

나쓰가 돌아왔다.

삼 주 만에 돌아온 나쓰는 살이 찌지도 빠지지도 않았고 피부가 볕에 타지도 않아서, 피서지에서 오래 머문 사람이라고는 믿어지지 않을 정도였다. 평소처럼 붉은 윗옷에 녹색 스커트 차림이었다. 그녀는 처음 이 집에 온 날처럼 아빠 앞에 무릎을 꿇고 머리를 숙였다.

"오래 기다리셨습니다. 아미르스탄 양 요리를 만들 준비가 다 되었습니다."

"그래."

삼 주 전에는 나쓰를 내쫓으려 한 아빠였지만, 별미를 준비해 돌아왔다고 하니 싫은 소리를 할 생각도 싹 사라졌나 보다. 싱글벙글 입이 찢어졌다.

"그래, 수확은 좀 있었나?"

"기대 이상이었습니다. 아가씨의 말씀대로 다테누마란 곳에는 최상급의 아미르스탄 양들이 무리를 짓고 있었습니다. 통통하게 살이 오른 양이 적어서 처음에는 다소 불안하기도 했지만, 그 환상적인 육질을 보니 혀가 내둘러지더군요. 분명 흡족해하실 겁니다."

"좋아, 아주 좋아."

아빠는 손뼉을 치며 기뻐했다.

"그렇게 좋은 고기를 구했다니, 동생들에게만 대접하기엔 아깝군. 손님을 더 많이 부를걸 그랬어. 하지만 자네도 준비를 해야 하니, 이제 와서 다른 손님을 부를 수도 없겠지."

"배려 감사합니다."

나쓰는 그렇게 말하고 고개를 들었다. 그러고는 평소처럼 유창하게 메뉴에 대해 설명했다.

"옛 기록에 따르면 아미르스탄 양은 '입술'이 제일 맛이 좋다고 했습니다. 오늘 밤은 입술 찜을 마음껏 즐기실 수 있을 겁니다."

나는

5

온실은 황폐했다.

오래도록 인기척이 없던 이곳은 몇 년쯤 지나면 그저 위험한 폐허로 변해버릴 것이다. 봄날 오후의 해도 다 기울어, 이제는 글자조차 읽기 힘들었다.

오데라 마리에의 이야기는 거기서 갑작스레 끝났다. 뒷이야기를 쓸 수 없는 어떤 사정이 있던 것인지, 아니면 처음부터 예정된 결말이었는지는 알 수 없다.

"어찌되었든."

여학생은 혼잣말을 중얼거렸다.

"이곳에는 이제 아무도 없구나."

이야기는 여기서 끝이다. 휘잉, 소리와 함께 불어온 바람이 의외로 차다는 사실을 이제야 알아채고 여학생은 책을 덮었다. 소리를 내며 닫힌 가죽 표지를 바라보던 그녀는 변덕처럼 마지막 페이지를 펼쳤다.

역시나 그곳에는 짧은 문장 한 줄이 적혀 있었다. 이야기를 써 내려간 이와 같은, 정갈한 글씨체였다.

언젠가 찾아올 덧없는 자에게.

덧없는 양들의 축연

여학생은 미소 지으며 이번에는 정말로 책을 덮었다. 낡은 의자에서 일어난다.

그리고 주변을 둘러보았다. 시설은 꽤 낡았지만, 좀 손보면 그럭저럭 사용할 수 있을 것 같다. 좋은 곳을 찾아냈다, 이곳은 나의 공간이 될 것이다. 그녀는 그런 생각을 했다. 나만의 공간이 아니라, 나 같은 사람들이 모이는 곳이 되면 좋겠다.

지금 이곳에는 담소가 없다. 하지만 한 편의 이야기가 후계자를 낳았다.

온실 안이 달빛으로 가득 차기 시작했다.

바벨의 모임은 이렇게 부활했다.

참고 문헌

『파랑의 역사』, 미셸 파스투로 지음, 마쓰무라 에리, 마쓰무라 다케시 옮김, 치쿠마쇼보 펴냄.[*]

『도래약의 문화지』, 소다 하지메 지음, 야사카쇼보 펴냄.

『술안주 · 포준주화抱樽酒話』, 아오키 마사루 지음, 이와나미 문고 펴냄.

「추냥」 홍쉰 지음, 오키 야스시 옮김,『책의 왕국 14-미식』 수록, 국서간행회 펴냄.

그 외 나카노 미요코 씨의 저작에서 많은 정보를 얻었습니다.

---

[*]『파랑의 역사』(고봉만, 김연실 옮김, 민음사 펴냄)으로 국내 출간되어 있다.

옮긴이 최고은

도쿄대학교 대학원 총합문화연구과에서 일본 전후 문학을 중심으로 공부하면서 전문 번역가로도 활동하고 있다. 옮긴 책으로 요네자와 호노부의 『인사이트 밀』, 『추상오단장』, 무라타 사야카의 『소멸세계』, 기리노 나쓰오의 『천사에게 버림받은 밤』, 히가시노 게이고의 『블랙 쇼맨과 이름 없는 마을의 살인』, 미카미 엔의 『비블리아 고서당 사건수첩』, 요코야마 히데오의 『64』, 이사카 고타로의 『서브머린』 등 다수가 있다.

덧없는 양들의 축연

초판 발행 2024년 3월 15일

지은이 요네자와 호노부 | 옮긴이 최고은

책임편집 지혜림 김유진 | 편집 박을진 | 외주교정 박신양
표지디자인 이현정 | 본문디자인 유현아
저작권 박지영 형소진 최은진 서연주 오서영
마케팅 정민호 서지화 한민아 이민경 안남영 왕지경 정경주 김수인 김혜원 김하연
    김예진
브랜딩 함유지 함근아 고보미 박민재 김희숙 박다솔 조다현 정승민 배진성
제작 강신은 김동욱 이순호 | 제작처 천광인쇄사(인쇄) 경일제책사(제본)

펴낸곳 (주)문학동네 | 펴낸이 김소영
출판등록 1993년 10월 22일 제2003-000045호

주소 10881 경기도 파주시 회동길 210
문의 031-955-2637(편집) 031-955-2696(마케팅) 031-955-8855(팩스)
전자우편 elixir@munhak.com | 홈페이지 www.elmys.co.kr
인스타그램 @elixir_mystery | X(트위터) @elixir_mystery

ISBN 978-89-546-9779-8 03830

엘릭시르는 출판그룹 문학동네의 장르문학 브랜드입니다.